ある エスペランチスト の夢

エスペラントで発信する
「将棋」「図書館」の世界

上田 友彦 UEDA Tomohiko

文芸社

はじめの言葉

　私は今年盤寿を迎えました。

　将棋界では将棋盤の升目「81」にちなんで、世間で還暦、古希、喜寿等のお祝いをするように、満81歳になった時、祝い事をする習慣があります。最近は心身ともに大分弱ってきましたが、元来虚弱な体質だった私がともかくも今日まで健康寿命を維持してこられたことは望外の幸せというほかありません。

　人の運命は全くわからないものです。戦争、大震災、津波、原発事故、難病に見舞われるなど個人の心掛けや努力ではどうしようもない場合もあります。幸いこのような不運には巻き込まれずにすみましたが、私の人生は決して平坦なものではありませんでした。

　幼年期は祖父、父が開業医のため裕福で、優しい家族に囲まれ、何ひとつ不自由のない生活でしたが、物心がついた頃祖父が病死し、一家の大黒柱であった父も私が小学3年の時、つまり1945年敗戦直後に帰らぬ人となりました。

　母と14歳年上の強度の近視の姉、私の3人が残されました。今では想像もつかない食糧難、毎日の空腹、ハイパーインフレ、財産税が襲って来ました。収入がほとんどなく、母のやりくりは大変なものでした。子供心にもしっかりしなければならない、大人になって働いて、母を楽にさせたいと強く思ったものでした。

　この頃の私の唯一の楽しみは将棋でした。近所の初段格のおじさんを紹介してもらい、日曜ごとにおじさん宅に通ったものです。有段者も数名来ていました。小学6年になった頃には、

私は2段位にはなっていました。

当時奈良市にお住まいのプロ棋士の先生から、プロを目指してはと強く薦められましたが、そのような家庭環境ではありませんでした。プロ棋士の夢は封印し、母とも相談し、とにかく大学入学を最優先することにしました。小中高は公立に通い、塾にも行かず、浪人もせず、自宅から通学可能な国立大学（大阪大学）に合格しました。

気持ちのゆとり、時間的自由はかなり得られましたが、相変わらず貧乏生活は続きました。奨学金とアルバイトで何とかしのいだものの、普通青春時代に謳歌する海水浴、スキー、旅行等、将棋以外の趣味とは一切無縁でした。

将棋も大学対抗団体戦には出ましたが、概して禁欲的でした。当時東西対抗団体戦というのがありましたが、遠征費用の点で諦めざるを得ませんでした。お金をかけずに充実した生活を心掛け、専攻（西洋史）以外の興味の持てる分野の授業（哲学、経済学、政治学、社会思想史など）、有名教授の講義も梯子しました。これはいま考えても、よかったと思っています。

大学卒業後、運よく大阪府立図書館司書に採用されました。大阪府教育委員会所属の地方公務員となり、ようやく月給をもらえ人並みの生活ができるようなりました。家族ともども喜びをかみしめたのを覚えています。

公立図書館の仕事は地域住民に資料・情報を提供することであり、知識の社会保障とも言われ、社会的弱者に寄り添ってサービスする社会福祉の仕事と相通ずる面があります。図書館業務に慣れるにつれて、ますますこの仕事が好きになり、天職とも思えるようになりました。以後何度か職場は変わり、実務と教壇に立つという立場の違いはありましたが、40年余り図書館

にかかわる仕事に携わり、66歳で定年退職を迎えることになりました。職業生活としては好きな仕事を続けられ、感謝しています。

エスペラントを知ったのは、中学の国語教科書の「エスペラントの父　ザメンホフ」（伊東三郎著）からでした。一章を割いて約10ページにわたるかなり詳しいものでした。英語一辺倒の現在の文部科学省検定教科書からは全く想像もできないことです。すっかり感激し、是非深く学んでみたいと思いましたが、私の周辺にはエスペランチストはおらず、連絡先もわかりませんでした。兵庫県立図書館在職中、神戸エスペラント会主催の３日間講習というのがありましたが、当時仕事が超多忙で本格的な学習には至りませんでした。

大阪府立図書館、国立図書館短期大学（現筑波大学図書館情報学系）、兵庫県立図書館（武庫川女子大学非常勤講師を兼務３年）を経て、1984年、東京の世田谷区にある昭和女子大学図書館学課程（図書館司書資格取得コース）の教員になりました。授業の準備、図書館情報学の研究に加えて、エスペラント学習の環境が整いました。研究日や土日を利用してエスペラントの集会に参加して、素晴らしい方々と知己を得ました。世の中にはこんな人がいるんだと感動するほど私利私欲のない方ばかりでした。エスペランチストの間には同志的なつながりがあり、エスペラントを使って世界を旅行し、ご自宅に泊めてもらったり、またとない体験をすることができるのです。

将棋は日本の伝統文化であり、きわめて奥の深い盤上ゲームですが、いったん盤を囲めば職業、社会的地位、年齢、性別、国籍に関係なく楽しめ、生涯の友を得ることも可能です。

エスペラント、将棋、図書館（学）は私の中ではつながっているのです。時にはほとんど重なり合うことさえあります。

　これまで私はさまざまな場面で考えたこと、体験したことなどをいろいろな媒体に発表してきました。自分の所属する狭い範囲の人だけでなく、広く私の知らない方々にも読んで知っていただきたかったからです。これが縁となってお近づきになった方々も多数おられます。置かれた場所で困難な状況に陥ったことも多々ありましたが、いちいちお名前はあげませんが、これらの方から貴重なアドバイス、ヒントをいただき、救われたり、状況が好転したことも何度も経験しました。人とのつながりは大事だとつくづく感じます。

　この本を読んで、多少なりとも生きる上でのヒントになれば、私にとりこれに勝る幸せはありません。

　この書は広く一般の方、とくにエスペラントや図書館のことに馴染みのない方々が直接手に取って読んでいただくことを願って企画したものです。

　私は50年ほど前から論文、報告、エッセイ等のかたちでさまざまな所に発表、投稿してきました。したがってデータや内容が古く、現在と状況が違うのではないかと感じられる箇所もあるかと思います。しかし執筆の時点では自分の置かれた状況から出発し、抽象論や理想論を排し、実現可能な具体的な方策を真剣に提起したつもりです。

　読みやすくするため、完全な復刻版ではなく、最小限の加筆修正を施した部分があることをご了承ください。

　ではこれから、いざ「上田ワールド」へお招きします。

目　　次

はじめの言葉　　3

I　地球語を広める……………………………………………… 9

大学における「国際語」教育

　　　　―その理念と現状―　　10

二葉亭四迷と「世界語」　　26

秋田千代子宛絵葉書

　　　　――昭和女子大学近代文庫所蔵　　39

仕事と趣味にエスペラントを活用

　　　　―わたしのエスペラント人生―　　59

エスペランチストの夢（文・湯川博士）　　64

平和と世界友好のエスペラント語

　　　　エスペラントのススメ　　69

II　将棋を楽しむ……………………………………………… 89

わたしの出した1冊の本（1996）　　90

わたしの出した1冊の本（2001）　　92

ソウル2週間滞在記――

　　　　日本将棋指導者養成所に派遣されて　　94

日本将棋指導者資格試験問題（日本語原文）　　101

奇跡が奇跡を呼び全国制覇達成

　　　　―ねんりんピック将棋交流大会優勝記―　　105

ねんりんピック奮戦記　　109

二度あることは三度ある
　　　—ねんりんピック将棋交流大会奮闘報告—　112
エスペラント将棋クラブ機関誌
　　　『EKJŜ』近況報告・巻頭言　116
ŜOOGI JAPANA ŜAKO KIEL LUDI　147

Ⅲ　図書館を考える …………………………………… 159

小規模図書館奮戦記　日本エスペラント学会図書館
エスペラントコレクションの宝庫
　　　—レファレンスも充実—　161
〈実践ノート〉
「レファレンス・ガイド」（仮称）の作成について　165
レファレンス・サービス発展のために　173
兵庫県立図書館目録電算処理システム
　　　　　　（COCS）の概要　182
公立図書館の発展と国の図書館政策　195
"図書館学課程"の位置づけに関する一考察　215
図書館員養成カリキュラムの改定に向けて　229
NDCの助記表の適用範囲について　249
Japana Decimala Klasifiko（日本十進分類法）　264
分析合成型分類法としてのBKE　279
ソビエト"図書館・書誌分類表（ББК）"の構成　305

I　地球語を広める

大学における「国際語」教育—その理念と現状—

はじめに

　本稿における「国際語」とは、いまから百余年前の1887年にポーランドのユダヤ人眼科医 L.L.Zamenhof が発表した Internacia lingvo（国際語 International language）、Esperanto を指すものとする。

　今日地球上の人類は、核兵器による第3次世界大戦の脅威こそ遠のいたものの、オゾン層破壊、熱帯雨林の減少と砂漠化、酸性雨による森林破壊、貧困と飢餓、民族紛争の激化、難民の流入、エイズ・麻薬禍の蔓延等、世界的・地球的規模の深刻な問題に直面している。一歩処理を誤れば、全人類の破滅、地球そのものの消滅を引き起こしかねない危機的状況にある。現在ほど国家や民族の枠を超えたグローバルなコミュニケーションと相互理解の緊要性が高まっている時代はないといえよう。

　人間の叡知が厳しく問われるこのような時期にこそ、地球市民、言語の平等の観点から、エスペラントの存立基盤、普及の現状を冷静に分析し、改めてこの言葉が投げかける意味を考え直す作業が必要と思われる。

1．国連憲章、世界人権宣言にみる言語観

　戦争や争い事の絶えることのなかった人類の歴史において、自由、平等、基本的人権、民主主義、平和等の理念は人間精神の最高の到達点といえよう。人間が人間を差別しないという思想も上記の精神から導かれる。

I　地球語を広める

　現在、国際的なレベルで認識されている差別問題は、人種差別と性差別である。これらの差別は社会的に認識され、紆余曲折を経ながらも徐々に具体策が講じられ、長期的には改善の道を歩みつつある。しかるに言語差別の問題は、直接肌の色や体形の違いといった目に見える形で現れないためか、意識されること自体が希薄である。

　国連憲章第55条及び同条C項[1]には次の文言がある。
「人民の同権及び自決の原則の尊重に基礎をおく諸国間の平和的且つ友好的関係に必要な安定及び福祉の条件を創造するために、国際連合は、次のことを促進しなければならない。……
　C　人種、性、言語又は宗教による差別のないすべての者のための人権及び基本的自由の普遍的な尊重及び順守」(傍点筆者)

　その他国連憲章には、第1条第3項、13条B項、76条C項等随所に人種、性、言語差別の禁止をうたった箇所がある[2]。

　世界人権宣言(Universal Declaration of Human Rights)は、国連の第3回総会開催中の1948年12月10日に採択された宣言で、国連創設初期における最大の業績とされている。12月10日は後に「世界人権デー」とされ、わが国ではこの日に先立つ1週間を人権週間と定めている。この宣言は条約ではないので、各国を法的に拘束するものではないが、道義的な拘束力は十分に認められる。

　同宣言第2条第1項[3]には、
「すべて人は、人種、皮膚の色、性、言語、宗教、政治上その他の意見、国民的もしくは社会的出身、財産、門地その他の地位又はこれに類するいかなる事由による差別をも受けることなく、この宣言に掲げるすべての権利と自由とを享有することができる」(傍点筆者)
とあり、さらに19条[4]では見解と表現の自由、コミュニケ

11

ーション権をうたっている。

　以上のようにこの2つの歴史的文書では、言語による差別を認めず、言語間の平等、国家・民族の言語権の確立を明記しているのである。

2．ユネスコとUEA

　国連憲章で「専門機関」（Specialized agency）と呼ばれる機関は16あり、毎年国連の社会経済理事会に活動報告書を提出することになっているが、これらの機関の中にユネスコ（国連教育科学文化機関 United Nations Educational, Scientific and Cultural Organization）がある。

　ユネスコの目的は、教育、科学、文化、情報伝達を通じて国家間の協力を促進し、世界の平和と安全に寄与することにあるが、この目的を達成するためユネスコは、「文化的な独自性と多様性を失わずに近代化の思想を最大限に享受できるよう民族の文化的価値観と文化遺産の保存を奨励し、情報の自由な流れと広範でより均衡のとれた普及のために通信・情報を発展させる」[5] としている。ここでも諸国家、諸民族の文化の多様性と平等の認識、コミュニケーション権の思想が顕著である。

　UEA（世界エスペラント協会 Universala Esperanto-Asocio）は、世界のエスペランチストの最大の組織であるが、ユネスコとは深い関係をもっている。ユネスコとエスペラントとのかかわりの歴史は1950年に溯る。

　この年、国連本部宛に、数人の国家元首、405人の国会議員、1,607人の言語学者、5,262人の大学教授及び4万人以上の教師を含む100万人近い個人、及び1,500万人を代表する492の団体の署名のある請願書が提出された。その内容は、国境を超えたコミュニケーションを行うための容易で中立的な手段を万人に

提供する言語の必要性を訴え、国連に対し、国際語エスペラントの普及を助けるべく、例えば学校におけるエスペラントの教授や観光・ビジネスでのエスペラントの実践を奨励することなどに全力をあげて取り組むよう要請するというものであった[6]。

国連事務局はユネスコがこの問題を担当すべき専門機関であるとして、この請願書を送付した。その結果1954年12月10日、南米ウルグアイの首都モンテビデオで開かれたユネスコ総会において、「エスペラントが国際的知的交流の分野で、各国民の友好のために達した成果は、……ユネスコの目的と理念に合致するものである」[7]という決議が採択された。さらにこの文面には「数加盟国が、その学校及び高等教育施設においてエスペラント教授を実施あるいは拡大する用意のあることを表明していることに注目し、……教育科学文化におけるエスペラントの利用の現代の発展を追い、かつこの目的のためにユネスコと世界エスペラント協会の双方に関する諸問題についてこの協会と協力する」[8]ことがうたわれている。

この決議が契機となって、ユネスコとエスペラント協会の協力が続き、1961年に両者の間で"情報交換・諮問関係（informaj kaj konsultaj rilatoj）"が結ばれるに至った。

これは国連の重要機関の一つがエスペラント運動の実績を認知したものとして評価されるが、約30年後、世界のエスペラント界は「ユネスコ・ソフィア宣言」と呼ばれる重要な成果を手に入れた。即ち1985年ブルガリアの首都ソフィアで開かれた第23回ユネスコ総会においてユーゴスラビア代表が「エスペラント100周年祝賀決議」を提案、日本代表や中国代表の支持もあり、同年11月8日、決議は採択された。

その主旨は、「（この30年間に）エスペラントは、異なる国々の国民・文化の相互理解の手段として、少なからぬ進歩を遂げ

た。……ユネスコ総会は、ユネスコ加盟各国がエスペラント運動の100周年を祝い、……言語問題及びエスペラントに関する学習・研究カリキュラムを学校及び高等教育機関に導入するよう働きかけ、また国際非政府組織があらゆる情報を広く伝達する手段としてエスペラントを役立てる可能性を検討するよう呼びかける」9）というものであった。

　1954年のモンテビデオ決議に比べると、内容がさらに具体的になっているのがわかる。

　この決議の成立に尽力したユーゴスラビアのエスペランチスト Tibor Sekelj は、「決議の各項目が大きな意義をもつことができるかどうか、それは今後のわれわれのさらなる活動如何にかかっている」10）と述懐している。

3．世界の大学におけるエスペラント教育

　一世紀にわたるエスペラントの歴史は、いかなる国家、団体、企業等の後ろ楯ももたず、志ある個々人の労力、時間、経済的負担を伴った、いわば草の根の運動として展開されてきたので、現在のところエスペラント界内部ではさまざまの分野で実績はあるものの、公的機関において使用の例はきわめて少ない。

　ここでは小・中・高校の学校におけるエスペラント授業、クラブ活動、成人のための公開講座、講習会等には触れず、大学・高等教育機関における正規の科目としてのエスペラント教育（したがって当然、試験、単位の認定が行われる）を考察の対象とする。

　発行された時点で最も基本的なエスペラント百科便覧と目される *Esperanto en perspektivo*（『エスペラント展望』）(1974)11）によれば、1970年にはエスペラントの正規授業は16カ国、30の大学・高等教育機関で公式に実施されていたようである。それ

が1980年には、19カ国、51大学、1986年には28カ国、125大学に増加している[12]。

　この種の統計で最も信頼のおける出版物は、ほぼ隔年にベルギーの Germain Pirlot の出している *Oficiala situacio de la Esperanto-instruado en la mondo*（『世界のエスペラント授業の現状』）であろう。その最新版は1990年6月発行の第8版である。これにより1970年から1990年までの正規授業の推移を示せば下図のようになる[13]。

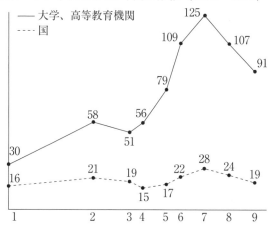

調査年：典拠資料
1. 1970：*Esperanto en perspektivo.* 1974
2. 1977：*Oficiala situacio de la Esperanto-instruado en ia mondo.*
    第1版　1977.12
3. 1980：同上　第2版　1981.1
4. 1981：同上　第3版　1982.1
5. 1983：同上　第4版　1983.12
6. 1984：同上　第5版　1984.12
7. 1986：同上　第6版　1986.6
8. 1988：同上　第7版　1988.6
9. 1990：同上　第8版　1990.6

この図でみるかぎり、1986年をピークに下降線を描いている。しかしこのデータは Pirlot 自身が第 8 版で述べているように、アンケート調査に回答のあった分のみの数字であり、種々の理由により返事のなかったもの、国情や郵便事情によりデータの交換が確実に行われなかったものは含まれていない。

　また、少なくとも1991年度にわが国では 4 ～ 5 大学で正規授業が実施されているにもかかわらず、日本は 0 となっている。わが国の場合、国情や郵便事業による理由は考えられないから、おしなべて世界の実勢も相当のもれがあり、実施大学91という数字をかなり上回るものと想像される。

　このような調査は、当然UEAの教育ないし調査部門が各国のエスペラント中心組織に問い合わせ、きちんとまとめて公表すべき筋合のものと思われるが、まだまだ個人の熱意や献身に依存しがちな組織面の脆弱さがうかがえる。

　以下、上記資料の最新版である 8 版（1990.6）に基づき、国別に実施大学数を表にまとめる。括弧内の数字は1988年に回答しながら、1990年には回答のなかった大学の数である。したがって1990年時点では廃止、継続中の双方を含む未確認の数字である。個々の大学名、所在地、担当教授者名、開設学部（学科）、カリキュラム上の位置付け、授業時間数、単位数等は、現物に当たってみられたい。

エスペラント授業実施国及び大学数　　　（1990年現在）

国名(アルファベット順)	大学数	国名(アルファベット順)	大学数
オーストリア	2（2）	（カ　ナ　ダ）	0（1）
ブラジル	5（2）	韓　　　国	5
（イギリス）	0（2）	オランダ	1
ブルガリア	4	ナイジェリア	1
中　　　国	35	ポーランド	1（2）
フランス	5	サンマリノ	1
ドイツ（東）	8	ソ　　　連	3（2）
ドイツ（西）	3（4）	南アメリカ	3
スペイン	1	スウェーデン	1
ハンガリー	5（8）	アメリカ	6
（イタリア）	0（1）	ヴェネズエラ	1
（日　　　本）	0（1）	合計19（4）	91（25）

　この表でみると、1国で5つ以上の大学においてエスペラントの正規授業が行われている国は、ブラジル、中国、フランス、ドイツ、ハンガリー、韓国、アメリカの7カ国であり、中国が群を抜いている。

　中国では「エスペラントを学んで祖国の4つの現代化に役立てよう」との意気込みのもとに学習熱が高まっているようである。NHK教育テレビ・中国語講座本年（1991年）3月8日に放映された番組の中で、中国のさまざまな話題を取り上げるコーナーで、「中国ではたくさんの人がエスペラントに興味をもっており、第2外国語の科目にすることも許されている。エスペラントを学び使う中国人は40万人余りだと言われ、『希望』という名のテレビ講座も行われている」と紹介された[14]。わが国においても毎夜8時から30分間、北京放送局から流れるエスペラント放送を短波ラジオでキャッチすることができる（テレビ講座とは別）。

同じアジアの韓国においても、とくに若者の間でエスペラント運動が活発である。ソウル市の檀国大学でエスペラント授業を担当しているのは韓国エスペラント協会事務局長 Bak Giŭan 氏で、これを実現させたのは、同大学学長の Ĝang Ĉunsik 博士である[15]。氏はまた韓国エスペラント協会の会長でもあり、檀国大学全体が韓国エスペラント界の一中心をなしているようである[16]。

　ドイツ、フランスは伝統的にエスペラント運動の盛んな国であり、ブラジルは南米における中心地であるので、大学での講座数の多さは十分納得できるところである。

　英語こそ国際共通語と目される風潮の中で、その本場であるアメリカ本国において、6つの大学で開講されているのはこの国の懐の深さを感じさせる。このうち San Francisco State University の Intensive コースはとくに有名で、4つのレベルに分かれて3週間みっちりしごかれる。1991年には22回目を迎えたが、毎年日本からも数名の参加者がある。公開制ではあるが、試験、単位の認定が行われる。

　英語国ではエスペラント運動はあまり活発でないかのようにみられがちであるが、ちなみに世界エスペラント協会の前会長は、アメリカの State University College of Arts and Sciences（Potsdam, New York）学長の Humphrey Tonkin 博士であり、現会長は、イギリスの London 大学言語学教授の John C. Wells 博士である。

　東欧のハンガリーには、エスペラント学科を有するエトベシュ・ロラーンド（E ötvös Loránd）大学があり、エスペラント学を専攻し、学位を取得することも可能である。

　変わったところではサンマリノ（イタリア半島の北東部、アペニン山脈の東麓にある世界最古の共和国）の国際科学アカデ

ミーでは、英・独・仏・伊語の他にエスペラントも公用語に採用しており、各自の専門領域に関して、エスペラントを使用して学位論文を提出することができる。最近中国においても、科学技術論文にエスペラントのレジュメを付けることがかなり盛んなようである。

この他にバルト三国を含めたソ連、エスペラントの誕生の地ポーランドにおいても、おそらく5つ以上の大学において講座が開かれていると想像されるが、最近の政情不安、情報不足のため詳細は不明である。

4．わが国の大学におけるエスペラント教育

わが国におけるエスペラント運動は、諸外国のそれと同様いくつかの波がある。明治39年二葉亭四迷が本邦初の日本人向けエスペラント教科書『世界語』[17]を著した頃（この年の東京朝日新聞「天声人語」欄は「今年の流行は浪花節とエスペラント」[18]とまで書いた）、大正デモクラシーの高揚期、戦後ではアジアで初めて第50回世界エスペラント大会が東京で開催された1965年前後がそれぞれピークをなしたといえよう。

エスペラントを学校の教科目の一つとして教えようという運動の歴史は古く、わが国では第1次大戦後の国際協調の機運の高まりの中で、議会への請願が何回か行われている（1922年、1925年）[19]。

5000円札紙幣の肖像にもなっている新渡戸稲造、民俗学者の柳田國男等が国際連盟で活躍し、自らの体験から中立で容易な国際共通語エスペラントの重要性を痛感し、学校教育への導入を政府に働きかけもしたが、さしたる成果は生まなかった。

戦後逸早くエスペラントを大学教育の場に採り入れたのは大阪外国語大学で、正式に教科目の一つとして言語学専攻の川崎

直一教授が担当した。この講座は川崎教授引退の1979年まで30年間続いた。川崎氏はエスペラントアカデミー委員、『改訂新選エス和辞典』[20] の校閲者としても知られている。

神戸市外国語大学においても、ほぼ同時期に貫名美隆教授他の提案により、エスペラントが専門科目の一つとして採り入れられ、同教授の定年退官後も後任者により今日まで継続している。神戸外大が最も長い歴史をもつ栄誉を担うこととなった。

他にもいくつかの大学で、エスペラントを必須または選択科目に入れるなどの動きはあったが、結局制度として定着したのは大阪、神戸の両外大だけであった。

1983年10月、雑誌『月刊言語』は約70頁を割いてエスペラント特集を組んだ[21]。

同号によると1983年現在、正規の単位の与えられるエスペラント授業を設置している大学として、神戸市外国語大学以外に、明治大学と東京大学を掲げている。

その後今日までこのことに関して、網羅的な報告は皆無のようなので、1983年から1991年までの間に公刊されたさまざまの印刷物[22] に当たり、断片的な記事を拾い集めて、エスペラント授業開設大学の実態に迫ることにした。

このような試みは、本来は日本におけるエスペラントの事実上の中心組織である日本エスペラント学会の手によってきちんと調査され、まとめて公表されるべきものと考える。

［エスペラント授業開設大学・短大一覧（1983—1991）］
a）講師名、b）常勤・非常勤、役職名、c）科目名、授業態様、d）授業時間・単位数、e）開講年、f）備考

東京大学

ａ）水野義明　ｂ）非常勤　ｃ）国際共通語エスペラント　理論と実践　全学一般教育ゼミナール　ｄ）一般教育演習１単位　ｅ）1983〜？

名古屋大学

ａ）Forkmar Koller　ｂ）教授　ｃ）選択教育科目　ｅ）1989〜

大阪大学

ａ）大塚穎三　ｂ）教授　ｃ）国際語エスペラント　教養部低学年セミナー　ｄ）半年間　ｅ）1988〜

大阪外国語大学

ａ）タニヒロユキ　ｂ）非常勤　ｃ）外国語選択科目　一部（昼間）・二部（夜間）の２クラス　ｅ）1991　ｆ）1991年度から13年振りに復活

神戸市外国語大学

ａ）松本清　ｂ）非常勤　ｃ）専門科目第三語学選択科目（いわゆる第三語学の一つで独語、仏語、伊語、ポルトガル語、インドネシア語、トルコ語、朝鮮語とならんで選択できる）　ｄ）週１回100分、年間35週・２単位　ｅ）1983〜　ｆ）わが国では最も長期間にわたって継続。神戸外大は英米、ロシア、中国、イスパニアの４学科制。

明治大学

ａ）水野義明　ｂ）教授　ｃ）国際語エスペラント　一般教養科目　ゼミナール形式小クラス授業　ｄ）週１回90分、通年・２単位　ｅ）1983〜？

和光大学

ａ）小川五郎（ペンネーム高杉一郎）　ｂ）教授　ｃ）国際コミュニケーションと言語（国際語）　一般教養科目　ｄ）前・後期通年　ｅ）1984〜1989　ｆ）小川教授の退官後は中止

岩手県立宮古短期大学

a）佐藤勝一　b）専任講師　c）国際語エスペラント　特別
研究必修ゼミナール　d）週1回90分、通年・4単位　e）
1990～

　なお上記の大学以外にも、開講年は定かではないが、香川大
学の川村信一郎教授により、香川大学、香川県明善短期大学に
おいてエスペラント授業が行われたようである[23]。

　また、上記期間に東海大学の阿部政雄氏がエスペラント授業
の導入を提唱している[24]。

　この一覧をみると、1983年から1991年の9年の間に10近くの
大学が正規の教育科目としてエスペラント講座を開設していた
ことがわかる。担当者はいずれも他に専攻分野をもち、エスペ
ラント授業は兼務または非常勤の形で行われている。

　カリキュラム上の位置付けは、大阪、神戸の両外大では外国
語の専門選択科目として、その他の大学ではおおむね一般教育
科目の一つとして設置されているようである。少人数のゼミ形
式も多い。授業も半年から年間、単位数も1～4と幅がある。
設置母体も国立、公立、私立また4年制、短大と多岐にわたっ
ている。1991年現在、わが国においても、少なくとも4～5大
学で公式にエスペラント授業が行われている。

　このようにみてくると、大学にエスペラントを教育科目とし
て採り入れることの可否、そのカリキュラム上の位置付け、授
業態様等については、全く自由に個々の大学独自の判断、方針
によって決定できることがわかるのである。

結び

　Zamenhof の創った人工「国際語」は、単に「あれば便利な

言葉」を超えて、「平等、平和、友好」を目指すものであるが
ゆえに、人々の心を打つのである。ときには体制側から「危険
な言語」[25]とみなされて排斥された時代もあったが、草の根運
動として一世紀にわたる風雪に耐えて今日まで発展してきた。

　エスペラントの精神は国連憲章、世界人権宣言等の中でうた
われている人類普遍の原理と一致すること、国連の専門機関で
あるユネスコもエスペラントの使用を奨励していること、少数
ではあるが内外の高等教育機関において、この言葉が真剣に学
ばれている事実をこの小論において明らかにした。

　中立性、容易性、合理性を備えたエスペラントが、対等の立
場に立った異文化間のコミュニケーションのための架け橋の第
2の言語（第1の言語は各国民、各民族の母語）として世に広
く認知される日の近いことを望むものである。

（1991.8.15太平洋戦争終結の日）

【注及び参照文献】

1 ）『国際連合の基礎知識』国際連合広報センター編・監訳
　　世界の動き社　1991.7　p.261

2 ）同上　p.225、233、275

3 ）『みんなで読む国連憲章』潮文社　1991.2　p.123

4 ）同上　p.126

5 ）前掲書『国際連合の基礎知識』p.192

6 ）「エスペラントとユネスコ」*La Revuo Orienta*　53巻4号
　　1985.4　p.26

7 ）『ユネスコとエスペラント』日本エスペラント学会〔出版
　　年不明〕p.2、決議の全文はp.1—3参照

8 ）同上　p.3

9 ）「ユネスコ・ソフィア宣言」泉　幸男　*La Revuo Orienta*

54巻3号　1986.3　p.2、4、決議の全文はp.2—5参照

10）"Ĉiuj ili povas signify multon aŭ nenion, kaj tio dependas de nia plua agado." *La Movado*　420号　1986.2　p.1

11）*Esperanto en perspektivo: faktoj kaj analizoj pri la internacia lingvo*/ I.Lapenna, U.Lins kaj T.Carlevaro. Rotterdam: UEA, 1974

12）*Oficiala situacio de la Esperanto-instruado en la mondo*/ Germain Pirlot, 7-a eld. Oostende, Belgio: 1988.6　p.1

13）同上　8-a eld.　1990.6　ill.

14）*La Revuo Orienta*　59巻6号　1991.6　p.32

15）*La Revuo Orienta*　53巻9号　1985.9　p.28

16）「韓国エスペラント大会参加報告」　西川豊倉　La Movado 480号　1991.2　p.4

17）『教科用　獨習用　世界語（エスペラント）』露国エスペラント協会々員　長谷川二葉亭著　東京　彩雲閣　1906

18）『近代日本における国際語思想の展開』　藤間常太郎著　日本エスペラント図書刊行会　1978　p.62

19）「日本の学校におけるエスペラント教授」松本　清『月刊言語』　12巻10号　1983.10　p.81.　以下の記述も同論文に負うところが大きい。

20）『改訂　新選エス和辞典』貫名美隆、宮本正男共編　日本エスペラント学会　1963

21）『月刊言語』12巻10号　1983.10　特集・エスペラント入門

22）主として、*La Revuo Orienta*（日本エスペラント学会）、*La Movado*（関西エスペラント連盟）、Ponteto（関東エスペラント連盟）、*esperanto*（UEA）等のバックナンバーによった。

　　アンケート調査の類は、公的な機関ないし社会的に認知

された団体が行うべきものと考えたので、あえて個人的な問合せはしなかった。

23) *La oficiala situacio de la Esperanto-instruado en la mondo. Esperanto-Dokumento 16E, Rotterdam*：〔UEA〕，1982　p.18

24)「国際化社会の忘れもの――国際語エスペラント誕生100周年によせる」阿部政雄『望星』（東海教育研究所）202号　1987.5　p.41

25)『危険な言語―迫害のなかのエスペラント―』ウルリッヒ・リンス著　栗栖　継訳　岩波書店　1975

　　エスペラントはツァーリの帝政ロシア、ヒットラーのナチスドイツ、スターリン体制下のソビエト、戦時中の日本、文化大革命下の中国において徹底的に弾圧された。今日あからさまな抑圧こそなくなったが、強者の論理に立てば、歓迎されざる言語であるという状況は変わっていない。

（『學苑』625号　1991.11　昭和女子大学近代文化研究所）

二葉亭四迷と「世界語」

1

　近代日本文学史上に大きな足跡を残した二葉亭四迷は、エスペラントに関し、5つの著作を発表している。『世界語』（彩雲閣、明治39年7月）[1]、『世界語讀本』（彩雲閣、明治39年8月）[2]、「世界語エスペラントの研究法」（『成功』明治39年9月）[3]、「エスペラントの話」（『女學世界』明治39年9月）[4]、「エスペラント講義　第一～第三回」（『學生タイムス』明治39年9～10）[5]がそれであり、前2書は単行本、後の3編は雑誌掲載のいわばエスペラント学習のすすめといった趣の文章である。

　いずれも明治39年7月から10月までの短期間に集中し、まとまったものはこの時期をおいては絶無のようである。何が彼をエスペラントに駆り立てたのであろうか。また、なぜその後はこれを捨てて顧みなかったのであろうか。

　二葉亭四迷とエスペラントの関係について論じた文献は少ないが[6]、『近代文学研究叢書第10巻』には、次のように簡潔に要約されている。「（二葉亭は）……エスペラント習得とその実用的利益をといているが、彼自身は必ずしもエスペラントの普及に懸命であったわけではない。彼にとってこれも『対外政策の必要上』であって、経世家としての志向につながるものであった。しかし、理由はともあれ、エスペラントの紹介、弘布に功績のあったことは忘れてはならない」[7]と。

　本稿においてもこの枠組みから外れるものではないが、彼の行動、著述の中から、『世界語』を書くに至った動機、彼のエ

スペラント観を探ってみたい。

　ところで、わが国にエスペラントが紹介された当初は世界語という用語が多く用いられたようであるが、世界語というと民族語や各国語を廃止して世界を一つの言語に統一するというニュアンスが伴うため、今日では国際語、国際共通語、国際補助語、民際語という呼び方が一般的である。なお、中国では「北京市世界語協会」などと日本から輸入したと思われる「世界語」を使用しているのは面白い。

2

　二葉亭は明治32年、東京外国語学校ロシア語教授に就任するが、心落ち着かず内面の空虚感から、ひそかに実社会に活躍の場を求めていた。時あたかも日露関係は悪化の一途をたどっていたが、彼はかねてから関心を抱いていた対露問題の課題を解決すべく、外語を辞して明治35年5月、ウラジオストクの徳永商店ハルビン支店顧問となり大陸に渡った。

　彼がエスペラントを知ったのは、「余曾て事を以て露領浦潮に遊べる時、偶々交を同地のエスペラント協會々頭ポストニコフ氏と結び、始て氏より詳かに世界語のことを聞くを得たり」と『世界語』の「例言」で述べているごとく、明治35年ポストニコフに会ってからのことである。

　ウラジオストク滞在中のエスペラントとのかかわりについては、彼の明治35年5月と6月中の日記によっても確かめることができる。たとえば、「5月18日　朝、ポーストニコフを訪ねるため、佐波とともに出かけんとしたところ、途中で辻馬車に乗った同氏に行き會い、話をしようとするが、その馬車かなりの速度で通り過ぎたため、果せず、そのため引き返し、スパーリヴィンの門前で下車。彼を訪ねたが、まだ睡眠中のため、寺

見宅に向い、面會」[8]。

　その他、日付を追って数箇所にわたって、ポストニコフ宅を訪問したこと、エスペランチストの会合に出席し、会員に紹介されたこと、エスペラントの書物入手のためルサコフスキーを訪問したこと、1902年度エスペラント協会会費として3ルーブル支払ったことなどが書き記されている。

　二葉亭は『世界語』の第一頁に「謹で此書をドクトル、ザメンゴフ及ポストニコフ兩先生に呈す」と記している。ザメンホフとはいわずと知れたこの言葉の創案者、ポーランドのユダヤ人眼科医 L.L.Zamenhof（1859—1917）その人であるが、いま一人のロシア人ポストニコフとはいかなる人物であったか。

　Fjodor A.Postnikov（1872—1952）は、コフノ・カウナ生まれのコサック軍人であったが、[9] 当時工兵大尉でウラジオストク築港と要塞建設の技術監督の任を負っていた。エスペラントは1891年に学習を開始、ペテログラード（1990年現在レニングラード／現・サンクト・ペテルブルグ）エスペラント団体「エスペーロ（希望）」会長、ウラジオストク・エスペラント協会会長、日露戦争中の軽気球「エスペーロ」の製作者、1905年渡米し後に米国に帰化するが、カリフォルニア州バークレー市の最初のエスペラント会の創設者、会長、「太平洋のエスペーロ」誌の発行者と、まさにロシアとアメリカのエスペラント運動のパイオニア的存在であった。

　20世紀初頭、エスペラント運動はようやくヨーロッパにゆきわたっていたが、東洋は未だ処女地にも等しかった。エスペラントが国際語を標榜し、地球上のすべての諸国民間の対等の交流を目指す以上、西洋世界だけでなく、東洋とりわけ日本への普及が大きな課題であった。ポストニコフが技術将校としてウラジオストクに赴任するに及んで、彼は隣国日本への普及を一

層の急務と感じた。彼はそれ以前の明治27年にも日本の長崎を訪れた際、エスペラントのパンフレットを配布したが不発に終わっている。ようやくロシア語に堪能な二葉亭がウラジオストクに現れたのを絶好の機会とばかりに、日本人用教科書の出版を熱心に働きかけたのであった。この間の経緯については二葉亭自身、同書の「例言」の中でも述べている。「氏久しく日本語にて、其教科書を刊行せんの意あり、余に一臂の力を添へんことを乞はる、余欣然として其意を領し、便ち氏に就きて略此新語の一斑を傳習し、又氏の率ゐるエスペラント協會に入會し、數々其集會に出席して、親しく會員諸子の如何に熱心に之を研究しつつあるかを目撃したり」と。

　ポストニコフのみならず、この言語の創案者ザメンホフもまたとりわけ極東での教科書の誕生を心待ちにしていた。ザメンホフは初期のエスペラント出版物に通しナンバーを付与していたが、二葉亭の著述のみ未だ準備中にもかかわらず、他の既刊書にまじって、第155番のナンバーを与えて目録を作成している。ザメンホフの喜びがいかに大きかったかが知られよう。「……君が翻譯せらるべき事をワルシャーワのドクトル・ザメンゴフに通報したるに、ドクトルは如何に悦びたりけん、其豫告は忽ち最近の露國エスペラント協會々報に出でたり」と、ポストニコフの書簡をひいて「例言」の中で述べている。

　二葉亭は明治35年教科書執筆の仕事を引き受けたが、身辺多忙をきわめ、完成までなお４年の歳月を待たねばならなかった。この間にもポストニコフは督促の手紙を書き、また明治36年８月わざわざ来日し、二葉亭の住居を訪れ、出版の具体的段取りを相談している。結局、出版費用として50ドルをポストニコフが負担し、二葉亭は労力を無償提供することに落ち着いた[10]。

3

　かくして難産の末、明治39年7月、彩雲閣から日本最初のエスペラント学習書『世界語』が刊行された。小冊子ながら、いまひもといても素晴らしい出来栄えである。

　内容は「文法」「會話」「讀方及譯讀」「凡例」「字書」「世界語既刊書目」から構成されている。二葉亭がポストニコフから託された「此書の發明者として有名なるドクトル・ザメンゴフが自ら筆を援りて起草せし露文の教科書」を下敷きに、エス・英辞書、英語書き教科書を参考にして、日本人向きに書き改めたものである。エスペラントがいかに合理的でやさしい言語であるとはいえ、ポストニコフからアルファベットの読み方を習った程度で、その後は独学でこの語をマスターし、本邦初の体系的教科書を書き上げたのは、さすがにロシア文学の数々の名訳を手がけた二葉亭の並々ならぬ語学の才をうかがわせるに十分であろう。

　二葉亭にこの書を書かせた動機は、ポストニコフからの熱心な依頼があったことが一番の理由ではあるが、それだけでなく、当時エスペラントがヨーロッパを中心に相当の勢いで広まり、やがては遠からず、世界の共通語になるかも知れぬと本気で考えていた節が見受けられる。地球上の諸国民の間の交流が次第に活発となり、彼自身の豊富な海外生活の経験とも相まって、普通の人々が容易に話せる共通語の必要性を痛感していたことも一因であろう。

　少し調子に乗り過ぎて誇張した表現が気にならないではないが、彼のエスペラント観、それと当時エスペラントが一部地域とはいえ、驚くほど浸透していた様子を知る手がかりとして興味深いので、少し長いが『女學世界』掲載の彼の「エスペラントの話」の一部を引用する。

I 地球語を広める

「今では世界中で亞細亞や阿非利加を除いては到る處にエスペラント協會が出來てゐて、其教科書は各國語に翻訳されてある、……エスペラントは確かに世界通用語になりつゝあるものと謂つてよろしい、安孫子君の報道でみると、倫敦の商業會議所ではエスペラントを書記の必修科目にしてゐるさうだ、又黑板博士の話では倫敦の或るステーションにはエスペラントのガイドが居ると云ふ、かれこれ思ひ合せればエスペラントは或一部の人の想像するやうなユートピヤではない、既に世界の人から國際語として存在の價値あることを認められて現に應用されつゝあるものだ。發明後僅か二十年經つか經つか經たぬ中に此通り弘まつたのは、一方から言へば人間の交通が益頻繁になつて世界通用語の必要が切に感ぜられることを證據立てると同時に、一方に於てはエスペラントなるものが此需要を滿足する恰好の言語であることを證據立てるとまあいふべきでせう、……凡そ今の人間の言語で言顯はす事は、どんな事でもエスペラントで言はれぬといふことはない、それでゐて殆ど研究といふ程の研究をせんでも分るのだから、それから推してもエスペラントの將來は實に多望だ、十年二十年と經つたら、今より數十倍應用の範圍が弘まり、五十年も經つたら、各國の小學校の必須科目になるかも知れん、……私はエスペラントの將來に就いては大のオプチミストだ。……是非エスペラントを勸めたい、……エスペラントを使つて世界の人を相手にドシドシ著作の出來るやうにしたい」

　二葉亭がエスペラントにひかれたのは、ザメンホフの地球上の人間は皆兄弟という人類愛の思想に共鳴してではなく、もっぱらその実用性に着目してのことであったというべきであろう。

31

ともあれ高名な作家の手になる『教科用　獨習用　世界語（エスペラント）』は世に大好評をもって迎えられ、発売以来たちまち8版を重ね、読者の要望に応えて、その姉妹編『世界語讀本』の執筆を余儀なくさせた。

『世界語讀本』出版のいきさつとその内容については、「例言」において簡明に述べられている。

「曩にエスペラント語の教科書を著すや、此語の發明者ザメンゴフ氏の著せる讀本中より百數十句を摘みて之に注釋を加へ、以て學者の研究に便せしも、世間には之を足らずとして、大に此部門を増補せんことを望む人多し、本書は即ち此要求を滿さんが為に生れたるものなり。

本書の本文はザメンゴフ氏著の讀本（原名を*Ekzercaro de la lingvo internacia "Esperanto"* といふもの）を其儘に飜刻したるものなれど、注釋は則ち然らず、原本には佛、英、獨、露、波蘭の數ケ國の語を以て注釋を施したれど、本書には只其英語の分のみを存し、別に國語の注釋を添へたり、但し英語の注釋には間々訂正増補したる所なきにあらず」

すなわち『世界語讀本』は*Ekzercaro*をそのまま本文とし、仏英独露ポーランドの5カ国語の注釈に代えて、英語・日本語の注釈を施したものであった。

『世界語讀本』の底本となった『練習文例集』（*Ekzercaro de la lingvo internacia "Esperanto"*）は、1894年に出たものであるが、1905年フランスのブローニュ・シュル・メールで第1回世界エスペラント大会が開催された際、この書と『基礎文法』（*Fundamenta Gramatiko*、これは『世界語』の第一篇に文法として解説されている）と『一般辞典』（*Universala Vortaro de la lingvo internacia*）とを合わせて、これら3文書をエスペ

32

ラントを学び使用するものが、言語としての統一性を維持する
ため、必ず守らなければならない不変の規範、「エスペラント
の基礎」（Fundamento de Esperanto）として認められたもの
で、教材としても誠に時宜にかなったものと言わなければなら
ない。

このようにして二葉亭の『世界語』『世界語讀本』及びエス
ペラント学習を説いた３編の文章は、わが国の黎明期のエスペ
ラント運動に決定的な影響を与えたのであった。

4

ここで日本におけるエスペラントのあゆみについて少し触れ
ておきたい。

1887（明治20年）年にエスペラント博士著[11]『国際語（ロシ
ア語版）』がワルシャワで出版されたその翌年の明治21年、早く
も読売新聞上にエスペラントの紹介記事が掲載されている[12]。

日本人で初めてエスペラントを学んだのは明治24年、当時ド
イツ留学中の動物学者丘浅次郎がフライブルク市でエスペラン
ト書を見つけ、その日のうちに読了したのを嚆矢とするが、少
し遅れて明治33年、樋口勘次郎（東京高師教授）がフランス留
学中にエスペラントを学習している。明治35年、下瀬謙太郎（軍
医）はドイツから書物を取りよせて学習、長崎の海星中学校教
師ミスレルは英字新聞ナガサキ・プレスにエスペラント宣伝記
事を寄稿している。明治36年には黒板勝美、神保格、吉野作造、
福田国太郎などが学習を始め、明治38年には岡山でG.E.ガント
レット（旧制第六高等学校英語教師）がエスペラントを教え始
め、講習会、通信教授合わせて600名の受講生を教えた。彼に
ついて山田耕筰、堺利彦、大杉栄なども学んでいる。

明治39年読売新聞紙上に、東大国史学少壮助教授であった黒

板勝美のエスペラントに関する談話が発表され、賛否論争が起こっている。この年、東京・神田に黒板勝美を中心に日本エスペラント協会（JEA）が設立され、協会機関紙『日本エスペラント』（Japana Esperantisto）が発刊された。神田の国民英学会専修学校でガントレット講習、190名受講。東京・一ツ橋、教育会館でエスペラント普及講習会開催、300余名来会。東京外語、浅田英次講習会（200名）。東京・本郷、私立習性小学校に大杉栄指導によるエスペラント学校開設。東京・神田青年館で第1回日本エスペラント大会開催、参加者130名。そしてこの年、二葉亭の『世界語』など9種ものエスペラント学習書が発行されて、各地の新聞にエスペラントの記事が掲載された。まさに明治39年という年は、わが国の初期エスペラント運動が一挙に花開いた感がある。この年の東京朝日新聞「天声人語」欄は「今年の流行は浪花節とエスペラントである」[13]とまで書いている。

　さらに明治41年にドイツのドレスデンで開催された第4回世界エスペラント大会には、『広辞苑』の編纂者として名高い新村出が日本政府代表として、黒板勝美博士が日本エスペラント協会代表として参加し、エスペラントで演説を行っている。運動の熱気、勢い、学習人口の広がり、社会での関心の持たれ方などの点においても、昨今の日本の停滞気味の状況と比べて隔世の感がある。

　二葉亭の著書は黎明期のわが国のエスペラント運動を隆盛に導く偉大な金字塔であった。事実、日本エスペラント協会は、二葉亭の『世界語』が世に出たのを機に、それまで編集準備中であった手引書の出版を見合わせ、『世界語』を協会の公定標準教科書として推薦すると、機関紙『日本エスペラント』の創刊号で発表している。

5

　すぐれた入門書を2点刊行し、手放しのエスペラント礼賛の文章を書いた二葉亭四迷であったが、明治39年10月の「エスペラント講義　第三回」(『學生タイムス』)を最後に、それ以来ぷっつりと筆をたっている。彼の真意はどこにあったのであろうか。

　有名作家エスペランチストとして、にわかにジャーナリズムの脚光をあび、エスペラント界との接触が深まってゆくことに、彼は内心苦苦しい思いを抱いていた。10月から東京朝日新聞に「其面影」を連載することになっており、思案や執筆など本来の文学活動をエスペラントによって妨げられるのは耐えがたいことであった。事実彼は日本エスペラント協会の会員でありながら、一度も会合に出席したことはなかった。

　すでに明治39年8月、内田魯庵宛の手紙の中で「エスペラント大当たり、しかしこんなものが当るようになってハ二葉亭ももう末路也」[14]と書き、10月彩雲閣主人西本波太宛には「昨夕ガントレット来訪、しかし例により面会は致さず、エスペラントで来訪者の多きには閉口、もう好加減に足を洗ってしまひたく候」[15]と、いらだちを隠していない。

　ポストニコフとの約束、それに前以って出版費用として彼から50ドルを預かったこと、年来の国際問題への関心からエスペラントの実用性に興味をひかれて手を染めてみたものの、二葉亭にとってはすべては事の成り行き上であって、決して彼の積極的な意志によるものではなかったのである。

『世界語』出版後の仕事も周囲からの強い要望に逆らえず、心ならず応じたものであり、彼としてはポストニコフとの約束を果たした以上、エスペラントとは早く手を切りたいというのが

本音ではなかったかと思われる。このことは「失敗したる經世家としての長谷川君」というタイトルで二葉亭を回想した、カナモジカイの創設者山下芳太郎氏の次の文章によっても明らかであろう。

「定めし例の凝性で大いに研究して居ること〻、思つて、其後逢つた時に、例のエスペラントは大變進歩したゞらうなと尋ねると、ナーニあんなものは最う疾に放擲つて了つた、必要を感じたから研究をしたやうなもの〻、其の目的がなくなつた今日、あんなものをやる必要がなしと云つて、殆ど知らざるもの〻如くであつたのには、聊か驚かされました」16)

　小説家と目されることをいさぎよしとしなかった二葉亭が数多くのすぐれた文学作品を世に出し、エスペラントを捨て去ってしまった彼が、輝かしいエスペラントの業績を残したのは誠に皮肉という外はない。(1989.9.29)

【注及び参照文献】

1）『教科用　獨習用　世界語（エスペラント）』露國エスペラント協會々員・長谷川二葉亭著　東京彩雲閣　1906

2）『世界語讀本 *Ekzercaro de la lingvo internacia "ESPERANTO"*』ドクトル・ザメンゴフ著　長谷川二葉亭註釋　東京彩雲閣　1906

3）、4）、5）いずれも『二葉亭四迷全集　第4巻』筑摩書房　1985.7所収

6）「二葉亭とエスペラント」伊井迂老人『二葉亭四迷全集　第9巻』岩波書店　1965.5所収　初出『文学』1954.10
　　「エスペランチストとしての二葉亭四迷」藤間常太郎『近代日本における国際語思想の展開』日本エスペラント図書刊行会　1978所収。初出『井上先生古稀記念新聞学論集』

関西大学新聞学会　1960

　　「『世界語』出版のいきさつ」小林司　『二葉亭四迷全集

　　第6巻　附録月報6』筑摩書房　1989.6　等参照。

7）『近代文学研究叢書　第10巻』昭和女子大学近代文学研究室

　　1958.10　p.260

8）原文はロシア語、安井亮平訳による。二葉亭の「日記・手

　　控」の原資料は現在早稲田大学図書館が所蔵しているが、

　　明治35年の日記は「手帳　五」として『二葉亭四迷全集

　　第5巻』筑摩書房　昭61.4に収められている。

9）『日本エスペラント運動人名小事典』田中貞美ほか共編

　　日本エスペラント図書刊行会　1984　p.96

10）前掲書「二葉亭とエスペラント」「エスペランチストとし

　　ての二葉亭四迷」「『世界語』出版のいきさつ」参照。

　　　なお『近代文学研究叢書　第10巻』(p.259)では、ポス

　　トニコフの来日を明治39年3月としているが、明治36年8

　　月の間違いであろう。二葉亭は明治36年7月、大陸から失

　　意のうちに帰国している。また同じく259頁、『世界語讀本』

　　の出版を同年（37年）9月としているが、39年8月の誤り

　　（217頁の著作年表では正しく明39.8となっている）。

　　　ついでながら217頁の著作年表に「エスペラント講義

　　第一～第三回學生タイムス　三～五号　明39.9～10」が欠

　　落している。『近代文学研究叢書』は資料的価値が高く、

　　参照される機会が多いと思われるので、気付いた点を指摘

　　しておく。

11）エスペラントとは「希望者」の意で、ザメンホフのペンネ

　　ームであったが、やがてザメンホフのつくった国際語をエ

　　スペラントと呼ぶようになった。

12）『日本エスペラント運動史年表　1887―1987』エスペラン

ト発表百周年記念日本委員会　1987　p.1。以下の記述も
同書に負うところが大きい。

13）「ショーヴィニスムと国際語」藤間常太郎　前掲書『近代
日本における国際語思想の展開』所収　p.62。初出『外国
学資料』神戸外国語大学外国学研究所　1976.3

14）、15）前掲書「エスペランチストとしての二葉亭四迷」

16）『二葉亭四迷』坪内逍遥、内田魯庵編　易風社　明治42.8
（1909）p.上ノ77

（『學菀』603号　1990.2　昭和女子大学近代文化研究所）

I　地球語を広める

秋田千代子宛絵葉書──昭和女子大学近代文庫所蔵

はじめに

　昭和女子大学の近代文庫に所蔵されている直筆資料の中から、1997（平成 9 ）年11月第692号『學苑』に、巌谷小波宛の江見水蔭書簡 7 通が杉本邦子氏によって翻刻掲載されたのをはじめとして、逐次翻刻掲載してきたが、今回翻刻するのは、モスクワ在住ヘレナ・クルデュコーヴァから 5 通、ジェニー・ブルードゥノから 1 通の、秋田千代子に宛てエスペラントで書かれた絵葉書である。

　秋田千代子は、作家秋田雨雀（1883～1962）の長女。1908（明治41）年12月13日、東京府北豊島郡高田町大字雑司ヶ谷町二十二番地に生まれた。1932（昭和 7 ）年 5 月尾崎義一（上田進）と結婚、同年12月長男良一を得たが、翌年10月夭折。1935（昭和10）年 8 月長女静江が誕生したが、千代子は1937（昭和12）年 4 月 6 日、28歳の短い生涯を閉じた。

　秋田千代子宛のエスペラントによる絵葉書 6 通は、鹿島則幸氏により本学に寄贈された書簡の一部で、他に秋田雨雀が尾崎義一、千代子に宛てた封書 5 通、葉書24通、中山省三郎や三好十郎等から尾崎義一に宛てた封書 5 通、葉書40通がある。

　すでに秋田雨雀書簡は、大塚豊子氏により「學苑」1994（平成 6 ）年 1 月第649号、同年 3 月第651号、同年11月第659号に 3 回に分けて翻刻され、ていねいな解説が付されている。これらの雨雀書簡は1933（昭和 8 ）年12月から1936（昭和11）年 5 月までのもので、気管支を痛めた千代子の病状を案じ、ビタミ

39

ン剤を送るなど自ら最善と思われる療法を記した書面は、娘の養育に力をそそいだ雨雀の父としての姿を彷彿とさせる。
「ときには経済的にも不安定な娘夫婦の生活を危惧しながら、絶えずふたりを労り、励まし続け、父としての切実な情愛をこめたものである」と大塚氏は記している。

千代子は、この書簡から1年後に逝去し、遺された娘の静江は雨雀の手によって育てられた。

以下、上述の千代子宛絵葉書を、翻刻、翻訳する。

なお発表に際しては、次のように統一をはかった。

①エスペントの文面、宛名、差出人については、原文通りとした。ただし綴りのあやまりは、その都度翻刻に＊を付し、正しい綴りを記載した。
②改行については、原文通りとした。
③ロシア語には、★を付した。
④宛名に記載されている日本語も翻刻の対象とした。

1．1928年2月2日消印の絵葉書

Moskvo.

　Ĝentila f-ino, 2/ I-28 [1)]

　Mi volas kun vi korespondi. Mi estas rusa f-ino kaj por mi tre interese korespondi kun Japaninoj. Vian adreson mi ricevis de via kara partron [*1)] U. Akita, kiu loĝas nune en nia urbo Moskvo. Mi special kona-

I　地球語を広める

tiĝis kun via patro kaj pe-
tis vian adreson. Respondu
baldaŭ mi tre ĝojos. F-ino Helena

　Tiu ĉi karton*2) prezentas la tipon
de la rusa infaneto. Ĉu plaĉas al vi?
　Mia adreso: Moskvo. 12 poŝto-fako.
　F-ino Helena Kurdjukova

Japanio
Tokio-fuka
Takata Zoŝigaja 22
maĉi

Al Fraŭlino

Ĉ. Akita

★ЯПОНИЯ

（消印）
МОСКВА
2　2　28

＊1）patro　　2）karto

モスクワ
28年1月2日

拝啓
　私はあなたと文通したいのです。私はロシアの若い女性です。私にとって日本の女の人たちと文通するのは大変興味があります。あなたの住所を私はあなたの親愛なるお父様である秋田雨雀様から受け取りました。彼は今、私たちの街モスクワに住んでいます。私は特にあなたのお父様とお近付きになり、あなたの住所をお願いしたのです。すぐにお返事をいただけると、私はとてもうれしく思います。ヘレナ

　この絵葉書は典型的なロシアの子どもの絵です。気に入っていただけましたか。
私の住所：モスクワ　私書箱12
ヘレナ・クルデュコーヴァ

日本
東京府下
高田雑司ヶ谷22
町

秋田千代子様

日本

I 地球語を広める

（消印）

モスクワ

2　2　28

2．1928年7月31日消印の絵葉書

Gentila*3) fraŭlino!
Moskvo.

　Mi petas pardonon, ke mi silentis tiel
longe. Mi devas konfesi, ke mi ne havis
bonan humoron por skribi belaj leteroj*4),
ĉar en mia vivo okazis granda malfeliĉo. 4 monatoj*5) mi estis senlaborulinon*6), tial mi sentis sin*7) tre malbone. Nune mi denove oficas kaj sentas
feliĉan fraŭlinon. Mi volas esti vian amikinon*8), tial bonvolu skribi al mi pli ofte.
Mi ĉiam estas ĝoja kaj ĉiam estas preta
respondi al vi. Skribu al mi pil ofte,
pli multe kaj pli interese, pri ĉiuj
aferoj en via lando. Salutas vian
patro*9). Mi tre bedaŭras, ke li forveturis el Moskvo. Li tre bone impresis
min kaj mi estimas lin sendube.
K-do Nalmi*10) — mi ne ŝatas, ĉar li ne estas

43

tiel edukita, kiu povas plaĉi al mi. Li ne estas afabla
fraŭlo, tial mi ne povis viziti vian patron lastafoje···
Ĝentila fr! Mi ŝatas japanaj, belaj poŝtkartoj∗11), tial mi
petas vin, se eble, sendu al mi kelkaj, puraj, belaj
kartoj∗12) — mi tre dankos vin.   Fr. Helena

Japanio.
Tokio-fuka
Takata, Zoŝigaja 22
maĉi.
F-ino. Ĉ. Akita

★ЯПОНИЯ
Mia adreso: Moskvo.
11 poŝto-fako. Al fraŭlino.
Helena Kurdjukova

（消印）
МОСКВА
31　7　28

∗ 3 ） Ĝentila　　 4 ） belajn leterojn 　　5 ） monatojn
6 ） senlaborulino 　　7 ） min　　 8 ） via amikino
9 ） patron　 10) Narumi　 11) japanajn, belajn
poŝtkartojn
12) kelkajn, purajn, belajn kartojn

I 地球語を広める

Kamparanaj infanoj kuras de la pluvo.
雨から走って逃げる田舎の子どもたち

モスクワ
拝啓

　大変長い間お手紙をさしあげずに申しわけありません。手紙を書く気になれなかったことを告白しなければなりません。私の生活に大きな不幸があったからです。４カ月間私は失業していましたので、とても気持ちがふさいでいたのです。今はまた事務の仕事をしていて幸せを感じています。私はあなたのお友だちでいたいので、どうぞ頻繁にお便りください。お便りはいつも楽しいものですし、私はいつでもすぐにあなたにお返事するつもりです。もっとしばしば、もっと多く、もっとおもしろく日本について、いろいろなことを書いてください。あなたのお父様に挨拶を送ります。私はお父様がモスクワを去られたことを、大変残念に思います。彼は私にとてもよい印象を与えました、そして私は疑いもなく彼を尊敬しています。鳴海さん─私が彼を好きでないのは私が気に入るほどそんなに教養がないからです。彼は感じのいい人ではないので、最後にあなたのお父様を訪ねることができませんでした……。

　千代子様　私は日本の美しい絵葉書が好きです、だからお願いです、できるなら数葉のカードを送っていただけたら、私はとても感謝するでしょう。ヘレナ

日本.
東京府下
高田、雑司ヶ谷22
町

秋田千代子様

日本

私の住所：モスクワ
11　私書箱
ヘレナ・クルデュコーヴァ

（消印）
モスクワ
31　7　28

3．1928年8月1日消印の絵葉書

1/Ⅷ　1928

Kara amikino! Mi tre volas
Interkorespondaci *13) kaj
inter-
ŝanĝ I per p.i. Se vi volas, ni
povas interŝanĝi per
ilustritaj
gasetoj *14). Mi atendas vian bal-

46

I　地球語を広める

daŭan respondon. Kun kama-
rada salute. Ĝeni.
Mi*15) adreso: Soviet-Unio. Moskva
Sofiska 7/22 Ĝeni Brudno

Japanio
Tokio. Zoŝigaja 22
Takata. Maĉi
K-kino Ĉ. Akita.

（消印）
MOCKBA
1　8　28

＊13）interkorespondadi　　14）gazetoj　　15）Mia

　　　　1928年8月1日
　拝啓　私はあなたと文通をし、絵葉書を交換することをとても望んでいます。あなたが望めば、私たちは絵入りの雑誌を交換することもできます。あなたがはやくお返事をくださるようお待ちしています。親愛の挨拶をこめて。ジェニー

私の住所：ソヴィエト連邦　モスクワ
ソフィスカ　7-22　ジェニー・ブルードゥノ

日本
東京．雑司ヶ谷22
高田．町
同志　秋田千代子様

（消印）
モスクワ
1　8　28

4．1930年2月18日消印の絵葉書

Mia kara fraŭlino!
Koreege dankas vin por
vian
belan karton*16). Mi tre
ĝojas, ke
vi kaj via patro estas
sanaj.

En mia vivo okazis denove
malfeliĉo. mi*17) estas denove sen-
laborulino, terure por mi tre
malfacile. La humoro estas
tre malbona, eĉ mi ne volas
skribi al vi pri tion*18). Nune
Mi studa "foto"kursoj*19), tial

mi havas, mia kara, grandan
peton al vi. Mi tre bezonas por
kursoj "foto-paperon". Tial bon-
volu sendi-sendi al mi puran
"foto-paperon" grandece pli
grande por portretoj. mi[20]
ĉiam tre dankas al vi kaj
sendas al vi certe mian
"foton". Sendu al mi, ju pli multe,
des pli bone, kaj mi ankaŭ sendos al
vi plezure kion vi deziras kara.

Japanio.
Tokio.
Takata. Zoŝigaja 22.
Al Fr-ino.
Cijoko[21] Akita

Mia adreso estas:
Moskvo. Pokrovka
Potapovskij, per
d. 12. loĝ. 13.
Fr. Helena Kurdjukova

（消印）
MOCKBA
18 2 30

＊16）via bela karto　　17) Mi　18) tio　19) kursojn　20) Mi　21) Ĉijoko

　拝啓
　あなたの美しいカードに心から感謝します。あなたとお父様がお元気でいらっしゃることを大変うれしく思います。私の生活に再び不幸が起こりました。私はまた失業しています。とても困難な状況です。気分が滅入ってこのことを書く気にもなりません。今私は"写真"の講習会で勉強していますので大事なお願いがあるのです。講習会のために"写真印画紙"をとても必要としています。ですからどうぞ混じり物のないポートレート用のできるだけ大きな"写真印画紙"を是非送ってください。私は、いつもあなたのことをありがたく思っています、そしてきっと私の"写真"をあなたに送ります。送ってください、多ければ、多いほどいいのです、そして私もまた、あなたのお望みのものを喜んで送ります。

日本.
東京.
高田. 雑司ヶ谷22

I 地球語を広める

秋田千代子様

私の住所：
モスクワ．ポクロフカ
ポタポフスキー、小路
住宅　12．13号室
ヘレナ・クルデュコーヴァ

（消印）
モスクワ
18　2　30

5．1930年 7 月21日消印の絵葉書

Moskvo. 21/Ⅶ

　Mia kara! Mi esperas, ke vi ne koleras min. Jes? Kaj daŭrigos esti mian amikinon. *22) Jes? Mi estas feliĉa havi amikinon-japaninon. Bonvolu skribi al mi.
Mi ĉiam atendas de vi.
Ĉu vi skribis al Poŝtoficejo?
Skribu nepre — estas tre grava *23) por mi kaj vi.

　Skribu. Via Helena

51

Al Fraŭlino
Ĉ. Akita
Takata maĉi
Zoŝigaja 22
Tokio-fuka
Japanio

（消印）
MOCKBA
21 7 30

＊22）mia amikino　　23）grave

モスクワ　7月21日
　拝啓　私はあなたが私のことを怒っていらっしゃらないことを望みます。怒っていますか？　そしてあなたが私の友だちであり続けることを望みます。いいですか？
　私は日本の女のお友だちを持って幸せです。どうぞ私にお手紙をください。私はいつもあなたからのお手紙を待っています。

52

Ⅰ 地球語を広める

もう投函されましたか。是非書いてください——文通は私とあなたにとって、とても重要です。

　書いてください。あなたのヘレナ

秋田千代子様

高田　町
雑司ヶ谷　22
東京府下
日本

（消印）
モスクワ
21　7　30

6．1930年8月24日消印の絵葉書
24/Ⅷ-30

　Mia kara amikino!
En mia vivo okazis grandega malĝojo. Mortis mia kara patrino. Nune mi estas tute sola. Mi ne havas gepatroj aliaj *24) mi principe ne volas konfesi. Mi tre sopiras — ne forgesu min. Skribu al mi pli ofte, mi plezure

respondos al vi ĉiam. Salu-
tu nepre via estimate
patro*25) de mi. Sampem-
te*26) mi sendas al vi albu-
meton de la urbo Moskvo por
la memoro. Se vi povas, sendu al mi
belaj japanaj poŝtkartoj*27). Mi tre
dankos vin. Via rusa amikino, Helena

Al F-imo
Ĉijoko. Akita.
Takata. Zoŝigaja 22
Tokio

Japanio.

（消印）
24　8　30

*24) gepatrojn aliajn　　25) vian estimatna patron
26) Samtempe　　27) belajn, japanajn poŝtkartojn

I　地球語を広める

30年8月24日

拝啓

　私の人生でとても大きな悲しみが訪れました。私の大切な母が亡くなったのです。今私は全く孤独です。告白したくないのですが、私には、もう両親がいないのです。とても寂しいです——私のことを忘れないでください。もっと頻繁にお手紙ください、喜んでいつも、返事を出します。尊敬するあなたのお父様に私からの挨拶をお伝えください。
思い出のためにモスクワの小アルバムを同封します。できれば日本の美しい絵葉書を送ってください。私はあなたにとても感謝するでしょう。あなたのロシアの友人、ヘレナ

秋田千代子様

高田．雑司ヶ谷22
東京

日本．

55

（消印）

24　8　30

【解説】

（1）差出人のヘレナ・クルデュコーヴァについて

　秋田雨雀の1928（昭和3）年1月31日の日記[2]に、次のように記されている。

「夜、女エスペランテストのヘレナ・クルジュコーヴァ女史とその友人トールプジナという女の人が突然電話をかけて逢いに来た──クルジュコーヴァは恐しく快活な女であるが、お父さんに死なれて大勢の兄弟と母を養わなければならないといってこぼしていた──郵便課につとめているのだそうだ──日本に対してかなり興味を持っているらしく色々な事を質問した──面白い女で、日本人の写真を見て、一番美しい人に紹介してくれ、ロシアの女はウソをいうのがいやだからといっていた──ああ、この人は大変美しいなんて指さしした──もう一人の女はタイピストらしくごく内気なおとなしい女だ──二人のコントラストがかなり興味があった──十一時過ぎにかえった」

　雨雀は、ソ連革命十周年記念祭に招かれ、1927年9月30日、モスクワのメイエルホリド座の助監督ガウズネルと、同郷（青森県黒石市）のロシア研究家・鳴海完造と共に東京駅を発ち、シベリア鉄道経由でモスクワへ向かった。雨雀が再び東京駅に

I　地球語を広める

降り立ったのは、1928年5月18日であった。

エスペラントの勉強を1915年2月から始め、大会に出席、エスペラントに関する著述もある雨雀は、モスクワでも盛んにエスペランチストとの交流を行っている。日記の引用で明らかなように、千代子と文通を行っていたヘレナと、雨雀はこの日が初対面であった。ヘレナが2月2日に千代子に宛てて絵葉書を出していることから、雨雀は、美しい人として娘の千代子を紹介したのであろう。

雨雀は、小学校卒業後は千代子を女学校へは通わせないで、自ら自由教育の理想にそって娘の教育にあたった。その教育の一環として、千代子にもエスペラントを学習させている。1922（大正11）年5月18日の日記には、「英語とエスペラントをやった。子供がよくおぼえる」3) とあり、1926（大正15）年10月16日には、「千代子にトルストイと社会学をつづけた。エスペラントにたいする知識がほとんど完全についてきたようだ」4) と記されている。ヘレナとの文通には、千代子のエスペラントの語学力をつけようとする教育者・雨雀が見える。

ヘレナの文面から察するに、千代子の返信は間遠だったようである。初対面の雨雀に家計の苦しさを訴えたヘレナは、千代子にも失業の苦しさを訴え、また無心もしている。19歳の千代子には、ヘレナの人生は想像しにくいものであっただろう。

1) ―葉書の日付は1月2日だが、消印は2月2日である。雨雀日記から消印が正しい。
2) ―『秋田雨雀日記』第2巻（尾崎宏次編集　1965年11月30日　未来社発行）71頁。
3) ―『秋田雨雀日記』第1巻（尾崎宏次編集　1965年3月30日　未来社発行）285頁。

4）―3）同書463頁。

【解説】（2）以降は、紙数の関係で次号にゆずりたいと思う。今回の翻刻に際しては、タチアーナ・コルチャーギナ先生にご助言をいただいた。記して感謝を申し上げる。

（『學苑』714号　1999.11　昭和女子大学近代文化研究所、
太田鈴子氏との共著）

I　地球語を広める

仕事と趣味にエスペラントを活用
―わたしのエスペラント人生―

1．エスペラントの学習

　私がエスペラントの存在を知ったのは、中学の国語教科書の
『エスペラントの父　ザメンホフ』（伊藤三郎著）からでした。
その時、いつかぜひこの言葉を学んでみたいと強く思ったもの
の、そのままになっていました。

　社会人になって、神戸で3日間、エスペラント語の講習を受
講しました。講師は中道民広氏でした。しかし当時は仕事が猛
烈に忙しく、神戸エスペラント会に入会したものの、例会には
欠席しがちで甚だ不真面目な生徒でした。

　1979年に神戸で開催された日本大会では、受付の手伝いをし、
エスペランチストで反戦活動家としても知られる長谷川テルの
遺児たちの来日などをぼんやり覚えています。

　この時期には、私は兵庫県立図書館の司書をしていましたの
で、『もり・きよし（日本十進分類法〈NDC〉の創案者）先生
喜寿記念論文集』にNDCの序文、解説部分をエスペラント訳
して投稿した際、木村英二氏（現・神戸エスペラント会会長）
には大変お世話になりました。

　1984年、東京の私立大に転職して、比較的自由な時間を持て
るようになりました。この頃から約20年間、かなり真剣にエス
ペラントに取り組みました。50歳からの再出発でした。

　藤巻謙一氏の『はじめてのエスペラント』『まるごとエスペ
ラント文法』、タニヒロユキ氏の『エスペラント単語帳』など
を開き、易しい読み物も多読しました。和田誠一氏の軽妙な授

59

業も楽しい思い出です。Marda seminario（火曜セミナー）、東京エスペラントクラブ（TEK）の arĝenta kunsido（銀の集い）、目黒エスペラント会にも顔を出しました。最も有益だったのは東海林敬子氏宅で毎週火曜日に行われていた西日暮里エスペラントクラブの kurso（講習）でした。和やかな雰囲気の中で一人ひとりの生徒の能力を的確に引き出す氏の巧みな授業には感激しました。エスペラントの gvidanto（エスペラント教師）を一人選べといわれたら、躊躇（ちゅうちょ）なく私は東海林敬子氏をあげたいと思います。

2．仕事とエスペラント

1984年から2003年まで19年間、昭和女子大学で図書館学課程（司書資格取得コース）の教員をしました。

私は大学の正規のカリキュラムの中にエスペラントを位置づけたいと思いました。そこで、「大学における〈国際語〉教育—その理念と現状—」と題する論文を『學苑』（昭和女子大学近代文学研究所）に投稿しましたが、首脳部の賛同を得るには至りませんでした。しかし、以後もゲリラ的にエスペラント関連の論文を『學苑』に投稿しました。「昭和女子大学近代文庫所蔵　秋田千代子（秋田雨雀の長女）宛絵葉書」（太田鈴子氏との共著、ロシア人エスペランチストが千代子宛に送った6葉の絵葉書の復刻、日本語訳と解説、本書39ページ参照）、「分析合成型分類法としてのBKE（エスペラント文献の整理法）」などです（本書279ページ参照）。このほか、公開講座「地球語エスペラント」を10日間担当することもできました。

また、大学には夏休みを利用して、約1カ月間ボストン昭和校、北京大学に宿泊して集中的に英語、中国語を学ぶ企画がありました。私は3度、団長として学生を引率してアメリカと中

国に滞在しました。あらかじめ UEA（世界エスペラント協会）の Jarlibro（年鑑）、ELNA（北アメリカ・エスペラント連盟、2006年に Esperanto USA と改称）の名簿などで調べて、極力地元のエスペランチストと連絡を取りました。また、ハーバード大学の図書館員やMIT（マサチューセッツ工科大学）の3人の院生たちに会い、ニューヨークでは R.F.GROSSMAN 氏に会い、五番街など中心街を案内していただきました。

　北京大学に宿泊した時には、gesamideanoj（男女のエスペランチストたち）が毎夜のように訪ねてくれました。帰途、西安と上海に立ち寄りましたが、ここでも WANG Tianyi 氏、WANG Minhao 氏と歓談することができました。全員初対面の方ばかりでしたが、十年来の知己のごとくすぐ友達になれました。エスペラントの力を体験できた瞬間でした。

　JEI（日本エスペラント協会）の図書館長をさせていただいた際には、月1回ボランティア図書館員が集まり、打ち合わせ、整理の仕方、運営方針などを話し合う日が設けられていて、昼食や休憩時にはエスペラント談義に花を咲かせました。

　ただ、図書館学は私の専門分野でしたから、もっと貢献すべきだったと反省しています。『図書館雑誌 日本図書館協会 101巻10号 p.709 2007』に「小規模図書館奮戦記 日本エスペラント学会図書館 エスペラント コレクションの宝庫——レファレンスも充実——」というタイトルで投稿しました（本書161ページ参照）。

3．趣味とエスペラント

　私の趣味は将棋です。今では大きな生きがいです。大学を退職の年に日本将棋連盟公認の将棋指導員5段の資格を取り、現在ではほぼ毎日、自宅で小中学生対象に将棋を教えています。

エスペラントで書いた将棋の本を著したいというのが、長年の私の夢でした。そして、雑誌掲載記事を土台に、Invito al Japana Ŝako（『将棋への招待』1996年）と *Japana Ŝako: ekzercaro por progresantoj; problemoj por matigo*（*cume ŝogi*）*kaj la sekvonta movo*（*cugi no itte*）（『将棋』2001年）の2冊を上梓することができました。試行錯誤の連続でしたが、桜井信夫氏の懇切丁寧なアドバイスがあり、出版にこぎつけました。UEA（世界エスペラント協会）、JEI（日本エスペラント協会）、KLEG（関西エスペラント連盟）の Libroservo（図書販売部）で入手可能です。

1995年の日本大会（横浜）の折、エスペラント将棋クラブ（Esperantista Klubo de Japana ŝako）を結成、以来ほぼ毎年、八ヶ岳E館で将棋合宿を行っています。

また、将棋に関して UEA の Fakdelegito（専門代表）も務めています。最近ベルリン在住の将棋好きのドイツ人エスペランチストとパソコンを通じて自宅に居ながらにしてリアルタイムで将棋を指しています。

4．ささやかな活動

2006年、故郷の奈良に戻りました。昨年（2011年）は私も、後期高齢者の仲間入りをしました。

2010年に関西エスペラント大会を奈良市に招致した際には、案内書の作成、大会の開会式、閉会式の司会、Bankedo（宴会）の進行役などを務めました。また、2012年4月にはエスペラントとは無関係のベトナム団体旅行に参加しましたが、空き時間を利用してハノイの有力なエスペランチストと会うことができました。この模様はベトナムエスペラント協会のホームページで見ることができます。

50歳の手習いから初めて四半世紀、エスペラントとエスペランチストのおかげで、私の人生は限りなく豊かになったと深く感謝しています。

（resumo）Mi estis jam 50-jara, kiam mi serioze kaj denove eklemis Esperanton. Tiam mi laboris en private universitato en Tokio kiel profesoro pri bibliotekscienco. Lenado en Esperanto-Klubo en Nisinippori ĉe s-ino Syôzi estis plej efika por mi. Mi klopodis uzi nian lingvon en mia profesio kaj en mia hobio: japana ŝako. Feliĉe tio realiĝis kvankam ne sufiĉe sed modere. Dank' al Esperanto kaj gesamideanoj mia vivo fariĝis fruktodona.　UEDA Tomohiko

　　　　　　　　　　　　（『エスペラント』80巻7号　2012.7
　　　　　　　　　　　　　　日本エスペラント学会）

エスペランチストの夢

文：湯川博士

　——将棋が専門のフリーライター湯川博士氏の取材を受け「週刊将棋」にその記事が掲載されたことがあります。ここにその記事を転載させていただきます。

　世界中にはたくさんの言語と人種があり、それぞれのお国びいきと優越感・劣等感を抱えている。そういう国家間の垣根を取り、世界中の人が平等に平和に交流できるようにという願いで、エスペラント語が誕生した。今からちょうど110年前のこと、ポーランドに住むユダヤ人ザメンホフが少年時代から研究し続け、ついに完成させた国際語だ。

エスペラントと将棋

　エスペラント語の将棋入門書「Invito al Japana Ŝako」がこのたび出版された。私も最近、将棋を世界に広める運動にかかわっているので気にかかり、著者に会うことになった。会う数日前、友人との話題に出したが、

「この本、いったいどういう人が読むんだろう？」

　と無責任な感想を述べあったものだ。なにしろ、世界中でエスペラント語が出来る人がどのくらいいるか分からないが、少数のような気がするし、外国人で日本の将棋に興味を持つ人がまた少ない。

　マイナー×マイナー＝0に近い数字ではないか。それなのに

Ⅰ　地球語を広める

立派な装丁で、70ページもある本を作る情熱はすごいと、妙に
感心をした。

　著者の上田さんに連絡がつき、職場でお会いすることになる。
世田谷区三軒茶屋の昭和女子大構内へ入る。折から土曜日で講
義が終わったらしく若い女性があふれるように流れ出てくるの
を、鮭のように遡り、やっと目的の建物へ到着。さっそく９階
の研究室へ通された。見晴らしのいい部屋でインタビュー開始。

　いきなりですが、この本を作ったいきさつから……。

「これのもとになる文がありまして、92〜96年まで23回にわた
って、エスペラント機関誌に連載したのです。国際版ですから
海外の人もずいぶん読んだと思います。タイトルは、『Japana
Ŝako』日本の将棋という意味です。

　連載が終わるころに、組織としてもエスペラント将棋クラブ
が正式発足、トーナメントや合宿もこなしています。今回の出
版にあたっては、そのメンバーの協力が大きかったですね。私
自身は、還暦祝いになにかやるつもりでお金をためていました。
それを出版の費用（30万円）に充てましたが、仲間が編集、印
刷を安く引き受けてくれて、なんとか完成しました。

　とくにエス文のソフトがないので開発の苦労や、将棋の図面
を大量に使いましたのでそのレイアウトがたいへんだったよう
です」

　将棋をエス文に翻訳するご苦労もたいへんでしょう。

「囲碁やチェスの本はありましたが、将棋は前例なし。とくに
用語をどう扱うかは悩みました。結局、英語の将棋本（ジョン・
フェアバーン著）３冊を参考にしました。３手詰め、必死など
の問題も拝借しています。問題は著作権ですが、ジョンさんと
共著者の青野九段にも快諾をいただき、将棋連盟や紙面の転載
を承諾してくれた毎日と読売新聞にもお世話になりました」

65

たいへん失礼ながら、これだけご苦労されたわけですがこの本の反響は？

「読売新聞に載りましたので期待したのですが、注文は２人でした。200部刷ったのですが、だいたいは仲間にあげた。外国にはそれほど宣伝していないのでまだ反応はありませんが、これからと思っています。現在、手もとになくなったのであと150部増刷する予定です」

海外の将棋体験

「私は８年前にエスペラント世界大会でイギリスへ行き、その合間の２日間を抜け出しイギリス将棋連盟の強豪連と指しました。初めてのイギリスでしたが、観光抜きでも、とても充実した２日間で、戦績は６勝１敗でした」

　言葉は何を？

「私は英語が苦手ですが、マーフィー三段がエスペランチストなので助かりました」

　英語が苦手でよくエスペラントを始めましたね。

「英語コンプレックスがあったのですが、たまたま40歳のとき、神戸で１日講習を受けてみたら、案外易しい感じを受け、これなら出来るかなと思った。そのときすぐに、将来はエス文の将棋本を出そうと思ったんです」

　エス文と将棋の出合いですね。エスペラントをやって得したことは。

「英語が出来なくても、世界中の人と文通し、旅行を通じて交流したり……。エスペランチスト同士は連帯感があるので、どこの国へ行っても初対面でも仲良くなれます。私はシャンチー（中国象棋）も少しやりますが、将棋も言葉以上の外交力を発揮します」

英語といえば私もメチャ苦手だった。学生時代はいつも単位を落としていた。上田さんにいただいたエス文将棋入門書を見たが、発音はローマ字読みでいいらしいし、単語の語源は英語からきているものも多いせいか、とっつきやすい感じ。内容が将棋だけに、簡単なセオリーさえ覚えれば読めるような気がするから不思議だ。逆にこの本でエスペラントを覚えられそう。

「そうなんですよ。英語の努力の５分の１、いや日本人には10分の１くらい楽かもしれない。なにしろ私が中年から始めて出来るんですから」

　現在のエスペラント人口はどのくらいですか。

「世界中で100万、日本では１万と言われています。これは少しでもやった人を入れた人口ですがね」

　英語に比べたら数は少ないが、かえって良質な密度の濃い友人が出来やすい。語源は英語・ラテン語系が多いが、文法は日本語のように語尾にプラスするので覚えやすい。

　ところで、将棋はそうとうお強いようですが、棋歴は。

「大阪大学時代は将棋部の主将でした。関西の個人戦では準優勝したこともあります。奨励会時代の木下晃六段とはずいぶん指しました。実は中学生のころ、プロへ行こうと思ったんです……」

　そんなにお好きだったんですか。

「奈良に住んでいまして、松田辰雄八段、松浦卓造八段などに教わっていた。プロへ行きたいと言ったら、親に猛反対されまして……それきり大学まで将棋はやめていた。今回をキッカケにまた再開しようと思っているんですが、週に７本も授業を抱えていて今は無理。もうすぐ65歳の定年ですので、退職したら思い切りやろうかと思っています」

　お医者さんの坊ちゃんだったという上田さん。子供のころの

夢が、還暦を過ぎてまた咲きそうですね。

（「週刊将棋」1991.11　日本将棋連盟）

平和と世界友好のエスペラント語
エスペラントのススメ

（関西わだつみ会機関紙「海」より）

1

「エスペラント」と聞いて皆さんはどんな反応を示されるでしょうか。年輩の方は「エスペラント、うん？　まだそんな言葉が生きていたのか」、若い人たちは「エスペラント、うん？　一体それ何」という感じを抱かれた方も多いことでしょう。どっこいエスペラントは今も元気に活躍しています。昨年（2012年）はエスペラント誕生125周年を祝って世界各地でさまざまなイベントが開かれました。

エスペラントとは言語の違いによるコミュニケーション不足、民族間の不和・対立をなくそうと、ザメンホフ（1859-1917）という人が世界共通の平等な易しい言葉を1887年に発表した人工語です。そのときのペンネームがエスペラント（希望する人）だったので、後にそれがこの言葉自体を指すようになりました。

書いてあるとおりに読み、発音するとおりに書けば良いのです。文字はほとんどローマ字を使います。例えば、kato カート　猫、hundo フンド　犬　です。名詞の語尾は o です。母音は5つ、A、E、I、O、Uだけですから、日本人には易しいですね。聞いているとイタリア語、スペイン語、フランス語に似ているという人もいます。ロゴマークの Mi amas Esperanton. は「ミー　アーマス　エスペラントン」と発音し、「私はエスペラントを愛します」という意味です。目的語になると語尾に n をつけます。動詞の活用も現在、過去、未来などすべて例外が

なく語尾により判別できます。

　人工語だから無味乾燥な言葉かと思われがちですが、表現力はとても豊かで、歌や詩もたくさん作られています。世界の代表的な文学作品も数多く翻訳されています。

　世界では100万人、日本では１万人の話者がいると言われています。しかしそんなに少なくて、せっかく勉強しても果たして実際に使う場面があるのだろうかと疑問に思われる方も多いことでしょう。ところが日本にいながら、あるいは自宅にいながらにして、毎日でも使う機会があるのです。まるで魔法の言葉のようにあなたの前に素晴らしい世界が開けるのです。これからエスペラントとその使い方を少しずつ学んでゆきましょう。

　では Ĝis revido! ジス レヴィード

　さようなら！（もともとの意味は「また会うまで」、「またの出会いを！」で、中国語の「再見」と同じでヨーロッパの言語でもよく使われますね）

2

１．アルファベットと発音

［アルファベット］

　次の28文字があります。１つの文字は１つの音を表し、１つの音は１つの文字を表します。大文字と小文字の対応は英語と同じです。

Aa［アー］　Bb［ボー］　Cc［ツォー］　Ĉĉ［チョー］
Dd［ドー］　Ee［エー］　Ff［フォー］　Gg［ゴー］
Ĝĝ［ヂョー］　Hh［ホー］　Ĥĥ［ぽー］　Ii［イー］
Jj［ヨー］　Ĵĵ［ジョー］　Kk［コー］　Ll［ろー］

Mm ［モー］ Nn ［ノー］　Oo ［オー］　Pp ［ポー］
Rr ［ロー］　Ss ［ソー］　Ŝŝ ［ショー］ Tt ［トー］
Uu ［ウー］　Ŭŭ ［ウォー］ Vv ［ヴォー］ Zz ［ゾー］

「ĥ」は咳をする時に「ゴホン」というホの音が「ĥ」にあたり
ます。ドイツ語やロシア語で頻出する音です。「 l 」は舌の前
上歯の裏に当てたまま発音します。「 r 」は巻き舌で発音します。
「^」や「˘」のついた文字があります。この印を「字上符」と
いい、字上符のついた文字とついていない文字、例えば「ĉ」と
「 c 」は別の文字として扱い、音も異なります。

［母音と子音］
　母音は5つのａｅｉｏｕだけです。子音は23あります。

［アクセント］
　アクセントは後ろから2番目の音節におきます。

［文の読み方］
　ほとんどはローマ字と同じ読み方をしますが、エスペラント
特有の発音は次回に説明します。便宜上アクセントはカナの下
にアンダーラインを引いて示しています。
　Hodiaŭ　mi　eklernis　Esperanton.
　ホディーアゥ ミ エクレルニス エスペラントン
　（今日　私は　エスペラントを学びはじめました。）
　Ĝi　estas　tre　interesa　kaj　facila　lingvo.
　ヂ　エスタス　トゥレ　インテレーサ　カィ　ファツィーー
　ラ　リングヴォ
　（それは大変面白いし易しい言語です。）

71

Mi aŭdis, ke doktoro Zamenhof kreis ĝin.

ミ　アゥディス　ケ　ドクトーロ　ザメンホフ　クレーイス　ヂン

（私はザメンホフ博士がそれを創ったと聞きました。）

エスペラントの学び方

　エスペラントは独学も可能ですが、特に最初のうちは仲間や先輩から手ほどきを受けた方が、入りやすいし、まわり道をしないですみます。

　まずホームページの紹介をします。インターネットの検索欄に「エスペラント」と入力して検索すれば、驚くほど多くのホームページへの案内が現れます。「エスペラント―Wikipedia」「エスペラントとは？」「エスペラント入門講座」などを読むのもいいですが、「日本エスペラント協会」と「関西エスペラント連盟」の公式サイトをご覧ください。そこには地元のエスペラントグループへのリンクが張られているので、自宅近くのグループを探してコンタクトを取り、是非例会、イベントなどに参加されるのがよいでしょう。きっと皆さんは大歓迎されることと請け合いです。ご成功を祈ります。

（daŭrigota　ダウォリゴータ　続く）

3

誤りやすい発音

ĝiとĵiとzi

（ĝiはĉiの濁音、ĵiはŝiの濁音、ziはsiの濁音）

si（スィ）とŝi（シ）

ti（ティ）とĉi（チ）

di（ディ）

I　地球語を広める

　発音についてはカナの説明では無理があります。

　アクセント、イントネーション、全体的な言葉の感じなどは、実際に耳で聞いてエスペラントの美しさを実感するのが一番です。

　今入手可能なCDを挙げておきます。

『はじめてのエスペラント（CD版）』藤巻謙一著

　　　日本エスペラント協会 2008年 2,000円

『ニューエクスプレス エスペラント語（CD付）』

　　　安達信明著 白水社 2008年 2,500円

『4時間で覚える地球語エスペラント 改訂版（CD付）』

　　　小林司・萩原洋子共著 白水社 2006年 2,800円

　上記3点は文法の説明もバッチリです。

　CDこそ付いていませんが、下記図書は私の一押しの必読書です。

『まるごとエスペラント文法 改訂版』藤巻謙一著

　　　日本エスペラント協会 2012年 2,100円

　ついでにお薦めの辞書も挙げておきます。

『簡明エスペラント辞典』タニヒロユキ編著

　　　日本エスペラント図書刊行会 2012年1,400円

『エスペラント日本語辞典』

　　　日本エスペラント協会 2006年6,000円

『日本語エスペラント辞典』宮本正男編

　　　日本エスペラント協会 1998年4,800円

『エスペラント小辞典』三宅史平編

　　　大学書林 1965年3,800円

上記図書はもちろんすべて揃える必要はありません。先輩や仲間たちに尋ねれば親切なアドバイスが得られるはずです。一般書店での取り寄せも可能ですが、日本エスペラント協会か関西エスペラント連盟に注文した方が早いかもしれません。連絡先は各ホームページですぐわかります。各地で開かれるイベントでは図書、CD、エスペラントグッズなどの販売コーナーがあり、そんな機会に購入すると割引価格で手に入れることもできます。

　次回は簡単な会話とエスペラントの活用法について述べたいと思います。

（daŭrigota ダウォリゴータ 続く）

4

2．文法

　ザメンホフが1887年に発表した『第一書』は、小冊子で、16カ条の文法、簡単な辞書、文例から成り立っていました。文法はわずか2ページに収まる程度の分量です。

　これを読んだだけでもエスペラントのおよその輪郭はわかります。あのトルストイは『第一書』を受け取り、「2時間に足りない学習で、書けないとしても読むことは自由にできた。……私は及ぶ限りこの言語の普及に努力したい」（1894年4月）と記しています。

　エスペラントが容易で、規則正しい言語とはいえ、『第一書』の知識のみでは、実用には不十分です。この欄で文法の説明をくどくどと繰り返すのは無味乾燥で場違いにも感じますので、前回紹介したCD付文法書を1冊2、3カ月から半年くらいかけて、真剣に精読されることをお薦めします。読破後は、英語

で言えば中学2、3年程度の力は十分ついているはずです。あとは実践あるのみです。間違いを怖れず、読み、書き、聞き、話す機会を自ら積極的に作っていくのが、語学上達の王道と思います。

これからは折に触れて文法のエキスを取り上げることはあっても、全体的な内容は前記文法書に譲りたいと考えています。

3．簡単な会話例

Saluton!　こんにちは（いつでも使える挨拶）

Bonan tagon!　こんにちは（日中の挨拶）

Kiel vi nomiĝas?　お名前は？

Mia nomo estas…　私の名前は…です。

Kiel vi fartas?　お元気ですか。

Mi fartas bone.　元気です。

Kie vi loĝas?　どちらにお住まいですか。

Mi loĝas en…　私は…に住んでいます。

Mi ĝojas renkanti vin.　お会いできて嬉しいです。

Aŭkaŭ mi.　私もです。

Bonege!　すばらしい！

エスペラントの読みにカナをつけませんでした。ほとんどはローマ字読みでよいのですが、詳細は当連載1　2　3を参照してください。

（daŭrigota　続く）

5

単語

エスペラントの語根は、いろいろな言語から来ています。約

75％はラテン語系から、約20％はゲルマン語系から、そして約5％は他の言語からと言われています。いくつかの例を挙げてみます。

・ラテン語：sed（しかし）、okulo（目）
・フランス語：fermi（閉じる）、butiko（店）
・イタリア語：ĉielo（空）、voĉo（声）
・ドイツ語：jaro（年）、nur（わずか〜だけ）
・英語：birdo（鳥）、suno（太陽）

　エスペラントの多くの単語は語根としてではなく、合成語として存在します。例えば tranĉilo という単語は tranĉ- という語根に道具を意味する-il-をつけ、さらに語尾に名詞を示す -oをつけ、それを合成して tranĉilo（ナイフ、包丁）となります。接尾辞 -il- のついた例としては次のような単語があります。
　tondilo（はさみ）、skribilo（筆記具）、ludilo（遊具）など。

エスペラントをどのような場面で使うか

　エスペラントは母語を異にする人々の間で友好、平和、平等、中立を願って創られた言葉ですから、この目標に反しない限り、どのような使い方をしても自由です。

　旅行、会議、インターネット、仕事、家庭、趣味など幅広く使用されています。国際交流では人と人を結ぶ接着剤のような働きをします。切手の収集、猫好きの集まり、囲碁や将棋など趣味の世界では欠かせない道具になっています。

　フクシマ原発の被害の状況を、政府や世界の大通信社、マスメディアでは伝わらない真実を市民目線で常時発信し、本にまとめて出版したり、ヨーロッパで講演旅行をしたりして、世界

のエスペランチストだけでなく、各国語に翻訳されて、高い評価をうけている日本人エスペランチストもいます。

また国際女性デーに向けて、毎年各国からたくさんのメッセージを受けて日本語に翻訳展示してエスペラントの有用性をアピールしている人もいます。その他、環境問題、エネルギー問題、平和活動、政治、経済、社会問題などを、ネットを通じて普通の市民同士が常時広範囲に議論しています。国の公式見解ではなく、世界各国の普通の人びとの心情や考えを知ることができます。

(daŭrigota 続く)

6

ここまでエスペラントについて簡単に紹介してきましたが、今回は本格的なエスペラント文を取り上げます。2、3のヨーロッパの言語に親しんで来られた方なら、かなり類推がきくのではないかと思います。憲法九条の翻訳文です。

日本国憲法は1946年11月3日に公布されましたが、いち早く広く世界の人々にも知ってもらいたいという願いから、井上万寿蔵、長谷川理衛両氏によって、日本エスペラント学会（現日本エスペラント協会）機関誌 La Revuo Orienta の1946年12月号〜1947年4月号に全文が掲載されました。

日本国憲法 第2章 戦争の放棄　第9条
日本国民は、正義と秩序を基調とする国際平和を誠実に希求し、国権の発動たる戦争と、武力による威嚇又は武力の行使は、国際紛争を解決する手段としては、永久にこれを放棄する。②前項の目的を達成するため、陸海空軍その他の戦力は、これを保持しない。国の交戦権は、これを認めない。

LA KONSTITUCIO DE LA REGNO JAPANIO
ĈAPITRO Ⅱ. REZIGNO DE MILITO Artikolo 9.

La Japana Popolo, sincere dezirante internacian pacon sur la bazo de justeco kaj ordo, rezignas por ĉiam, kiel rimedon por solvi internacian konflikton, militojn kiel ekfunkcion de regnopotencoj, kaj minacon per arma forto aŭ uzon de arma forto. ② Por realigi ĉ I tiun celon ni ne konservas landan, maran, kaj aeran forton kaj ankaŭ alajn militpovojn. Ni ne aprobas la rajton de militado de regno.

［単語の簡単な説明］

la：定冠詞。エスペラントは定冠詞のみで不定冠詞はない。

Konstitucio：憲法　de：〜の　regno：国家　Japanio：日本
（regno と Japanio は同格で「日本という国」の意）

ĉapitro：章　rezigno：放棄　milito：戦争　artikolo：条項、記事　popolo：人々、国民　sincere：誠実に　dezirante：望んで　internacian：国際的な　pacon：平和

（「Internacian, pacon」の最後の -n は対格（目的格）を表す。通常「〜を」と訳すケースが多い）

　以下は紙幅の関係で割愛しますが、エス和辞書と最低限度の文法知識があれば、初めてエスペラント文を見た方には難しそうでも、比較的容易に理解できます。文法、語順、発音、アクセント、イントネーション等は例外がなく、きわめて合理的なので、日本人にとってすぐ覚えられるのですが、最後まで苦労するのは語彙の問題と思われます。

　2014年5月3日日本国憲法の新エスペラント訳β版（評価版）がネット上に掲載されました。だれでも読むことができます。

一定の評価期間を経た後、11月３日に正式版が公開される運び
になっています。それまでは個人利用以外での新訳の転載、複
写などは禁じられておりますので、ご容赦ください。もちろん
ここに取り上げた旧訳は何の問題もありません。

（daŭrigota 続く）

7

　特定秘密保護法に集団的自衛権行使容認と、現在の政治は戦
争への道をひた走っているようで、戦時中の暗い空気を知って
いる最後の世代（敗戦時、私は小学３年生）として、安倍内閣
の手法には恐怖を覚えます。

　前回の憲法第９条に続いて今回は第99条を見てゆきます。ど
う読んでも明白な憲法違反としか見えませんね。

　日本国憲法　第10章　最高法規　第99条　憲法尊重擁護義務
天皇又は摂政及び国務大臣、国会議員、裁判官その他の公務員
は、この憲法を尊重し擁護する義務を負ふ。

LA KONSTITUCIO DE LA REGNO JAPANIO
Ĉapitro X La PLEJ SUPERA LEĜO

Artikolo 99. La Tennoo aŭ Regento, Regnaj Ministroj, Regnaj
Parlamentanoj, juĝistoj kaj aliaj publikaj oficistoj prenu sur
sin la devon respekti kaj gardi tiun ĉi Konstitucion.

[単語の簡単な説明]（前回出た単語の説明は省略）
Plejsupera：最高の　leĝo：法律、法規
Tennoo：天皇（別に imperiestro という単語もあり、外国人
にはこの方がわかりやすいかもしません）
regento：摂政　regnaj：国の　ministroj：大臣（regnaj

ministrojで国務大臣） parlamentanoj：国会議員 juĝistoj：
裁判官 aliaj：他の publikaj：公の oficistoj：事務員
（publikaj oficistojで公務員） prenu：動詞preniの命令形。取
れ、引き受けよ sur：前置詞。～の上に sin：再帰代名詞。
自分、自らを意味するsi に目的語を示す語尾-n が付いた形
devon：義務 respekti：尊重する kaj：そして、～と
gardi：守る、擁護する tiun ĉi：この

語尾
単語の語尾を見れば、その品詞がわかります。

　o　名詞の語尾　oで終わる単語はすべて名詞です。

　a　形容詞の語尾　形容詞は名詞を修飾します。

　j　複数を示す語尾　2つ以上の物には複数形を使います。

　n　目的語を示す語尾　目的語（対格）は文の中で、直接の
行為の対象を表します。

　j、is、as、os、us、u　は動詞の語尾です。

　i　基本形（不定形）　例：respekti、gardi

　is　過去形　99条、9条の訳文には出現しませんでした。

　as　現在形　99条の訳文には出現しませんでしたが、9条に
は rezignas、konservas、aprovas がありました。

　os　未来形　99条、9条の訳文には出現していません。

　us　仮定形　99条、9条の訳文には出現していません。

　u　命令形　例：prenu

　以上の規則には例外がありません。ただし la は定冠詞で形
容詞ではありません。2字目のa は語尾ではないからです。

　初めて学習する際には複雑でややこしそうですが、きわめて

規則的且つ合理的にできているので、語尾に注目すると、誤訳の可能性が軽減できます。

（daŭrigota 続く）

8

　長崎市のホームページに『平成26年長崎平和宣言』が掲載されています。「この宣言文は、国連加盟の各国元首をはじめ、全国の地方公共団体などへ送るとともにインターネットを通じ全世界に発信します」と説明があり、世界の人々がだれでも11カ国語で読めるようになっています。エスペラント語にもリンクが張られていて、その全文を読むことができます。
　ここでは紙幅の関係で、その一部を紹介します。

平成26年長崎平和宣言
　……核兵器の恐怖は決して過去の広島、長崎だけのものではありません。まさに世界がかかえる"今と未来の問題"なのです。
　……いまわが国では、集団的自衛権の論議を機に、「平和国家」としての安全保障のあり方についてさまざまな意見が交わされています。長崎は「ノーモア・ナガサキ」とともに、「ノーモア・ウォー」と叫び続けてきました。日本国憲法に込められた「戦争をしない」という誓いは、被爆国日本の原点であるとともに、被爆地長崎の原点でもあります。被爆者たちが自らの体験を語ることで伝え続けてきた、その平和の原点がいま揺らいでいるのではないか、という不安と懸念が、急ぐ議論の中で生まれています。日本政府にはこの不安と懸念の声に、真摯に向き合い、耳を傾けることを強く求めます。……

2014年（平成26年）8月9日

長崎市長　田上　富久

Pacdeklaro de Nagasako, 2014

…La teruro de nukleaj armiloj ne estas limigita al la pasinteco de Hiroŝimo kaj Nagasako. Ĝi estas problemo, kiu koncernas nian tutan mondon nuntempan kaj estontan.

…Kaŭze de la debato pri la rajto je kolektiva sindefendo, en Japanio oni interŝanĝas diversajn opiniojn pri rimedoj por certigi la sekurecon de "pacama regno". Nagasako kriadis "Ne plu Nagasako" kaj ankaŭ "Ne plu milito!" La ĵuro "rezigni militon" preskribita en la Japana Konstitucio estas la baza principo de la atombombita lando Japanio

kaj ankaŭ tiu de la atmbonbita urbo Nagasako.

La atombombitoj, rakonte sian sperton, komunikadis

la principon de paco. Tamen, en la rapida diskuto naskiĝis maltrankvilo kaj dubo, ĉu tiu principo de paco nun ŝanceliĝas.

Mi forte petas, ke la japana registaro serioze traktu la maltranvilon kaj la dubon, kaj aŭskultu nain voĉojn.…

TAUE Tomihisa Urbestro de Nagasako

la 9 a de aŭgusto, 2014

（広高正昭氏訳）

[単語の簡単な説明]

Pacdeklaro：平和宣言　teruro：恐怖　nukleaj：原子核の armiloj：兵器　limigita：限定される　pasinteco：過去

problemo：問題　kiu：関係代名詞、ここでは「問題」を受ける
koncernas：係る、関係する　tutan：すべての　mondon：世界　nuntempan：現在の　estontan：未来の

tutan、mondon、nuntempan、estonatan の -n は対格語尾（目的格）を表す。

　　以下は紙幅の関係で割愛します。

（daŭrigota 続く）

9

日本国憲法新訳完成

　このシリーズで憲法第9条と99条を紹介した際、新訳の試みが進行中である旨、お伝えしましたが、決定版ともいうべき『La Konstitucio de la Regno Japanio エスペラント対訳　日本国憲法』（廣高正昭、柴山純一、山川修一訳　日本エスペラント図書刊行会　2014年12月　600円）が刊行されました。エスペラント文はネット上でも世界中の人々が読むことができます。日本国憲法の英語版、フランス語版、世界人権宣言、各国憲法等のエスペラント訳を参考にし、海外のエスペランチストの査読も経た労作です。

「戦争放棄をうたった憲法9条をもつ日本国民にノーベル平和賞を」という神奈川の主婦が始めた運動が広がりを見せていますが、この運動の背を押すことになれば喜ばしいことです。

日本エスペラント運動人名事典

『Biografia Leksikono de la Esperanto-Movado en Japanio 日本エスペラント運動人名事典』（柴田巌、後藤斉編　峰芳隆監修　ひつじ書房 653p.　2013年10月 15,000円）の刊行。

第99回世界エスペラント大会は2014年7／8月にアルゼンチンのブエノスアイレスで開催されましたが、この席上、上記図書の編集の功績により、ひときわすぐれた活動として後藤斉氏が表彰されました（柴田氏は編集途中逝去）。

　同書は2段組み650ページ余の大著で、中身もきわめて濃密です。

「エスペラントの125年以上の歴史の中で、それを使い、広めるための運動は日本においても多彩に展開された。加わった人の多くは無名であるが、吉野作造、柳田國男、宮沢賢治、梅棹忠夫などの著名人も含まれる。本書は約2900人の物故者を取り上げ、エスペラント運動の全体像とエスペラントに関連した活動や著作を紹介」（宣伝パンフレットから抜粋）しています。

　今回取り上げた2書は、直接には翻訳者、編者、監修者の尽力に依るものではありますが、日本のエスペラント界のレベルの高さを世界に示すものといってもよいのではないでしょうか。

　なお、関西エスペラント連盟、日本エスペラント協会、ひつじ書房の本は一般書店でも入手可能です。

［造語］

　エスペラントでは、ひとつの同じ語根がいろいろな接頭辞や接尾辞や語尾と組み合わさることで、複数の単語を作ることができます。そのため、他の言語のように多くの単語を覚えなくてすみます。

　接頭辞は10個、接尾辞は32個あります。そのうちのいくつかの例を挙げます。

　mal-　正反対・逆を表す

bona-malbona（良い→悪い）juna-maljuna（若い→年老いた）fermi-malfermi（閉じる→開く）

ej　場所を表す

lerni　lernejo（学ぶ→学校）loĝi　loĝejo（住む→住居）

vendi　vendejo（売る→売店）

in　女性を表す

knabo　knabino（少年→少女）frato　fratino（兄弟→姉妹）

viro　virino（男→女）

ul　人を表す

juna　junulo（若い→若者）grava　gravulo（重要な→要人）

stulta-stultulo（愚かな→愚か者）

　エスペラントの接辞法は、ザメンホフの最も重要な発明の一つと言われています。

（daûrigota 続く）

❿
堀　泰雄さんのこと

　皆さんは堀泰雄さんという名前を聞かれたことがおありでしょうか。日本のエスペラント界に少しでも足を踏み入れた人なら、彼の名を知らない人はまずいません。世界のエスペラント界でも精力的に現代日本のさまざまな事象を、どこまでも市民目線で著作、ネット、講演旅行などを通じて発信し続けていますので、ひょっとして世界のエスペラント界で、いま一番の有名人かも知れません。

　エスペラントはマイナーな世界なので、マスメディアではめったに取り上げられませんが、今年（2015年）1月7日午前4

時から40分間、NHKのラジオ深夜便で「ことばが広げる世界の絆」というタイトルの企画がありました。

そこで堀さんはディレクターの質問に答えて、エスペラントのこと、エスペランチストであった父のこと、最近は東日本大震災についてエスペラントで発信し、世界中のエスペランチストから励ましを受け、子どもたちの支援・交流活動等を行っていることについて、飾らぬ言葉で時にはユーモアを交えて縦横に語っています。

堀さんは1941年生まれで、京大文学部を卒業後、県立高校の英語教員を27年間勤めた後、出版社勤務を経て、大学の英語教師をされました。世界および日本のエスペラント協会の役員も長くしておられましたが、現在は役職を退き、エスペラント作家として自由に精力的な活動をされています。

気さくで威張らず、話上手で、歌もうまく世界の民族楽器を巧みに操り、金儲けには全く関心がなく、まめで情に熱いマルチタレントです。一度でも彼に会ったらたちまち彼のファンになってしまうという奇特な御仁です。しかし最も尊敬すべき点は、信念を持っていかなる困難にもめげず、継続的にエスペラント活動をなさっていることだと思います。

とくに "Raportoj el Japanio"（『日本からの報告』）は優れた業績と思います。年に1冊ずつ刊行され、世界の人を対象に全文エスペラントで書かれており、一般のマスメディアには報道されないことも多く記載されています。すでに17巻（各巻300ページ近い）をかぞえ、15、16、17巻は東日本大震災にのみ充てられています。2014年5月に出た最新刊・17巻の前書きから抜粋し、日本語に訳してみます（訳文の文責は上田にあり）。

I　地球語を広める

『日本からの報告』[17] 前書きから

——外国の方には日本はどのように映っていますか？

　非常に安全で、とても美しく清潔な国。

　勤勉で、行儀の良い国民。質の高い製品。

　2020年には東京オリンピックのある国。

　一見、日本は非常に良い国のようだ。確かに日本は戦争の渦中にある国々、非常に貧しい国々、民主主義のない国々に比べると良い国だ。しかしとくに日本の政治に限ると、私はますます不満がつのる。日本を地震と津波と原発事故が襲った。この大惨事から政治指導者は何を学んだのか。国民のためになすべきことを何も学んでいないように見える。

　私にはあの大惨事から政治指導者は、いかに利益を得るかを学んだとしか思えない。破壊された町村を再興するという口実で建設のために我々の税金から巨額の金を支出している。彼らは原発なしには日本経済は不況になるという口実で、原子力発電所の再稼働をもくろんでいる。さらに恥ずべきことに、日本は原発事故を経験しているがゆえにより安全な原子力発電所を現在では製造することができると言って、海外に原子力発電所を輸出しようとしている。

　国民から真実を覆い隠すために、反民主的な法律（特定秘密保護法）を制定した。さらに、アメリカと共に世界で戦争をすることのできる軍事国家に日本を仕立てあげよう（集団的自衛権の法制化）ともくろんでいる。

　指導者には道義、哲学、人間性が欠けている。彼らはただ、いまのためだけに生きている、目前の利益、目先の快楽のために。彼らには将来の展望が欠けている。彼らはなんという情けない人間だろう！

　なんという低俗な人間たちだろう！　このような人々に導か

87

れて一体日本はどこへ行くのか？　我々の子ども、孫たちにはどんな未来が待っているのか？

　この３年間、私はあの大惨事を受けた町村を訪ねてきました。私はさまざまな事がらを実見し、多くの人々に会ってきました。幸い私には私の体験や意見を外国に発信するためのエスペラントがあります。だから、私の報告が苦しんでいる人々を助け、より良い社会の創造に貢献することを願ってこの本を書いています——

　堀さんは決して党派的な人ではありません。しかし堀さんならずとも原発、平和問題や日本の将来に真摯に向き合えば向き合うほど、現安倍内閣は戦後最低で最も危険な内閣だと思わざるを得ません。

　長らくご愛読いただきましたが、80歳を目前にしていくつかの持病に加え、緑内障が進行し、視野狭窄、目のかすみ、小さな文字の判読困難等のため、このシリーズは終了とさせていただきます。

（fino 終わり）

（「海」2013.3〜2015.6　関西わだつみ会）

Ⅱ　将棋を楽しむ

わたしの出した 1 冊の本 （1996）

Invito al Japana Ŝako 『将棋への招待』
　　　　　（UEDA Tomohiko. Tokio: EKJŜ　1996. 70p.　800円）

　この冊子は、TEK（東京エスペラントクラブ）の機関紙 La
Suno Pacifika 国際版に、1992年から96年まで23回にわたって
連載した "Japana Ŝako（Ŝogio）" を書き改めたものです。
　チェスや囲碁に関しては、早くからエスペランチストの国際
的な組織や印刷物が存在しましたが、日本の将棋については皆
無の状態でした。幸い組織については、1995年に横浜の日本大
会で初めて将棋の分科会を持つことができ、この席上、エスペ
ラント将棋クラブ（Esperantista Klubo de Japana Ŝako）が正
式に発足しました。「エスペラントで将棋を、将棋でエスペラ
ントを広める」というのがこの会の主旨です。
　将棋の海外普及にはエス文（エスペラントで書いた文章）の
入門書が欠かせません。これには克服すべき 2 つの重要な課題
がありました。1 つは、将棋という日本のすばらしい伝統文化
であり、長い歴史を有するこの奥深い知的ゲームをどのように
エスペラントで表現するか、独特の将棋用語をどの程度日本語
として残し、どこまでエス訳すべきかという問題でした。もう
1 つは、詰将棋、必死問題、さまざまな局面での手筋の例題な
ど、アマ五段の私の頭では到底創作できません。そのため、既
存の著作・新聞などからの転載に頼った部分について著作権問
題をクリアする必要がありました。
　結局、最初の問題については、英文のすぐれた将棋書 Shogi

for biginners, Guide to Shogi openings, Better moves for better shogi の表現法に大筋で従うことにしました。少なくとも盤面、駒の名称、駒の動き、棋譜の記録法については、この方式が国際的に定着していると考えたからです。しかし、まだ迷っている部分もあります。例えば、盤面の縦のマス目の日本語表記「一、二、三、四、……」の訳語としてローマ数字「Ⅰ、Ⅱ、Ⅲ、Ⅳ、……」あるいはエスペラントのアルファベット「a、b、c、ĉ、……」を用いるべきかなど、ご一読のうえご意見をいただければ幸いです。

　2番目の問題については、出版前にすべての著作権者からご了解を得ることができました。とくに上記英語本の著者、イギリス人の John Fairbairn 氏、プロ棋士の青野照市九段には心からお礼申し上げます。また、毎回私の原稿に目を通し、適切な助言をくださった桜井信夫氏のご協力も忘れることができません。

　内容は、将棋の歴史、特徴、普及状況のほか、ルール、戦法、中・終盤の手筋、実践譜、用語集などで、将棋の基礎知識が一通り得られるようになっています。

（『エスペラント』65巻3号　1997.3　日本エスペラント学会）

わたしの出した1冊の本（2001）

Japana Ŝako: ekzercaro por progresantoj; problemoj por matigo（cume ŝogi）kaj la sekvonta movo（cugi no itte）『将棋』

（UEDA Tomohiko. Tokio: EKJŜ　2001. 82p.　800円）

　いまこの原稿を書いている8月は、全国各地のデパート等で開店からほぼ閉店時刻まで3日から5日間ほど連続で将棋まつりが開催される。人気プロ棋士が交代で多数出場し、ファンサービスに努めてくれる。しかも参加は無料だから、ファンにとってこの季節最大の楽しみのひとつである。

　軽妙な解説付きの人気プロ棋士の公開模範対局、指導将棋、講演、サイン会、トーナメント戦、将棋グッズ・棋書の販売等盛りだくさんであるが、このイベントに欠かせないのが詰将棋と次の一手問題の出題である。参加者は将棋を楽しみつつ、回答用紙を箱に入れ、わくわくしながら発表を待つのである。

　詰将棋と次の一手問題は、新聞、週刊紙、テレビの将棋番組、将棋雑誌にも必ず現れる、いわばクイズのようなものである。

　本書は東京エスペラントクラブの機関誌La Suno Pacifika国際版に5年間にわたって連載したものを全面的に書き改めたものである。

　詰将棋、次の一手問題を各25題ずつ、ヒントと簡単な解説を付している。4色刷で、どこにでも持って行け、ちょっとしたあき時間にも活用できるようポケットサイズとし、問題図とヒントの次のページに解答がくるよう工夫が凝らされている。問

題は5、6級から有段者を対象としたかなりむずかしいものも含まれているが、十分に将棋の醍醐味を堪能していただけるものと確信している。

肝心の問題であるが、当代の第一人者であるプロ棋士の内藤国雄九段と青野照市九段の既発表の作品を使わせていただいた。趣旨を説明して事前にご了解を求めたところ、二つ返事でゴーサインを頂いた。両先生にはこの場を借りて厚くお礼申し上げる。

海外普及、女性普及の面で将棋界は囲碁に比べて、大分水をあけられているのが現状であるが、日本将棋連盟やプロ棋士の間にもようやく本腰を入れて取り組む気運がみられるのは頼もしいかぎりである。

私は5年前に世界初のエスペラント文の将棋入門書*Invito al Japana Ŝako*を刊行した。幸いUEA（世界エスペラント協会）の機関誌Esperanto の Recenzo（書評）にも取り上げられ、今回もご注文を頂いた。併せてお読み願えれば幸甚である。前回は将棋用語のエス訳に大変苦労したが、今回はほぼそれを踏襲した。

また、囲碁の世話人である桜井信夫氏、小部数印刷に詳しい倉本匠氏には前回同様、一方ならぬお世話になった。お二方の献身的なご協力なしには本書は成立していなかったと思う。

全く将棋をご存知ない方のために付け加えると、一局の将棋を長編小説に例えるならば、詰将棋、次の一手は、いわば俳句と短歌ということになるのでしょうか。

（『エスペラント』69巻10号　2001.10　日本エスペラント学会）

ソウル2週間滞在記——
日本将棋指導者養成所に派遣されて

出迎えのChoiさん（左）と日本語堪能なNamさん

『かけはし』26号（2003. 12. 20発行）で眞田尚裕理事長が「ISPS夢と計画」の中で述べておられたことの一部が早くも実現しました。

韓国チャンギ協会の子会社である（株）ワールド将棋と「将棋を世界に広める会」（ISPS）との話し合いがまとまり、3月の新学期から韓国各地の小学校（一部幼稚園を含む）で日本の将棋を教えるための「日本将棋指導者」を養成するため、ISPS会員2名が韓国に派遣されることになりました。

日本将棋連盟普及指導員五段の私が2004年1月4日から17日まで、将棋四段で子ども向きの将棋入門書の著書もある児童文学作家川北亮司さんが1月25日から2月11日までソウルに滞在し、小学生に将棋を教えられるレベルに達するまで「指導者」を特訓することになりました。

この計画には国際交流基金ソウル日本文化センター所長の久保和朗氏のご尽力、韓国チャンギ協会の粘り強い働きかけ、国

際交流基金からの財政援助、日本将棋連盟の精神的支援があって実現に至ったものです。

　私は昨年11月の日韓将棋チャンギ交流大会には参加しませんでしたが、2003年3月に定年退職して比較的自由時間があること、もともと海外普及には強い関心があったことなどから講師をお引き受けしました。冬の寒さが苦手で韓国語のまったくわからない私が一人で行くことに不安はありましたが、結果的には万事うまく運び、及ばずながらも韓国に日本の将棋の種を蒔くことに成功したのではないかと思います。これには、2週間私を快くホームステイさせて下さったChoiさん、終始誠実、正確に通訳してくださった鄭さんの2人のお心遣いに負うところが大きかったと深く感謝しています。

　当初、申し込みは30名あったそうですが、出席者は二十数名、ほぼ皆出席の受講生は19名でした。しかしその19名は実に熱心で、大部分はチャンギのプロか、またはアマ有段者とのことでした。年齢層は20代から60代までさまざまでした。

　私の帰国の時点では、これから新たに始めたいという超初心者の申し込みが15名でまだ増える見込みとのことで、継続の受講生用と超初心者用と2つのクラスを編成すると言っていましたから、1月26日から2期を始められる川北さんは大変だったろうと思います。

　私の場合は人数が少なかったため、土・日を除いて毎日午前10時から2時間の講義、午後は希望者に指導対局をするというのが日課でした。

　テキストは川北さんの著された『楽しい日本の将棋入門』を使いました。受講生には全員韓国語訳のテキストが行き渡っていました。駒の動かし方からはじめて、ルール、棋譜（符号）、用語解説、手筋、玉の囲い、戦法、詰将棋など、順を追ってと

95

てもわかりやすく書かれていました。

熱心な質問の理由

　質問も活発で、チャンギにはない角などの駒の動き、「成」、「持ち駒」「禁じ手」などに集中しました。

　なぜ、かくも日本の将棋に熱心なのか。ここからは私の憶測ですが、韓国では囲碁に比べてチャンギの社会的評価がかなり低いようです。チャンギのプロは200人ほどいるそうですが、それだけで生活できる人はトップ5人くらいで、お金を払ってまでチャンギを習う人はまれとのことです。ですからレッスンプロは成り立たず、プロでありながら別に副業がある、正規の職業があってプロでもあるという人がほとんどのようです。この際、日本の将棋をしっかり覚えて学校や小学生に教えて収入を得るという考えがあるのではないでしょうか。

　もちろん受講生の中には、大会社の重役さんで日本文化に興味があって来たという方もおられました。また、唯一20代後半とおぼしき女性が交じっていましたが、彼女はいつも途中10分間の休憩の際にコーヒーをサービスしてくれました。

　動機は何であれ、海外に日本の将棋が広まるのは好ましいことです。

　会場は第1週の月曜から木曜までは、都心の興国生命ビルという新しくて立派な高層ビルの3階にある国際交流基金ソウル日本文化センターでした。事務室には12、3名の職員がおり、コピーは必要なだけ何枚でもできました。ここには日本紹介の充実した図書室もあり、教室や会議室もいくつかあってその一室で授業をしました。

　磁石付きの将棋駒と大盤があり、テキストに沿って授業を進めました。通訳は元高校の数学教師で、チャンギプロ五段の資

格も持っておられました。74歳ながらたいそうお元気で、オーバーも羽織らずに来られるのには驚きました。毎回きちんと予習しておられ、的確に翻訳してくださいました。講義が終わると昼食はいつもご一緒しましたので将棋以外のお話もすることができ、今回最もお世話になった方の一人です。

　第1週の金曜と第2週はすべて韓国チャンギ協会で授業をしました。韓国チャンギ協会はソウル駅から徒歩1分という至極便利な場所にありましたが、東京の将棋会館と比べるとはるかに狭いものです。古びた3階建ての建物で、1階には携帯電話の販売会社が入っており、2階が30面ほどの盤とインターネット用のデスクトップパソコン2台と事務用パソコンが置いてあるチャンギ道場、3階が2階の半分ほどのスペースの韓国チャンギ協会事務室になっています。チャンギ道場にはまだ昨年（2003年）11月の「第一回韓日将棋交流展」の垂れ幕が掛かっていました。

　指導対局は最初八枚落でも楽勝でしたが、講義が進むにつれて六枚落でも次第に苦しくなり、最終の授業では2時間を使って四枚落の多面指しをやりましたが、チャンギプロ九段にあっさり負かされ、他の棋戦もいずれも接戦となりました。まったくゼロからスタートし、正味10日間の学習でこんなに早く上達されるのには、こちらも遣り甲斐があるというものです。やはりチャンギの下地があるからでしょう。これらの方たちが中核となり、小学生の間に将棋が広がれば素晴らしいことです。将来が楽しみです。

講義風景。盤の左が上田講師。右は通訳の鄭さん

ネットが強い味方に

　韓国はIT先進国で、国内では盛んにインターネットチャンギ戦が行われていました。ホームステイ先の Choi さんに本会の寺尾学さんから手ほどきを受けた「将棋倶楽部24」のことを話したら、コンピュータの専門家である彼は早速自宅のパソコンを操作して、English version からこのサイトに入って登録し、道場に入って実際に将棋を指すことに何の問題もないことを証明してくれました。

　実際、私は初めて韓国でネット将棋を体験しました。講習生にも Choi さんから、「将棋倶楽部24」の活用法をパソコンを使ってデモンストレーションしてもらいました。これで、相手が見つからないという悩みがかなり解消することでしょう。

　日本語の話せる講習生から、偶然、市役所横のプレスセンターという大きなビルに「ソウル Japan Club」があることを聞き、その方と一緒に訪ねてみました。あいにく責任者不在で話はできませんでしたが、その日は5、6人の日本人主婦が韓国女性から刺繍を習っていました。ソウル在住の日本人の溜まり場のようでした。

　ソウルには仕事や研究などさまざまな理由で相当数の日本人

がいますから、その中には将棋好きもいるはずです。彼らを引っ張り込んで将棋を通じて交流すれば日韓親善にも貢献できるし、有意義ではと韓国チャンギ協会副会長の朴大韓紅参社長に提案したところ、そのようなことは自分でも考えていて手を打ちつつあるとのことでした。

　1月7日夜には日本文化センター所長久保和朗氏の肝いりで、チャンギ協会金会長、朴副会長、私、通訳の鄭さん、現チャンギ名人、研究院長、Choi 事務局長が招待され、韓国料理のフルコースをご馳走になりました。そのあとも久保所長のお誘いで、Choi さんと私は超高級マンションのご自宅にお邪魔し、チャンギ、将棋、パソコン等で楽しいひとときを過ごしました。12時過ぎに運転手付きの公用車でホームステイ先の Choi さんの家まで送っていただきました。有力者に将棋の理解者がいると、特に海外では活動しやすいと感じたことでした。

エスペラントで親善

　ところで私はエスペランチストで、エスペラント（ポーランドの眼科医ザメンホフが平等、友好、平和を願って1887年に創案した国際共通語）のおかげで今回20人以上の韓国人と友情を深めることができました。土、日は自由時間だったので、ソウルに隣接する Buchon 市在住のエスペランチスト宅に一泊し、韓国料理に舌つづみをうちながら、地元の同志たちと歓談しました。

　別のある日には、ソウル随一の繁華街明洞（Myeongdong）にあるソウルエスペラント文化センターの中級講座に飛び入り参加し、8人の講習生から質問攻めにあいました。

　所長の Lee Jung-kee さんは、講座開始まで大分時間があるからと、すこぶるつきの美人を私に紹介し、彼女は2年前から

学び始めたのでエスペラントを話さざるを得ない環境に置くと言って、われわれを二人きりにしてどこかへ行ってしまいました。残された私たちは両国の家庭生活、最近の流行、社会的風習、宗教、文化、共通の知人のことなど話題は尽きず、あっという間に2時間が過ぎました。

　やがて所長が戻り、彼女は教会の仕事があるからと帰って行きました。英語ではとてもこんなふうにはいかないでしょう。

　2週間の実り多きソウル滞在の機会を与えてくださった眞田理事長はじめ ISPS 理事の方々、心温まる壮行会を開いてくださった方々にお礼申し上げ、2期目の川北さんにバトンタッチしたいと思います。ありがとうございました。

　　　（『かけはし』27号　2004. 3　将棋を世界に広める会）

II　将棋を楽しむ

日本将棋指導者資格試験問題（日本語原文）

作成　上田友彦（日本将棋連盟将棋指導員五段）

I　正誤問題　10問

次の文章のうち正しいものには○、間違っているものには×を（　）の中に入れよ。

1　（　）将棋にはパス（自分の手番なのに指さないで相手に手番を渡すこと）は認められている。

2　（　）飛車や角は強力な働きをするので、味方や相手の駒も飛び越せる。

3　（　）桂馬だけが味方の駒も相手の駒も自由に飛び越せる。

4　（　）相手から取った駒は自分の駒として使える。

5　（　）持ち駒を打つときに裏にして使うこともできる。

6　（　）玉（王)、金も成ることができる。

7　（　）「成」と「不成」は自由に選択できるが、通常「成」方が得の場合が多い。

8　（　）局面によっては飛車より歩の方が価値の高い場合があり得る。

9　（　）詰将棋では攻め方は連続王手で攻めなければならない。

10　（　）詰将棋では玉方は最も短い手順で詰むように受けなければならない。

101

Ⅱ　説明問題　10問

次の問題に答えよ。

11　ヨーロッパのチェス、中国のシャンチー、韓国のチャンギ、日本の将棋などのルーツはチャトランガというゲームだといわれているが、それはどこの国で誕生したか国名を記せ。

12　上記のボード・ゲームには共通点も多いが、日本の将棋だけ大きく違うところがある。日本の将棋の特色を記せ。

13　駒の数は全部で何枚あるか。枚数を記せ。

14　駒の種類は全部で何種類あるか。駒の表の省略したときの呼び方（正式名称も可）を漢字で記せ。（ただし玉と王は一種類とする）

15　駒の裏に何も書かれていない駒はどれとどれか。

16　相手の陣地に駒が入って成ったとき、銀、桂、香、歩はどの駒と同じ働きをするようになるか。

17　将棋の駒の価値の高い順に並べて記せ。（ただし玉（王）は除く）

18　禁じ手（反則）にはどのような場合があるか。3つあげよ。

19　代表的な玉（王）の囲いを3つあげよ。

20　将棋の戦法は「居飛車戦法」と「振り飛車戦法」に大別されるが、さらに「振り飛車戦法」には飛車の振る位置によって4つの形がある。その4つをあげよ。

Ⅲ 棋譜（符合）と詰将棋問題　10問

〈21問〉

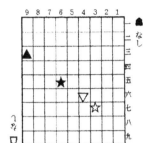

将棋のマス目には住所と同じように番地がある。★が６五、☆が３七とすれば、▲、▽の番地を記せ。

▲ =
▽ =

〈22問〉

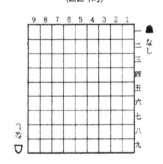

「初形」（平手で最初に駒を並べた形）から指し始めた棋譜があるので、頭の中で駒を動かして、10手後の局面を図面に記せ。

▲７六歩▽３四歩▲２六歩▽８四歩▲２五歩▽８五歩▲７八金▽３二金▲２四歩▽同歩まで

問題23-26詰将棋一手詰問題。

〈23問〉

〈24問〉

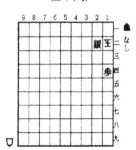

103

〈25問〉

〈26問〉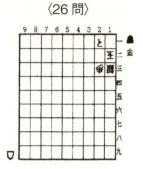

問題27-30詰将棋三手詰問題。

〈27問〉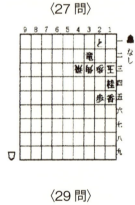

〈28問〉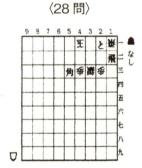

〈29問〉

〈30問〉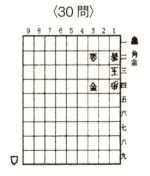

Ⅱ　将棋を楽しむ

奇跡が奇跡を呼び全国制覇達成
―ねんりんピック将棋交流大会優勝記―

　"第21回全国健康福祉祭、通称ねんりんピック鹿児島2008"（厚生労働省主催）が昨年（2008年）10月25日（土）から28日（火）までの４日間、鹿児島県内各地で開催された。

　60歳以上に参加資格があり、その種目に将棋も入っている"ねんりんピック"という全国規模のスポーツ大会の存在はうすうす聞き及んでいたが、５日間も休暇は取れないし、東京代表はとても無理だし、自分には関係のない棋戦と思っていた。

　定年退職後、故郷の奈良県に転居した翌年、県予選に出てみることにした。幸い２位となり、県代表の資格を得た。各県１チーム（指定都市のある人口の多い県は複数）３名で構成される。なぜか奈良県は１年以上前に選手を決める。

　今回もさまざまな理由で辞退される方がでて、結局２、３、５位の者が出場することになり、自動的に私が大将を務めることになった。副将は大野良雄さん、三将は吹田修三さん。お二人とも日将連西大和支部の仲間で、よく気心の知れた仲だった。

　奈良県代表団は総勢約100名。事前の説明会の折、名簿の私の名前の備考欄に小さく「宣誓」とあるので、質すと、選手宣誓をお願いしますとのこと。何も聞いてないよと少しごねたが、「文章はこちらで用意します、ただ朗読してもらえればよいのです」と担当の若い係員が困り顔なのでお引き受けすることにした。結団式では全員ユニフォーム姿で、私は選手団を代表し、県の偉い人たちの前で選手宣誓を行った。72歳にして初めての経験だった。この模様はその夜、奈良テレビで大写しで放映さ

105

れた。

　総合開会式は25日であったが、24日大阪空港に全員ユニフォームを着用して集合、鹿児島に前泊することになった。自宅から空港までの途中のユニフォーム姿はなんとも気恥ずかしかった。空港でも高年者の異様な一団に映るのか、見知らぬ人から、あなた方はどこへ行くのですか、一体何があるのですかと尋ねられた。ユニフォームは、開会式はもちろん将棋大会中も義務づけられた。

　25日（土）は快晴、総合開会式は鹿児島県立鴨池陸上競技場で選手団、観客、役員など約３万人が集い、盛大に行われた。地元の受け入れ態勢はとてもよく行き届いており、温かな歓迎振りが参加者に伝わってきた。

　しかし、私は明日からの将棋大会のこと、荷物の引き渡し、会場へのバス乗り場と時間の確認、ホテルの部屋割り、食事券の配付、大会責任者への連絡、帰途の切符の購入などのことで頭が一杯であった。大将はマネージャー的な雑事にも気を配らねばならないのだ。なにしろ大将と副将はねんりんピック初参加なのだ。

　将棋交流大会は10月26日（日）、27日（月）の丸２日間、薩摩川内市いこいの村いむた池で行われた。参加64チームで、初日は団体戦予選リーグ３局、２日目が団体戦トーナメント（他に個人戦もあるが、ねんりんピックは団体戦がメイン）４局である。持ち時間は対局時計を用い、１人40分切れ負けというルールである。予選リーグは４チーム１組16ブロックに分け、各組の１チームが翌日のトーナメントに進む。ちなみに奈良県チームの平均年齢は74歳でかなり高齢の方だった。

　初日、奈良県は福岡県、名古屋市、千葉市と同じ組に入った。団体戦は学生リーグ戦、職域団体戦以来久しぶりであった。で

きれば予選を通過したいな、ダメなら明日はどの先生に指導対局をお願いしようかな、と比較的リラックスして指しついだ。ちなみに桐山九段、淡路九段、畠山（鎮）七段、岩根女流初段等、そうそうたるプロ棋士７名が審判、指導に来られていた。

福岡、名古屋チームはなかなか手ごわく、からくもチーム成績ほぼ２勝１敗のペースで切り抜け、翌日のトーナメントに駒を進めることになった。

我がチームに幸いしたことは、宿泊したホテルがそのまま会場に使用されたことであった。選手の半数は会場とホテルが別で、往復バスで移動する必要があった。われわれは時間的、気分的に余裕が生まれ、このメリットは大きかった。会場、割り当てられた部屋も申し分なかった。おかげで落ち着いて２晩とも遅くまで、３人で最新流行の序盤戦術を研究することができた。実戦において何局も同一の研究手順が現れ、この効果は絶大であった。

２日目はいよいよ決勝トーナメント、ベスト16が勝ち進んだ。奈良県チームにとって準々決勝が運命の分かれ目と言える。私は序盤でミスをして勝負どころもなく負けようとしていた。あまり早く投げると仲間の士気にかかわると思い、引き伸ばしていたが、徐々に時間が切迫してきた。隣の副将をみると、頭を抱え込んでいる。三将も苦戦らしい。

私の玉は必死、相手の玉は広い。持ち駒の飛車だけではどこに逃げられても詰まない。敵将はもうニコニコ、温泉気分のようだ。王手を掛けて次の瞬間、投了を告げるつもりでいた。ところが歩で合いをされたのである。なんと２歩になっているではないか。相手もすぐに気づいた。アマ強豪でもこんなことがまれにある。

これですっかり流れが変わり、準々決勝はチームとしては２

勝1敗でクリア、次の準決勝、決勝も勢いで2勝1敗、気がつけば頂点に立っていた。ほとんど2勝1敗のペースでよろよろと勝ち上がり、ついに金メダル、賞状、トロフィー、特産の地酒を手にすることができた。まさに無欲の優勝である。これはひょっとして私の晩年の最高の贈り物かもという思いが脳裏をよぎった。

大会終了後、いろいろな方から祝福の言葉を受けた。しかし大半がおめでとうの後に、「正直言って奈良県が優勝するとは思いませんでした」「予選でもっと力を出しておけば良かった」「なんで奈良県が……」などというような文言が続いた。初めは「ラッキーでした」と応えていたが、あまりに率直な感想を聞かされ続けるので、われわれの方でも、「いや、なに実力ですよ」と受け流すことにした。

確かに運、ツキに恵まれたことは事実である。しかし、強運のみで7連勝などできるものではない。われわれ3人にはそれなりの実力、チームワークの良さ、日頃の研鑽があったればこそと互いに讃えあい、その日は夜更けまで勝利の美酒に酔いしれた。

（『将棋ペン倶楽部』51号　2009.春　将棋ペン倶楽部）

II　将棋を楽しむ

ねんりんピック奮戦記

再度挑戦

　"第23回全国健康福祉祭、通称ねんりんピック石川2010"（厚生労働省主催）が本年（2010年）10月9日から12日まで4日間、石川県内各地で開催された。2008年には奈良県代表として初出場し、予想だにしなかったことだが、奇跡的に全国優勝を果たした。この模様は本誌2009年春号にレポートさせていただいた。

　私は齢74歳、最近は心身ともに衰えを感じているので（当然、棋力も低下）、県レベルのアマ棋戦は敬遠しているが、2年前はあまりにもうまくいったので、また県予選に出てみることにした。運よく、本当に運よく3位になったので、今回は三将として出場することになった。大将は松村慧さん、副将は竹原弘さん、お二人とも日将連西大和支部の会員で気心の知れた仲だった。

　10月8日、奈良県選手団一行はバス3台に分乗して、総合開会式のある金沢市へと向かった。この日は天皇皇后両陛下がご臨席になる"平城京遷都1300年祭"のイベントがかち合い、いたるところに交通規制が敷かれ、バス移動は渋滞、遠回りなどで6時間近くかかり、かなり疲れた。

　9日は常陸宮ご夫妻をお迎えして10時頃から石川県西部緑地公園陸上競技場で総合開会式が始まったが、終日雨で、選手団、役員、観客は雨合羽着用の参加となった。とくに大会関係者、ボランティア、アトラクションの出演者にはお気の毒であった。

109

将棋交流大会は10、11の両日、小松市桜木体育館で行われた。1日目は団体戦予選。全国各地から県、指定都市を代表して66チームが参加、16ブロックに分かれ、4チーム1組となり、1チームのみ決勝トーナメントに進出、持ち時間は各自40分切れ負けというきまりであった。

　わが奈良県は優勝候補筆頭の下馬評が高い東京都A、それに静岡市、愛媛県と同じ組になった。果たして初戦、東京と当たり3人とも負け、2、3局目は3―0で勝利したが、チーム成績2勝1敗（勝ち数6）で、あえなくも予選突破はならなかった。

　2日目は、団体戦決勝トーナメントと個人戦トーナメント（昨日の失格組160名が10ブロックに分かれ4局を競う）が行われた。

　われわれ3名はバラバラに分かれ、個人戦にまわった。幸い私は2局逆転勝ちがあり、優勝戦まで駒を進めたが、浜松市の強豪に敗れ、準優勝となった。

　ちなみに、団体戦優勝は地元石川県A、準優勝滋賀県、3位山形県、兵庫県となった。東京都Aはずっと3―0で勝ち上がりながら、準々決勝で1―2で敗れた。滋賀はほとんど2―1で、優勝戦までいっている。

2匹目のどじょうはいなかった

　この2日間はつくづく運、ツキを強く意識させられた。初日、東京都Aと同じグループでなければ決勝トーナメントに進めたかもしれない。一方、翌日の個人戦では、初戦に浜松の強豪に当たっていれば、とても準優勝は望めなかったであろう。それに拾い勝ちもあった。一番勝負は何が起こるかわからない。

　2日間に7局指し、珍しいことに6局が相居飛車で、相懸り、横歩取り、角換り腰掛銀、相矢倉など、居飛車党の私には幸い

であった。最終局は振り飛車でこられたが、糸谷流右玉で対抗し、終盤の入り口は飛車、香交換の駒得となり、手ごたえを感じた。が、そのとたん緩手を指し、小駒で食いつかれて無念の敗局となった。柳の下に2匹目のどじょうはいなかった。

　糸谷流石玉はどこで戦いが始まるか予想がつかないスリル満点の面白い戦法であるが、玉が薄いのが難点である。玉をガチガチに固め、飛角桂香を軽く捌く現代将棋とは対極にある。私はこの戦法が好きであるが、今後、対振り飛車戦には飯島流引角戦法もレパートリーの一つに付け加えたいと考えている。

　表彰式では小松市長からじきじきに銀メダルと賞状を頂いた。ねんりんピックは県対抗の団体戦がメインであり、個人戦はいわば敗者復活戦、10名の優勝者と10名の準優勝者がでるのであまり威張れたものではないが、私の5勝2敗の戦績はまずまずの出来であった。

　小松市あげての温かいおもてなし、おいしい食事、心地よい温泉、プロの記念対局（橋本七段対村田四段）、大盤解説（若松七段、聞き手・井道女流初段）などなど、2日間どっぷり将棋漬けの楽しいひとときを堪能することができた。

　しかし一番の収穫は、選手の中の最高齢者（91歳）、高齢者（80代半ば）数人の特別表彰に同席できたことではないだろうか。私にとって、今後の人生の目標を与えられたような気がしている。

　　　　（『将棋ペン倶楽部』36号　2010.12　将棋ペン倶楽部）

二度あることは三度ある
―ねんりんピック将棋交流大会奮闘報告―

　"第25回全国健康福祉祭〟通称ねんりん宮城・仙台2012"（厚生労働省主催）が10月13日から16日まで4日間、宮城県内各地で開催された。

　私はなぜか、ねんりんピックにはすごく相性が良い。参加資格が60歳以上のため若くて強い人が来ない、かつての強豪も加齢のため腕が落ちている、県予選では3位に入ればよい（1チーム3名で構成されるため）など好条件が揃っているとはいえ、やはりなかなかの難関である。

　県代表には連続してはなれないというルールがあるので、私は4年前と2年前に引き続き今回3度目の挑戦であったが、今年もいくつかのツキに恵まれ、3位に滑り込んだ。

　二度あることは三度あったのだ。しかも、4年前は奇跡の全国優勝、2年前は個人の部準優勝を果たした。そして昨年、私は出ていないが、我がチームは2度目の全国優勝をしている。

　私自身は、これまで金、銀は手に入れたので、今年はひそかに銅メダルを狙うことにした。

　大将は杉本忠夫さん、副将は見谷博さん。お二人とも日将連西大和支部の会員で、毎月第1日曜の月例会で顔を合わせる仲だった。

　仙台は遠いので前泊することになったが航空券が取れず、奈良県選手団は18種目計約100名が10月12日8時50分ユニフォーム着用の上、京都駅に集合、新幹線を乗り継いで現地に向かう。ねんりんピックは国体と同じくスポーツが主体であるが、文化

交流大会として囲碁、将棋、俳句、健康マージャンも種目に入っている。

13日は好天に恵まれ、楽天のホームグラウンドであるクリネックススタジアムに隣接する仙台市陸上競技場で、常陸宮ご夫妻を迎え総合開会式が盛大に行われた。選手団入場、開会宣言、主催者挨拶、皇族のおことばの後、地元宮城による各種の心のこもったアトラクションが繰り広げられ、東日本大震災の爪あとを感じさせない感動的なイベントであった。

14、15の両日は宮城県内各地で種目別競技が開催された。将棋は仙台市の東隣の多賀城市の市総合体育館で行われた。

多賀城市は人口6万1千ほどであるが、大震災のため188名が犠牲になられたとのことであった。会場には震災直後と現在とを比較した写真が多数展示されており、胸がつぶれる思いであった。しかし、地元の方々の行き届いたてきぱきとした大会運営にはこちらが元気をもらったようで、選手一同は大いに感激した。

1日目は団体戦予選で、県・指定都市を代表して66チームが参加、16ブロックに分かれ、4チームが1組となり、1チームのみが決勝トーナメント進出、持ち時間は各自40分切れ負けという決まりであった。

我が奈良県チームは3段階の目標を持って、大会に臨んだ。

①メンバーは総代わりしているものの、昨年は全国優勝し、プレッシャーがかかっているから、少なくとも予選突破すること。
②決勝トーナメントでは午前中に帰らなくて済むよう、2局勝って準決勝まで進むこと。
③あわよくば優勝すること。

113

われわれは和歌山県、宮城県B、浜松市と同じ組に入った。

和歌山には3—0で勝利したものの、宮城、浜松はなかなか手ごわく、からくも2—1でクリアできた。

私個人は3局とも振り飛車でこられたが、居飛車党の私は最近研究している糸谷流右玉戦法で対抗し、全部勝つことができた。糸谷流右玉は対振り飛車に優秀な戦法と思っているが、プロアマを問わずなぜ採用者が少ないのであろうか。玉をガチガチに固め、飛角桂香を軽く捌く現代将棋とは合わないからだろうか。確かに玉が薄いので時間のない将棋では大敗するリスクは大きい。

2日目はいよいよ決勝トーナメント戦である。最後まで勝ち残るには4局勝たなければならない。

1回戦は福井県、2回戦は滋賀県と当たった。中身はきわどかったが、スコアはいずれも3—0で下した。

ここまで来ると欲が出てくる。次に勝てば優勝戦である。平常心が薄れ、何か悪い予感がした。

果たして3回戦は優勝候補の東京都Bが相手だった。今回初めての相居飛車、相腰掛銀となった。模様が良く指しやすさを意識しながら、こちらから仕掛けた。

これが疑問手だった。後から考えれば、この時点でもっと頑張ればまだまだの将棋だった。それがすっかり動揺してしまい、何か手筋めいた手を思いつき、後先を考えずに着手してしまった。

すぐ相手に指摘されたが、禁じ手の2歩を打っていたのである。見落としやポカは日常茶飯事であるが、反則負けなどめったにやったことがない。痛恨のミスであった。優勢であっただけに、悔いの残る一局となった。

副将も優位を築きながら、時間切れで負けとなった。大将は勝ってくれたが、スコアは１―２の敗戦となった。結局、団体戦は１位が東京都Ａ、２位が東京都Ｂ、３位が宮崎県、奈良県となった（３位決定戦はなし）。

ともあれ、全体として顧みれば３名とも６局中５勝ないし４勝をあげ、よく頑張ったと思う。ここまで勝ち上がれたのは良しとしなければならない。そのうえ、狙いの銅も獲得した。

ねんりんピックは県対抗の団体戦がメインなので、２日目の個人戦の結果は割愛する。

日本将棋連盟からは、島朗九段、中川大輔八段、佐藤秀司七段、熊坂学五段、鈴木環那女流二段、室谷由紀女流初段が審判、指導対局に来てくださった。また、席上記念対局、大盤解説、詰将棋、次の一手問題などもあり、まる二日間、十分に将棋漬けの楽しい時を堪能することができた。

最後の表彰式では、宮城県知事からは賞状を、多賀城市長からはトロフィーを授与され、メダルは入賞選手たちがそれぞれ禿げ頭をぬっと突き出して、若くて美人の室谷女流からかけてもらってご満悦であった。

地元の温かいおもてなしに感激して２日間の将棋交流大会は無事終了した。

（『将棋ペン倶楽部』40号　2012.12　将棋ペン倶楽部）

エスペラント将棋クラブ機関誌
『EKJŜ』近況報告・巻頭言

2003年

近況報告

　私は2003年3月末、満66歳をもって、43年間にわたるフルタイムの職業生活にピリオドを打ちました。後半の19年はあこがれの女子大学で教鞭をとるという、はた目にはうらやまれるような環境でしたが、ここでも少子化、共学志向、長期不況の波をもろに受け、大学の収入は激減、退職教職員の補充はほとんどなく、仕事は倍増、給料・退職金はとくに60歳以上の人間には年々きつくなる一方でした。そこで、体調不良もあり、3年を残して引退することにしました。

　さて、これからの人生をいかに楽しく有意義に過ごすか、私の場合はためらうことなく盤上この一手「将棋を生活の柱に据える」ということでした。

　60歳頃から徐々に心の準備を始め、まずエス書きの棋書2冊を自費出版しました。昨年暮れ頃から自宅近くの日本将棋連盟支部道場に通い、腕を磨きなおすことに努め、2003年4月に日本将棋連盟普及指導員の資格を得ました。

　4月末から「将棋教えます」という趣旨の新聞折り込み広告、スーパーマーケットや公民館等の掲示板、近隣の小・中学校の訪問など手を尽くして宣伝しましたが、何の反応もありませんでした。ところが6月に自宅に「子ども将棋教室」を立ち上げたところ、ある方の将棋ホームページに紹介され、急に問い合

わせが増え、いまさらながらコンピュータの威力を実感しました。

　いまでは週5日、小・中学生が自宅に将棋を習いに来ており、スケジュールの調整がつかず、心ならずもお断りするほど日程が詰まっています。なかには、当初は私に2枚落で勝てなかった中学1年生がめきめき上達し、先月には将棋連盟の研修会（奨励会の一つ下のクラス）に合格したりして、私自身もやりがいを感じております。

　11月9・10日には天童市での「将棋の日」にちなんだイベント（次の一手名人等11月30日NHK教育テレビ「将棋の時間」に放映）、普及指導員交流会議に宿泊代・食費将棋連盟持ちで参加しました。来年早々には2週間の予定で、韓国ソウルでの将棋指導者養成講習会に講師として出かけることになっています。

　4月以来、試行錯誤、小さな壁に突き当たりながらも、まずは順調な退職後の生活を送っております。

　長々とした近況報告になりましたが、何かのご参考になれば幸いです。

　エスペラント運動とは違って、将棋の普及指導の活動は全くのボランティア、持ち出しというわけではありませんが、生活の足しにという期待は持たれない方が良いと思います。また、情報の入手、事業の実施には何かと便宜の得られる普及指導員の資格は取っておいた方がベターと思います。3段以上の免状があればまず大丈夫です。

　では皆様、良いお年を。来年は是非、日本大会分科会（犬山）または鳥羽でお目に掛かりましょう。

（Esperantista Klubo de Japana Ŝako N-ro 10. 2003.12.20）

2004年

近況報告

　今年もあと残りわずか、1年をかえりみて反省を迫られる時期を迎えた。エスペラント将棋クラブの組織としての活動は、会長たる私の怠慢もあり、残念ながら見るべき成果をあげることはできなかった。強いてあげるならば、10月に日本エスペラント大会（犬山）で分科会をもったこと（8名参加）、11月に会員の西村さんのお世話により鳥羽で将棋合宿をやったこと、「運動年鑑」（*La Revuo Orienta* 8/9月合併号 p.65）に当クラブの記録を載せたこと、会計の木下さんのご尽力により年1回の会報を無事発行できたことくらいであろうか。

　以下自戒の念もこめて、私個人の将棋にかかわる1年間を3点に絞って、ご報告したい。

①韓国ソウルでの将棋特訓

　今、日本では中高年女性を中心に韓流ブームがわきおこり、韓国映画をはじめ、韓国料理、韓国観光などの人気が高いが、韓国内でもようやく本年から日本文化紹介が公式に解禁となり、その流れの中で日本将棋にも関心が向けられるようになった。具体的には、韓国の小学校の新学期（3月）から課外授業として日本の将棋が教えられるようになった。

　この目的を達成するため、「韓国チャンギ（将棋）協会」に「日本将棋指導者養成所」が付設され、国際交流基金のご支援も得て、1月4日から2週間、私は単身ソウルに滞在して集中講義を行った。日本将棋連盟普及指導員五段の資格も活かすことができ、思い出深い経験をさせてもらった。

　8月にはその成果の一端として、日本の将棋を習得したソウ

ルの小学生2名、校長先生2名、引率者1名が来日、第2回日韓将棋チャンギ交流大会が東京で開催された。将来が楽しみである。

なお、日本側窓口はすべて、私も所属するNPO法人「将棋を世界に広める会」が務めた。

②伝統文化こども将棋教室

平成13（2001）年12月に「芸術文化振興基本法」が成立、同法12条に「将棋」は「国民の生活文化・娯楽のひとつ」と、はじめて日本の法律に「将棋」という文言が明記された。

これに基づき、文化庁から伝統文化の継承・振興のために助成金が支出されることになった。幸い私の住む江戸川区の区立第五葛西小学校が審査にパスし、土曜日1時から3時間、計12回、私を含め指導棋士1名、普及指導員2名、クラブ顧問の先生1名で25名の生徒を対象に大盤解説、多面指し指導、対局割り当てにあたっている。子供たちは皆とても楽しそうで熱気ムンムン、やる気マンマン、こちらが元気をもらっているほどである。

③カルチャー教室開講

いわゆる民間のカルチャーセンターが運営する各種講座の中に囲碁教室はあっても、お金を払ってまで将棋を習おうとする人が少ないせいか、将棋教室があるのはごくまれのようである。

そんななかで、千葉県浦安市（ディズニーランドと日本一質の高い図書館サービスで有名）のスーパーマーケット・イトーヨーカドーの一角に、今年9月に100余りの講座の中のひとつとして将棋教室が誕生、大人クラス3名（90分）、子どもクラス6名（60分）でスタートした（月2回）、その指導を担当し

ている。まるでレベルの異なる受講生を一人で教えるのはなかなかむずかしいが、将棋人口の裾野を広める意味で大切にしたいと思っている。

　①②③以外では、自宅で子ども将棋教室を開いている（火〜土曜日）。こちらはマンツーマンの個人指導である。かくてほとんど毎日、将棋漬けの生活を送っている。
　誰しも気になる「それでいったいナンボになる」ということであるが、平均月収４万円、必要経費を差し引いて手許に残るのが３万円程度、これを高いとみるか安いとみるかは人それぞれであるが、所詮われわれは素人、これで生活費を稼ごうという考えは、はなから無理というものだろう。人とのつながり、まだ自分も多少なりとも世間のお役に立っているという思い、好きな道、ボケ防止などを考慮に入れれば、お金には代えられない貴重な過ごし方をさせてもらっていると言えるのではないだろうか。

　では皆さん、良いお年を！
　来年は日本大会（横浜）で是非お目に掛かりましょう。

　（Esperantista Klubo de Japana Ŝako N-ro 11. 2004.12.20）

2005年

EKJŜ誕生10周年
　"将棋を通じてエスペランチストと交流を図る。エスペラントにより将棋を、将棋によりエスペラントを世界に広める"をモットーに1995年に創立されたEKJŜは本年で満10年を迎えた。

II　将棋を楽しむ

　いつまで続くものやらと不安なスタートであったが、皆様の
ご支援によりともかく灯を消すことなく今日に至っている。

　会員数20名弱、年会費なし、会長たる私の無能も手伝って大
した実績は残せないでいるが、全文エスペラント書きの入門書
Invito al Japana Ŝako、詰将棋・次の一手問題 *Japana Ŝako:
ekzercaro por progresantoj; problemoj por matigo kaj la
sekvonta movo* の 2 冊がUEA（世界エスペラント協会）、JEI（日
本エスペラント協会）、KLEG（関西エスペラント連盟）でい
つでも入手可能な状態になっている。また、インターネットの
普及により世界の将棋愛好家と容易にコミュニケーションがと
れ、将棋の対局さえ楽しめる環境になってきているので、潮目
が変われば躍進の芽はあるものと信じている。いや、そんな消
極的な態度ではだめだ、もっとどんどんアイデアを出しても良
いという方がいらっしゃれば、どうぞ声を上げてください。

　さて2005年を振り返ってみると、EKJŜ最大のイベントは湯
河原の合宿であろう。書記兼会計の木下恒さんの采配で、宿の
雰囲気良し、料理良し、温泉良しのなか、参加者一同大満足で
至福の時を過ごすことができた。

　われわれエスペランチストには八ヶ岳エスペラント館がある
ので、隔年に八ヶ岳と他の場所を交互に使って年 1 回、将棋合
宿をやるというのはどうであろうか。

　その他の活動として、日本エスペラント大会（横浜）で分科
会を持ったこと、『運動年鑑』（*La Revuo Orienta* 8/9合併号
p.64）に当クラブの記録を載せたこと、木下さんのご尽力によ
り、この会報を年内にお届けできたこと、などがあげられよう。

　昨年、近況報告で私個人の将棋体験をご紹介したので、その
後の経過を簡単に記しておく。

121

①韓国における将棋普及

　2004年3月から韓国の小学校で課外授業として日本の将棋が教えられるようになり今日まで続いているが、昨今の小泉首相の頑なな言動が民間の文化交流にまで微妙な影を落としているようである。来年早々、所司七段等数名のプロ棋士が訪韓されると聞いているので、その成果を期待したい。

②伝統文化こども将棋教室

　近隣の江戸川区立第五葛西小学校のサタデー将棋スクールは、私は3月まで務め、秋からは別の普及指導員が担当している。

③カルチャー将棋教室

　全くの民間会社主催による千葉県浦安市のカルチャーセンターは、成人クラスは休止、子どもクラスは続いているが人数が減り気味なのが気がかりである。

④　自宅の子ども教室大当たり

　退職後（2003年3月）自宅で子ども将棋教室を開いているが、これがますます大繁盛。週5日午後1時半から9時半まで、ほぼぎっちり日程が詰まっている。近くに将棋道場、将棋塾はあってもマンツーマンでレベルに合わせて丁寧に教えてくれるところは意外に少ないようで、この個人教授方式が大いに受けているようである。

　日本将棋連盟、棋友館のホームページで見たと言って連絡してこられるケースが大半である。私の子ども時代はプロ棋士になりたいなどと言おうものなら、猛反対されたものだが、近頃は親御さんが実に熱心である。プロ棋士になるのは東大に合格するよりはるかに難しいと言っても、それでも是非にと頼まれ

122

夜間も教室を開くようになった。

　退職後の有効な時間の過ごし方のひとつとして計画に入れられてはいかがでしょうか。ノウハウはすべて提供します。

　では皆様、良いお年を！　来年は日本大会（岡山）または八ヶ岳※でお目にかかりましょう。

　　（Esperantista Klubo de Japana Ŝako N-ro 12. 2005.12.20）

※日本エスペラント協会が持つ、山梨の「八ヶ岳エスペラント館（20名程度の合宿、講演会等が可能）」のこと。

2006年

巻頭言

　師走に入り、はや１年を顧みる季節を迎えた。年をとるにつれて時間の経過が早く感じられるものだが、近年は特に加速度が増しているように思う。それだけ墓場に近づいているということだろうか。

　さて2006年を振り返ってEKJŜ最大のイベントはやはり八ヶ岳合宿であろう。会員７名が参集、木下恒さんのお世話で旧交を温めつつ、将棋三昧の和やかな至福の時を共有することができた（La Revuo Orienta 11月号 p.32にも報告あり）。

　なおこの会合で、2006年から年会費500円を徴収することに決まった。通信費、機関誌制作費、日本エスペラント大会分科会負担金などに当てられる。

　その他の活動として、日本大会で分科会を持った。ブルガリアの青年が終始熱心にルールを覚えようとしていたのは収穫。

彼はエスペラント書きの将棋本2冊を買ってくれたので、小生から盤駒を贈呈。将棋を続けてくれることを願うばかりである。

また、『運動年鑑』（La Revuo Orienta 8/9合併号 p.62、63）に当クラブの記録を載せたこと、木下さんのご尽力によりこの会報を無事年内にお届けできたこと、などがあげられよう。

なお分科会において、来年のUK（横浜）に際し、いかにJapana Ŝako を propaganda（宣伝）するかが討議された。今のところ掲示板を活用して将棋に関心のある人とコンタクトを取ること、大会ロビーで可能ならデモンストレーションをして宣伝することなどが考えられる。分科会を持つのは費用対効果の面でメリットがない。何か良いアイデアがあればお知らせください。

私事にわたり恐縮だが、本年8月、二十数年間住み慣れた東京から生まれ故郷の奈良県大和郡山市（奈良市に隣接する金魚で有名な人口10万足らずの城下町）に転居した。2003年3月に退職し3年余り頑張ったが、高額の家賃を支払い続けること、あるいは首都圏に家を持つことの困難さゆえの決断であった。東京での子ども将棋教室は軌道に乗っており多くの生徒さんから惜しまれただけに残念ではあったが、致し方のないことであった。

転居後早々に日本将棋連盟西大和支部会員となり、月1、2回例会に出ている。この支部は県内随一の強豪が集まる支部で、会員40余名、四段以上だけでも10名ほどいて、毎年3位に入賞するのがやっとという近況である。それでも先日は県名人をとったことのある人を負かし、その棋譜が地元の奈良新聞に1週間にわたって掲載された。

子ども将棋教室はこちらでも続けるつもりで、日本将棋連盟、棋友館のホームページから当教室にアクセスできるようになっ

ているが、今のところ思わしい反応はない。やはり子ども人口の桁が違うからだろうか。12月17日に関西将棋会館で関西ブロックの普及指導員、支部代表者の会議があるので、何らかの手がかりを得たいと考えている。

　他にも市の老人福祉センターに棋楽会という将棋を楽しむ会があり、ちょくちょく顔を出している。エスペラントに関しては、JEI奈良支部の会員として月2回出席している。将棋もエスペラントも、どこに行っても続けられるのは幸せなことである。

　では皆様、お風邪などひかれませんよう、良いお年を！
　来年は是非UK（横浜）でお目にかかりましょう。

　　（Esperantista Klubo de Japana Ŝako N-ro 13. 2006.12.20）

2007年

巻頭言

　異常に暑くて長い夏もようやく過ぎ去ったかと思えば、早、師走の声を聞く頃となりました。皆様つつがなくお過ごしでしょうか。

　私は10月、急性胆のう炎、胆石症を併発し、4時間にわたる緊急手術を受け、また12月には大腸がんの検査入院が控えていて心身ともやや不安定ですが、とにかく人事を尽くして天命を待つの心境です。

　さて、1年を振り返ります。今年のトピックはなんと言っても横浜の世界大会でしょう。開催地側の受け入れ態勢が功を奏し、海外からのお客様に好印象を持ってもらえて、日本人とし

てもうれしい限りでした。

　わがエスペラント将棋クラブも 8 月 4 日、Interkona Vespero（お知り合いの夕べ）、Movada Foiro（活動見本市）に参加し、会員の木下恒さんと二人で将棋の宣伝、デモを行いました。約20名の eksterlandaj kongresanoj（海外の大会参加者）がブースに立ち寄ってくれ、チラシを渡すことができました。もっとも、久しぶりに会った gekonatoj（知り合いの男女）との babili（おしゃべり）に多くの時間を費やして本業がおろそかになった感がありましたが。

　その他の EKJŜ の活動としては、10名の参加者を得たかんぽの宿岐阜羽島の将棋合宿（La Revuo Orienta 11月号 p.39にも報告あり）、日本大会（群馬県みなかみ）分科会の開催、『運動年鑑』（La Revuo Orienta 7 月号 p.57）に当クラブの記録掲載、会報の発行などをあげることができるでしょう。

　以下は私自身の近況報告です。

　9 月に奈良県老人（60歳以上）将棋大会に出場し、普段は負けている人に逆転勝ちするというツキもあって、準優勝することができました。この棋譜は地元の奈良新聞に 1 週間連載されました。

　私がエントリーしたＳ級は来年鹿児島で開催される「ねんりんピック2008」（第21回全国健康福祉祭）の県予選を兼ねていて、私は 3 名の出場枠に入ることができました。1 年近く先のことなので体が許すかどうか心もとないのですが、チャンスは二度とこないと思いますので出るつもりでおります。

　昨年、東京から故郷の大和郡山市に転居し、引き続き自宅で「子ども将棋教室」を開いています。半年ほどは閑古鳥が鳴いていましたが、最近は週 4 日、子どもたちでにぎわっています。

親御さん、とくにお母さんが熱心なのは驚きです。

　子どもに将棋を教えるのは楽しいものですし、どこに住んでいても需要はあるようなので、定年退職後の過ごし方の一つとして考えられてはいかがでしょうか。普及指導員の資格を取り、日本将棋連盟のホームページに名前が載れば、電話やメールで問い合わせがあるものです。

　そのほか、西大和支部の月例会に出たり、地元の老人福祉センター内の将棋クラブにちょくちょく顔を出したりしています。近頃は将棋の方にウェイトがかかりすぎ、エスペラントが少しお留守になっているのを反省している今日この頃です。

　では皆様、お風邪など引かれませんよう、良いお年を！

　来年は将棋合宿（八ヶ岳エスペラント館）、日本大会（和歌山）でお目にかかりましょう。

（Esperantista Klubo de Japana Ŝako N-ro 14. 2007.12.20）

2008年

巻頭言

　今年も早、師走の声を聞く頃になりました。年々時が経つのを早く感じるのもやはり加齢のせいでしょうか。皆様にはお変わりなく元気にお過ごしのことと存じます。

　昨年は横浜で世界大会が開かれ、わがエスペラント将棋クラブも Interkona Vespero、Movada Foiro に参加し、宣伝・デモをしたり、期間中大会を支え、あるいはその前後に海外のエスペランチストと交流をされた会員も多かったようですが、今年は比較的地味に推移しました。

　恒例の本会最大のイベント将棋合宿は９月、八ヶ岳エスペラ

ント館で行われ、久しぶりに新メンバーを得て、成功裏に実施することができました（La Revuo Orienta 1月号 p.36にも報告あり）。その他の本会の活動としては、日本大会（和歌山）分科会の開催、『運動年鑑』（La Revuo Orienta 8/9月号 p.49）に当クラブの記録を載せたこと、会報の発行などをあげることができるでしょう。

　本会創立（1995年）以来、会長の真似事をやってきましたが、いささかマンネリの感もあり、何か新機軸をと考えないわけではありませんが、現在の私の力量では、とにかく灯を消さないことが肝要と思っております。新しいアイデアあるいは会長を替わってやるという方はいつでも手を挙げてください。

奇跡が起こり全国制覇達成

　以下は私の近況報告です。

　10月25日から28日まで"第21回ねんりんピック鹿児島2008、健康と福祉の祭典（厚生労働省主催）"があり、私ははじめて参加しました。

　60歳以上で県予選を通過した選手は誰でも出場できます。国体の老人版のようなものです。都道府県代表約1万名が集まりました。囲碁・将棋はマインドスポーツという枠で種目の一つに認められていますので（1チーム3名）、私は大将として奈良県代表で出ました。

　将棋交流会はまる2日間あり、各県代表64チームが競いました。1日目が予選3試合、2日目が決勝トーナメント戦4試合です。各自持ち時間40分切れ負けというルールです。奈良県チームは初日から大苦戦でしたが、ほとんど2勝1敗のペースでよろよろと勝ち上がり、ツキがツキを呼び、勢いで気がついてみればチームとしては7連勝、頂上にいたという次第です。

賞状、金メダル、トロフィーは目下、我が家の応接間に飾ってあります。東京、大阪など強豪揃いの中を勝ち進んでいったのですから、これは吾ながらすごいことだと思います。相手が二歩をしたり、逆転が連続したりで、無欲の勝利、チームワークの良さが奇跡を生んだのだと思います。私自身は4勝3敗と自慢できる星ではありませんでしたが、他の2人がよく頑張ってくれました。私が負けると2人が勝ち、私が勝つと1人が負けという具合で、とても効率よくゆきました。

今年は将棋にウェイトがかかりすぎたので、来年はもう少しエスペラントに時間を割かねばと反省している今日この頃です。今冬はインフルエンザが流行りそうとか、皆様十分ご自愛ください。

では良いお年を。

来年は将棋合宿、日本大会（甲府）でお目にかかりましょう。

(Esperantista Klubo de Japana Ŝako N-ro 15. 2008.12.20)

2009年

巻頭言

年の瀬が近づいてきました。今年は新型豚インフルエンザが大流行のようですが、皆様にはつつがなくお過ごしでしょうか。

2009年はエスペラントの創始者ザメンホフ生誕150周年を記念して、出生地のポーランド、ビヤウィストクで世界大会が盛大に開催されました。当クラブからも佐々木照央、五十嵐岳男、大浦毅の3氏が出席され、それぞれの場面で大きな成果を上げられたことを共に喜びたいと思います。ことに五十嵐さんは初日の Interkona Vespero（お知り合いの夕べ）、Movada Foiro

（活動市場）で将棋の宣伝をすべく準備を重ねられていたのですが、日程がずれ時間が間に合わなくて残念でした。大会にハプニングはつきもの、次の機会に期待したいと思います。

国内では本会最大のイベント将棋合宿が木下恒さんのお世話により、浜名湖畔舘山寺温泉で有力な新メンバーを加え成功裏に行われました（*La Revuo Orienta* 11月号 p.35にも報告あり）。西村さんは不自由な体を押して奥様ともども参加され、明るい前向きな生き方にわれわれの方が元気をもらいました。

その他の本会の活動としては日本大会（甲府）分科会の開催、『運動年鑑』（*La Revuo Orienta* 6月号 p.53）に当クラブの記録を載せたこと、会報の発行などをあげることができるでしょう。

山梨の分科会には若いフランス女性が覗きに来てくれたので、ブレシュレット "Ŝogio Japana Ŝako Kiel Ludi"（12p.将棋の指し方の簡単な説明パンフレット。全文エスペラント）を手渡し少し interparoli（会話）しました。

以下は私の近況報告です。

昨年は「全国健康福祉祭、通称ねんりんピック」（厚労省主催）将棋交流大会に奈良県代表として初参加し、奇跡が起こり、7連勝して全国優勝しましたが、今年10月の県予選では、3位となり（1チーム3名で構成）、来年の石川大会の出場権を得ました。

6月には関西エスペラント大会（大阪府高槻市）で初めて将棋の分科会を持ち、新会員1名を勧誘できました。また、日本将棋連盟のホームページに普及指導員の名簿（全国で約500名）があり、それで見たと言って、ちょくちょく親御さんから問い合わせがあり、ほとんど毎日2、3時間、主に小学生対象に自

宅で将棋を教えております。

　私事ですが、家族に要介護者2名（姉：認知症、長男：急性骨髄性白血病）を抱え、長期外出が不可能となりました。そんなわけで来年の日本大会（長崎）は不参加となりますので、将棋分科会は予定しておりません。もちろん、世話役を引き受けてくださる方がおられれば別ですが。来年9月の将棋合宿（八ヶ岳E館）は必ずやりますのでぜひご出席のほどを。

　今後の当クラブの運営についてどんな小さなことでもご意見をお持ちの方は、上田または木下までお申し越しください。

　いよいよ冬将軍の到来です。皆様十分のご自愛を祈ります。

　では良いお年を。

（Esperantista Klubo de Japana Ŝako N-ro 16. 2009.12.20）

2010年

巻頭言

　今年も早、師走の声を聞く頃となりました。

　異常に暑い長い夏、短い秋、そして厳しい冬を迎え、また日本を取り巻く東アジアの不穏な情勢、政権の頼りなさ、世界的な経済危機など、地球の先行きに不安を覚える今日この頃ですが、皆様にはお変わりなくお過ごしでしょうか。

　本年の当クラブの活動としては、9月に八ヶ岳エスペラント館で、例年通り木下恒さんのお世話により、将棋合宿を成功裏に実施することができました（*La Revuo Orienta* 1月号 p.35、36にも報告あり）。

　その他としては『運動年鑑』（*La Revuo Orienta* 8/9月号 p.53）に当クラブの記録を載せたこと、会報の発行をあげるこ

とができるでしょう。地味な1年と言わざるを得ませんが、これが当クラブの現状であり、とにかく看板を下ろさず、灯を消さないことが大切と考えております。私自身心身の衰えを感じており、家族に要介護者2名を抱え、思うに任せません。良い知恵があれば、どうぞお声をお寄せください。

　以下は私の近況報告です。

　今年は平城京遷都1300年を記念して、奈良市を中心に、県内各地でさまざまな行事が行われました。その一環として6月に第58回関西エスペラント大会を奈良市に招致して、200余名の参加者を得て、盛会裏に終えることができました。私もLKK（地元大会委員会）の一員として、開会式、講演会、閉会式の司会、Kongresa Gvidilo（大会案内パンフレット）、Raporto（報告）の作成などにかかわりました。奈良市の姉妹都市である中国の西安からもお客様を迎え、多くの方々の協力もあり、充実した中身の濃い大会になりました。

　将棋では10月に「ねんりんピック石川2010」に奈良県代表として出場し、個人の部で準優勝し、賞状、銀メダルを頂きました。各県・各指定都市の代表66チーム（1チーム3名）が小松市の桜木体育館に集い、まる2日間計7試合を競いました。1日目が予選3試合、2日目が決勝トーナメント及び個人戦4試合です。

　2年前に団体戦で奈良県チームは奇跡の全国優勝を果たしましたが、柳の下に2匹目のどじょうはおらず、予選は2勝1敗ながら決勝トーナメント進出はなりませんでした。ねんりんピックは国体と同じで、県対抗の団体戦がメインで、個人戦は1日目の敗者チームの選手たちのための、いわば敗者復活戦のごときもので、ここでよい成績を残してもあまり威張れたもので

はありません。しかし選手たちは皆真剣でした。

160名が10ブロックに分かれて競います。したがって10名の優勝者、10名の準優勝者が出ます。結局、私は5勝2敗の戦績でした。珍しいことに7試合中6試合が相居飛車で、相懸り、横歩取り、角換り腰掛銀、相矢倉などバラエティーに富んだ内容となりました。最終局は振り飛車でこられましたが、糸谷流右玉で対抗し、飛車香交換の駒得となり、手ごたえを感じたのですが、小駒で食いつかれ負けてしまいました。しかし2日間どっぷり将棋漬けの楽しい時間を過ごすことができました。

なお、当クラブの将棋合宿は毎年開催しますので、来年も是非ご参加ください。

皆様のご自愛を祈ります。では良いお年を。

(Esperantista Klubo de Japana Ŝako N-ro 17. 2010.12.20)

2011年

巻頭言

早、年の瀬を迎える頃となりました。本年は東日本大震災、原発のメルトダウン、世界経済恐慌の予兆等、多難な年となりました。しかも、これらの問題は過去形ではなく、来年以降もますます悪い方に顕在化するおそれすらあります。なでしこジャパンの活躍など明るい話題もありましたが、とにかく各人が確固たる信念を持って生き抜く覚悟が必要な時代になってきたと感じております。

皆様にはお変わりなくお過ごしでしょうか。以下、EKJŜ（エスペラント将棋クラブ）の当面の課題について述べます。

私は当クラブの最大のイベントである将棋合宿に出られず、

熱心にご準備いただいた木下恒さんはじめ、出席された皆様には多大のご迷惑をお掛けし申し訳ありませんでした。もともと気管支喘息の持病はあったのですが、突然風邪と喘息発作に見舞われた次第です。

今回はとくにひどく、夜間、横になると、咳とたんがとめどなく続き、2週間ほどは安楽椅子に座ったまま過ごしました。睡眠を取れなかったのが一番こたえました。一日一日衰弱していくのがよくわかり、自分はこんな風に死んでゆくのかなあと限りなく不安でした。

その後、幸い発作は治まり、今は以前の日常生活に戻っていますが、完治したわけではなく、医者によれば、うまくコントロールして生涯この病気と付き合っていかねばならないようです。

いま一つ、私には高血圧の持病があります。一時は上が200、下が120を超えていた時期がありましたが、良い薬のおかげで現在は正常値の範囲内です。毎日起床時と就寝前に血圧を測っているのですが、まれにびっくりするような数値を示すことがあります。

2つの時限爆弾を抱えているようなもので、いつ何時、急性肺炎か脳卒中で倒れるかも知れません。

私は全文エスペラント書きの*Invito al Japana Ŝako*（将棋への招待）と、*Japana Ŝako ekzercaro por progresantoj; problemoj por matigo（cume ŝogi）kaj la sekvonta movo（cugi noitte）*（将棋—中級者のための練習問題集：詰将棋と次の一手問題）を自費出版しました。これは当クラブの桜井信夫さんの行き届いた校閲、倉本内匠さんのすぐれた印刷技術（レイアウト、カラー、装丁等）に負うところ大でした。初版はそれぞれ1996年と2001年で、発行所はEKJŜとなっています。

類書がないせいかいまもぽつぽつと売れています。UEA Libroservo（世界エスペラント協会図書販売部）、JEI（日本エスペラント協会）、KLEG（関西エスペラント連盟）等で入手可能です。数年に１度、上記機関から５～10冊単位で注文が入ります。「日本書籍出版協会」、NPO法人「将棋を世界に広める会」にも登録していますので、まれに neesperantisto（エスペランチストでない人）からも注文がきます。書協からは毎年在庫の有無、データの更新の問い合わせがあります。上記２書は現在各100冊ほど在庫があります。

またこの本の原稿を書くために集めた参考文献（主として英文の将棋書、チェス本等）、他に当クラブの機関誌バックナンバー一揃いがあり、量にしてダンボール１、２箱くらいです。これらは当クラブの財産と言えると思います（自著を財産という傲慢をお許しください）。このままだと、私が突然死すれば、家族にとってはガラクタ同然で処分されるのは目に見えています。あまりに残念なことです。

注文と問い合わせへの対応は、毛細血管のような微々たる活動ですが、EKJŜが続けるよりないと思います。ただ、資料の保管、次世代への継承も大切なことです。将来もっとすばらしいエス書きの著書が現れるでしょうが、少なくとも現時点では、上記２書は世界の人に将棋をエスペラントで発信するには有用な本だと考えております。一言で言えば、私の健康不安もあり、資料の活用と管理、継承を若い世代の会員に引き受けていただきたいということなのです。

会長職については、これまで通り木下恒さんの変わらぬご協力と皆様のご支持がある限り続けるつもりでおります。

どんなことでも結構ですから、具体策、ご意見をお寄せくださいますよう切にお願いします。

では皆様良いお年を！

（Esperantista Klubo de Japana Ŝako N-ro 18. 2011.12.20）

2012年

巻頭言

　今年も早、師走の声を聞く頃となりました。加齢とともにますます時の流れが速く感じられる今日この頃です。尖閣諸島、竹島をめぐる領土問題で、わが国と中国・韓国との関係が急速に悪化、日本を含め欧米諸国の財・経済危機、中東の不穏な情勢、突然の年末解散・総選挙など、何が起こるか全く予想のつかない危うい時代に入った感がありますが、皆様にはお変わりありませんでしょうか。

　本年はエスペラント発表125周年に当たり、さまざまなイベントや世界大会（ベトナムのハノイ）、日本大会（札幌市）等が開催され、これに参加された会員も多いことと存じます。

　当クラブの活動としては、9月に八ヶ岳エスペラント館で、例年通り木下恒さんのお世話により将棋合宿を成功裏に実施することができました（*La Revuo Orienta* 11月号 p.35にも報告あり）。その他に『運動年鑑』（*La Revuo Orienta* 8/9月号 p.53）に当クラブの記録を載せたこと、会報の発行をあげることができます。ご多分にもれず、会員の高齢化、若い会員が増えないことなど、悩みは尽きませんが、当クラブが存続する限り、上記のささやかな活動は続けてゆきたいと考えております。とくに将棋合宿は毎年やりますので、万障お繰り合わせの上参加、あるいは棋友を誘ってお出掛けくださいますようお願いする次第です。

II　将棋を楽しむ

　以下は私の近況報告です。

　4月にエスペラントとは無関係のベトナム団体旅行に参加しました。空き時間を利用して、運良くハノイの有力な3名の活動家と親しくお話しする機会がありました。3名ともUK（世界エスペラント大会）、IJK（国際青年エスペラント大会）の責任者でした。この出会いの模様はベトナムエスペラント協会のホームページの Niaj gastoj（私たちの客人たち）欄にかなり詳しく載りました。今もベトナムエスペラント青年協会会長のF-ino Nguyen Thi Phuong さん（彼女は2011年にUK宣伝のため来日）とはメールの交換をしています。

　帰国後、私はベトナムエスペラント協会とベトナムエスペラント青年協会宛に自著の*Invito al Japana Ŝako*と*Japana Ŝako: ekzercaro por progresantoj; problemoj por matigo*（*cume ŝogi*）*kaj la sekvonta movo*（*cugi no itte*）を2冊ずつ寄贈しました。彼女は大いに喜んでくれましたが、その後のメールでは将棋については何も触れていないので、やはり、一から本のみで将棋のルールをマスターするのは無理があるようです。残念ながらベトナムには日本将棋連盟の支部もないようです。

　よくご存知のことと思いますが、*La Revuo Orienta* にはシリーズもので、「わたしのエスペラント人生」というコーナーがあります。私にも執筆依頼があり、ベテランの先輩たちが貴重な体験を書いておられるのでとても私などおこがましく躊躇しましたが、せっかくの依頼なので、「仕事と趣味にエスペラントを活用」（RO誌7月号 p.22、23）というタイトルで掲載していただきました。76歳の人生を振り返って私のエスペラントと将棋のかかわりについて記しました。

　10月には「ねんりんピック宮城・仙台2012」に奈良県代表と

137

して出場し、都道府県・指定都市の代表66チーム（1チーム3名）の団体戦で全国3位となりました。将棋交流大会は多賀城市の市総合体育館でまる2日間行われ、1日目が予選、2日目が決勝トーナメント戦でした。予選通過後、トーナメント戦では準決勝まで行きましたが、優勝候補の東京都に敗れ3位でした。

　私個人は4年前に奇跡の優勝、そして2年前には個人の部で準優勝していますので、これで金、銀、銅の3メダルが揃い満足しています。

　今年はおかげさまでまずまず体調が良く、充実した1年となりました。

　皆様のご自愛を祈ります。では良いお年を。

（Esperantista Klubo de Japana Ŝako N-ro 19. 2012.12.20）

2013年

巻頭言

　早、年の瀬を迎える頃となりました。1年が経つのはアッという間ですね。

　今年の世界大会はアイスランドのレイキャビックで、記念すべき第100回日本エスペラント大会は東京で開催され、いずれも大成功裏に終わりました。会員の皆様の中にもこれらに参加あるいは世話人として活躍された方も多かったと存じます。いまも素晴らしい出会いや思い出にふけっておられることでしょう。私は残念ながら体力低下のため、最近は長期の外泊を控えております。

　当クラブの活動としては、9月の熱海の温泉で例年通り木下

恒さんのお世話により、10名の参加者を得て、充実した楽しい将棋合宿を開くことができました（La Revuo Orienta 12月号 p.32にも報告あり）。その他として、『2012年エスペラント運動年鑑』（2013.4.1）に当クラブの記録を載せたこと、専門団体の登録（年会費2000円）、会報の発行をあげることができます。

　以下は私の近況報告です。

　本来なら昨年の近況報告で触れるべき事項なのですが、結果の通知が間に合わなかったので、平成24年10月21日に実施された「第1回将棋文化検定」の感想を述べます。

　これは公益社団法人日本将棋連盟の主催で、将棋の棋力ではなく将棋文化や将棋の歴史に関する知識を幅広く問う問題が出題されました。初めての試みなので、2・4・6・9級の問題が出題され（本来は1から9級まであり）、あらかじめ1つを選んで受検するという決まりでした。

　私は主宰している「やまとこおりやま子ども将棋教室」の生徒さん4名を引率して、私を含め計5名が会場の大阪商業大学で受検しました。私は4級を選びましたが、なかなかの難問揃いで大いに苦戦しました。合格基準点70点でぎりぎりのセーフでした。4名の生徒さんは6、9級を受検し、余裕の合格でした。森内名人、深浦九段、中村太地六段も4級を受検されたそうですから、私は十分に満足しています。3択なので当たる可能性はあるのですが、例えばこんな問題が出ました。

問：森内新名人が誕生した平成14年の名人戦の対戦相手はだ
　　れですか。答：丸山忠久
問：江戸時代後期に最初の女流棋士が指したといわれる棋譜
　　があります。その棋士の名前はどれですか。答：大橋浪女

問：今期の竜王戦で6組から1組までの連続昇級を果たした
　棋士はだれですか。答：佐藤天彦
問：江戸時代に将棋の駒を看板にした商売はどれですか。
　答：質屋

　将棋ライター、観戦記者、将棋の歴史研究家に有利なマニア
ックな奇問（？）がかなりあり、何の役にも立たない（？）こ
んな問題に再びチャレンジする気は、私にはありません。
　7月21日に「第28回近畿ろうあ者将棋大会」が奈良市総合福
祉センターで開催されました。私ともう1名の方が将棋連盟公
認の将棋指導員有資格者ということで、審判員として出席しま
した。約100名（選手約50名、ろうあ団体関係者、世話役約40
名、手話通訳者2名、審判員2名）の参加者があり、なかなか
の盛会でした。
　手話通訳者、審判員の他はすべてろうあの方々でした。はじ
め私は、目は見えるのだから将棋の対局にはさして不自由はな
かろうと考えていましたが、とんだ認識不足でした。
　まず開会開始の合図ですが、全員への周知徹底が難しいので
す。何度も照明を点滅させて、舞台に注意を向けさせて、よう
やく挨拶、プログラム、ルールの説明などがすべて手話で行わ
れます。
　また、大会の進行上、対局時計が用いられますが、持ち時間
が切迫するとチェスクロックの電子音が鳴るので、通常すぐ気
がつくのですが、ろうあ者には全く聞こえません。いたるとこ
ろで時間切れによる敗戦が生じ、トラブルが発生します。手話
通訳を介して説明をするのですが、なかなか分かってもらえま
せん。何ともお気の毒で、審判員も必死に説明します。最初は
不満顔ですが、最後はニコニコされます。われわれは何度この

ニコニコに救われたかわかりません。

　ほとんど立ちづめでかなり疲れましたが、閉会の際には全員立ち上がって、両手を高く上げて手の平をヒラヒラさせて、感謝とお礼の気持ちを表されたときは、われわれの方が胸一杯になりました。大変素晴らしい体験をさせていただいたと感謝しております。

　では皆様のご自愛を祈ります。

　よいお年を！　Feliĉan Novjaron!

（Esperantista Klubo de Japana Ŝako N-ro 20. 2013.12.20）

2014年

巻頭言

　早、年の瀬を迎える頃となりました。年齢を重ねると、時の経つのは加速度がつくように感じられますが、皆様にはお変わりなくお過ごしのことと思います。

　今年の世界大会はアルゼンチンのブエノスアイレスで、日本大会は福井県の小浜市で開催されましたが、いずれも中身の濃い、意義深い大会だったようですね。会員の皆様の中にも参加され貴重な体験や素晴らしい出会いをされた方もおられることでしょう。私は体調に不安があるため、不在参加を続けております。

　当クラブの活動としては、9月に八ヶ岳エスペラント館で例年通り木下恒さんのお世話により、7名の参加者を得て楽しい将棋合宿を開くことができました（*La Revuo Orienta* 11月号 p.35参照、p.41には写真も）。

　その他としては『2013年エスペラント運動年鑑』（2014.4）

に当クラブの記録を更新したこと、専門団体として年会費の支払い（2000円）、会報の発行をあげることができます。

　以下は私の近況報告です。

　私は2008、2010、2012年と「ねんりんピック全国大会将棋の部」に奈良県代表として出場し、金、銀、銅メダルを獲得してきました。しかし今年は、県予選では順調に勝ち上がったものの、準決勝で敗れ、３位決定戦にも負けました。１チーム３名なので３位に滑り込めばよいのですが、かないませんでした。年齢的にこれが限界かなとも思っています。

　ふだんは自宅で月曜から土曜までほぼ毎日、子ども将棋教室を開いており、これがボケ防止、生きがいにもなっています。中にはプロ棋士を目指す子もいて、関西将棋会館研修会に入って力を磨いています。女流プロ目前の高２の女の子もいます。

　エスペラントの方は、地元の奈良エスペラント会の週例会に顔を出しています。

　今年の日本大会ではJEI（日本エスペラント協会）会員歴30年で表彰状をいただきました。昨年は終身会員にもなりました。また、関西わだつみ会の機関誌『海』（季刊）に「平和と世界友好のエスペラント語—エスペラントのススメ」というタイトルで neesperantisto（エスペランチストでない人）向けの連載を続けています。

　では皆さん、お元気でよいお年をお迎えください。

　Feliĉan Novjaron!

　　　（Esperantista Klubo de Japana Ŝako N-ro 21. 2014.12.20）

Ⅱ　将棋を楽しむ

2015年

巻頭言

　早、師走の声を聞く頃となりました。加齢とともに時の経つのは加速度的に速く感ぜられますが、皆様にはつつがなくお過ごしでしょうか。

　今年は、フランスはリールでの第100回記念世界大会、わが国では第102回日本大会（仙台市）が盛大に開催され、それぞれ中身の濃いハイレベルのプログラムが準備され、大変充実した内容だったようですね。会員の中にもこれらに参加され有意義な時を持たれた方もおられたことでしょう。私は体調不良のため不在参加を続けております。

　当エスペラント将棋クラブは1995年横浜での日本大会時に創立され、以来ふつつかながら会長を務めてきました。最近は心身ともに疲れ、限界を感じております。来年度には会長を辞任し、若い後継者に引き継ぎたいと思っております。それが不可能なら解散も致し方ないと考えております。

　本年の当クラブの活動としては、例年通り木下恒さんのお世話により沼津市で、近年にない多数の参加者を得て楽しい将棋合宿を開くことができました（La RO 12月号 写真参照）。その他として、『2014年エスペラント運動年鑑』（2015 4.1）に当クラブの記録を更新したこと、専門団体として年会費の支払い（2,000円）、会報の発行をあげることができます。

　以下は私の近況報告です。

　ささやかではありますが、この１年間に３つの喜ばしいことがありました。

　１は、私の最も敬愛するプロ棋士である現日本将棋連盟会長

143

の谷川浩司さんから直筆署名入りの立派な『感謝状』（貴殿は多年にわたり将棋普及指導員として多大なる貢献をせられました。ここにその労をたたえ末永く感謝の意を表します。平成26年11月17日将棋の日）をいただきました。

　2は、かつて世界初の全文エスペラント語の将棋入門書 *Invito al Japana Ŝako* と、詰将棋と次の一手問題集『*Japana Ŝako: Ekzercaro por progresantoj; Problemoj por matigo kaj la sekvonta movo*』を自費出版しましたが、数年に1度、UEA Libroservo（世界エスペラント協会図書販売部）から各10冊ずつ注文がありました。それが今年は、各20冊ずつ計40冊の注文があったのです。日本の伝統文化である将棋が世界に広まることに少しでも貢献できれば嬉しいことです。

　3は、日本と世界のエスペラント界で大活躍しておられる堀泰雄さんの活動と業績をエスペラント界以外の人たちにも広く知ってもらいたいという願いから、堀さんの紹介記事を執筆したことです。私は2013年3月から2015年6月にかけて、『海』（関西わだつみ会機関誌）に「平和と世界友好のエスペラント語――エスペラントのススメ」と題する連載記事を書いておりました。その最終回（10回）に、「堀泰雄さんのこと」というタイトルでこの記事が掲載されました。

　では、来年の将棋合宿では是非お目にかかりましょう。

　皆様よいお年をお迎えください。Feliĉan Novjaron!

　　（Esperantista Klubo de Japana Ŝako N-ro 22. 2015.12.20）

Ⅱ　将棋を楽しむ

2016年

巻頭言

　早、年の瀬を迎える頃となりました。

　皆様にはお変わりなくお過ごしでしょうか。

　今年の世界大会はスロバキアのニトリ市で、日本大会は滋賀県近江八幡市で開催されましたが、いずれも小都市ながら地元の熱意、各地からの支援、創意工夫により、中身の濃い充実した大会だったようですね。会員方々の中にも参加され、貴重な体験や素晴らしい出会いをされた方もおられたことでしょう。私は、長期外泊は体力的にもう無理なので、不在参加を続けております。

　当クラブの活動としては９月、初めての試みとして、木下恒さんのご尽力により「京都くに荘」で10名の参加者を得て楽しい将棋合宿を開くことができました。限られた時間の中で、木下さんの巧みな采配と西村夫人の全体への気配りが功を奏したと感じ入りました。

　その他の活動としては、『2015年運動年鑑』（RO 2016.4）に当クラブの記録を更新したこと、専門団体年会費の支払い（2,000円）、会報の発行をあげることができます。私は名ばかりの会長で、すべての事務を木下さんにお願いして当クラブが辛うじて存続しているのが現状です。

　以下は私の近況報告です。

　私は毎月第１日曜日に、日本将棋連盟西大和支部の月例将棋大会に参加しています。この会はアマ強豪が集まることで有名です。１日５局、したがって年間60局指すわけです。レーティング制で、１年間のトータル実績表が全参加者に配付されます。

私は、最近数年間は５割台の勝率でしたが、２、３年前から４割台を維持するのがやっとです。いつもはほとんど負けている相手（県名人、県シニア名人経験者）に辛勝し、この内容が６月『奈良日日新聞』に「西大和支部６月例会Ｓ級特選譜」として、２人の紹介記事と棋譜が掲載されました。地方紙とはいえ棋譜が載るのはめったにないことで、嬉しいことでした。

　私は自宅で「やまとこおりやま子ども将棋教室」を主宰しています。月曜から土曜まで毎日、小学生でにぎわっています。近頃は口コミで成人男女も来られます。かなり忙しく暮らしております。

　今年後半には立て続けに胃カメラ検査を２回、MRI検査を１回、大腸がん検査を２回受けました。結果は、黒ではなかったものの白ではなく、灰色でした。要経過観察というところです。何とか健康寿命を保ちたいものです。

　皆さんもお体にはくれぐれもご自愛ください。

　来年の将棋合宿でまたお目に掛かりましょう。

　皆様、よいお年をお迎えください。

Feliĉan Novjaron!

（Esperantista Klubo de Japana Ŝako N-ro 23. 2016.12.20）

II 将棋を楽しむ

ŜOOGI JAPANA ŜAKO KIEL LUDI

EKJŜ Esperantista Klubo de Japana Ŝako

　この文は、将棋の指し方の簡単な説明パンフレットで世界エスペラント大会、アジアエスペラント大会等で無料配布したものです。

　日本語は分からないが、日本の将棋には関心があるという外国人エスペランチスト向けの解説小冊子なので、あえて日本語訳は省略しました。

Japana ŝako estas tre interesa kaj alloga ludo. Iu ajn povas ludi facile ĉie kaj malmultekoste, nur se oni havas ŝaktabulon kaj pecojn. En la mondo troviĝas diversspecaj ŝakoj. Oni diras, ke naskiĝloko de ŝako estas Hindio (Barato). La ŝako, kiu venis en Eŭropon tra Persio, fariĝis internacia (okcidenta) ŝako, dum la ŝako kiu venis en Japanion tra Ĉinio aŭ sud-orienta Azio fariĝis japana ŝako. Ŝajnas, ke antaŭ 400 jaroj nuna japana ŝako firmiĝis. Kompare kun aliaj ŝakoj la plej granda kaj elstara karakterizaĵo de japana ŝako ekzistas en la fakto, ke ludanto povas reuzi pecojn, kiujn tiu kaptis de sia kontraŭanto. Ĝuste dank' al tiu regulo intereso pligrandiĝas kaj preskaŭ ne okazas matĉo sen rezulto. En Japanio vivas ĉ. 200 profesiaj ŝakistoj. Ŝakamantoj entuziasme spektas ludojn

147

de profesiuloj en ĵurnaloj, semajnaj kaj monataj gazetoj, televido, komputilo ktp. Kompreneble ankaŭ por amatoroj multenombraj turniroj okazas ĉiam kaj ĉie. Oni eldonas kelkajn fakgazetojn pri ŝako ĉiumonate, eĉ ĉiusemajne. Lastatempe iu ajn povas ludi ŝakon per interreto trans distancon, eĉ trans landlimojn.

UEDA Tomohiko (Prezidanto de EKJŜ)

Kiamaniere ludi? — regulo de japana ŝako

Mi mallonge klarigos kiel ludi japanan ŝakon.

(1) Ŝogi-tabulo kaj pecoj

Ŝogi-tabulo havas 9×9 kvadratojn kiel montritajn sube. Naŭ vertikalaj vicoj estas nomataj strioj. Horizontalaj vicoj estas nomataj linioj. De dekstre ĝis maldekstre strioj estas nombritaj de 1 ĝis 9. De supre ĝis sube linioj estas difinitaj de a ĝis i. Ĉiu kvadrato estas identigita per ĝia strio kaj linio. Krome la nomoj de strioj kaj linioj estas fiksaj kaj rigardataj ĉiam de Nigro.

Diagramo 1: Komenca pozicio de pecoj

La diagramo 1 montras ankaŭ la komencan pozicion de pecoj. Ĉiu ludanto havas 20 pecojn: Reĝo, Turo, Kuriero, du Oroj, du Arĝentoj, du Ĉevaloj, du Lancoj kaj naŭ Peonoj. Ĉiuj pecoj havas saman kiloron kaj formon. Sed la grandeco iomete diferencas. Pecoj estas kutime faritaj el natura lingo aŭ blanka plasto. Ĉiu peco havas signon (ĉinaj literoj) sur ambaŭ flankoj, escepte de Reĝo kaj Oro, kiuj estas signitaj nur sur unu flanko. Turo kaj Kuriero estas nomataj grandaj pecoj kaj la aliaj pecoj, escepte de Reĝo, estas nomataj malgrandaj pecoj.

(2) Movoj de pecoj

① Reĝo (玉 Gjoku aŭ 王 Oo) Reĝo moviĝas ĝuste same kiel en internacia ŝako. Reĝo moviĝas al ĉiuj direktoj je unu kvadrato. E ĉ se Reĝo eniras en malamikan tendaron, ĝia funkcio ne ŝanĝiĝas (Vidu diagramon 2).

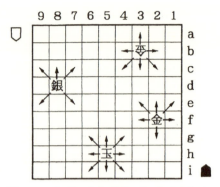

Diagramo 2: Movoj de Reĝo, Oro kaj Arĝento

② Oro（金 Kin）Oro povas moviĝi rekte antaŭen, malantaŭen, horizontalen aŭ diagonale antaŭen je unu kvadrato（Vidu diagramon 2）. Oro ne povas promociiĝi.

③ Arĝento（銀 Gin）Arĝento povas moviĝi diagonalen en ĉiu direkto aŭ rekte antaŭen je unu kvadrato（Vidu diagramon 2）. Promociita Arĝento moviĝas same kiel Oro（Vidu diagramon 3）.

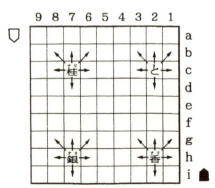

Diagramo 3: Movoj de malgrandaj pecoj post la promocio

④ Ĉevalo (桂 Kei) Ĉevalo moviĝas rekte antaŭen je unu kvadrato kaj poste diagonale antaŭen je unu kvadrato (Vidu diagramon 4). Ĝi estas la sola peco kiu povas transsalti obstrukcantajn pecojn. Promociita Ĉevalo moviĝas same-kiel Oro (Vidu diagramon 3).

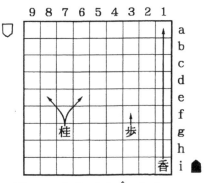

Diagramo 4: Movoj de Ĉevalo, Lanco kaj Peono

⑤ Lanco (香 Kjoo) Lanco moviĝas nur vertikale antaŭen ĝis la fino de malamika tendaro, se ĝi ne estas obstrukcita de aliaj pecoj (Vidu diagramon 4). Promociita Lanco ekzakte moviĝas kiel Oro (Vidu diagramon 3).

⑥ Peono (歩 Fu) Peono moviĝas rekte antaŭen je nur unu kvadrato (Vidu diagramon 4). Promociita Peono, kies nomo estas To aŭ Tokin (と) povas moviĝi kiel Oro (Vidu diagramon 3).

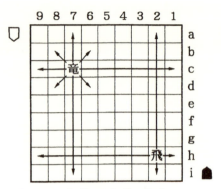

Diagramo 5: Movoj de Turo kaj Promociita Turo(Drako)

⑦ Turo (飛 Hi aŭ Hiŝa) Turo povas kruce moviĝi vertikalen aŭ horizontalen ĝis la fino de tabulo, se ĝi ne estas obstrukcita de aliaj pecoj (Vidu diagramon 5). Promociita Turo povas moviĝi diagonalen je unu kvadrato, aldone al la komenca funkcio (Vidu diagramon 5). Promociita Turo nomiĝas Drako (竜 Rjuu).

⑧ Kuriero (角 Kaku) Kuriero povas moviĝi diagonalen en ĉiu direkto ĝis la fino de tabulo, se ĝi ne estas obstrukcita de aliaj pecoj (Vidu diagramon 6). Promociita Kuriero povas moviĝi rekte antaŭen, malantaŭen, dekstren kaj maldekstren je unu kvadrato, aldone al la komenca funkcio (Vidu diagramon 6). Promociita Kuriero nomiĝas Pegazo (馬 Uma).

II 将棋を楽しむ

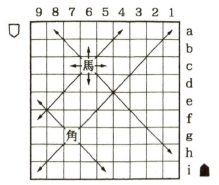

Diagramo 6: Movoj de Kuriero kaj
Promociita Kuriero (Pegazo)

(3) Kapto

Kiam ludanto movas sian pecon en kvadraton okupitan de kontraŭa peco, li povas kapti kaj forigi ĝin de sur la tabulo samtempe.

Ludanto povas reuzi pecojn, kiujn li kaptis (nomataj "pecoj en mano"), kiel sian propran pecon. Tio estas la plej granda karakterizaĵo de japana ŝako. En diagramo pecoj en mano estas montritaj apud la tabulo.

(4) Promocio (Turniĝo)

Kiam ludanto movas sian pecon en kontraŭan tendaron / promocian zonon (Vidu diagramon 7), li gajnas ŝancon promocii (turni) la pecon. Promocio estas laŭvola kaj sekve ludanto povas elekti promocion aŭ ne. Ĝenerale promocio estas avantaĝa. Promociinte sian pecon, ludanto renversas

153

ĝin. Promociitaj pecoj ne povas esti returnitaj denove. Promocio okazas ne nur ĉe movo de entendariĝo, sed ankaŭ ene de la tendaro kaj eksteren de la tendaro, kaj plie ne promociiĝinte en la unua okazo, tamen eblas promociiĝi en la postaj okazoj (Vidu diagramon 8).

Diagramo 7: Tendaro (Promocia zono)

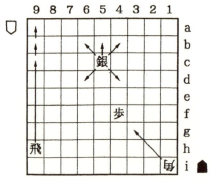

Diagramo 8: Promocio (Turniĝo)

Ⅱ　将棋を楽しむ

（5）Meto

Ludanto povas reuzi〔meti〕iun ajn pecon en mano en ĉiun vakantan kvadraton anstataŭ movi sian pecon sur la tabulo. En ĉi tiu kazo pecoj estas reuzitaj ĉiam sub la nepromociita stato. Post kiam ludanto metis pecojn, li povas movi ilin same kiel la aliajn sur la tabulo.

（6）Metodo de ludo

Diagramo l montras la komencan pozicion de pecoj. Nigro moviĝas unue kaj poste Blanko. Tiamaniere du ludantoj daŭrigas movi sian pecon alterne. Estas malpermesite rezigni fari movon.

Movo signifas unu el la du:

① movi unu el propraj pecoj sur la tabulo; aŭ

② meti unu el pecoj en mano en iun ajn vakantan kvadraton.

Movo finiĝas, kiam ludanto demetas sian manon for de la peco. La finala celo de ŝakludo estas matigi kontraŭan Reĝon. Oni diras, ke Reĝo estas en mato, kiam li minacate per kapto ne povas trovi sekuran lokon nek ricevi helpon de propraj pecoj. Ludo finiĝas, kiam kapto de Reĝo neeviteblas aŭ kiam unu ludanto rezignas.

（7）Malpermesitaj movoj

① Duobla Peono

Kiam nepromociita Peono de unu ludanto jam estas sur strio,

155

li ne povas meti sian alian Peonon sur la saman strion.

② Matigi Reĝon metinte Peonon
Estas malpermesite matigi kontraŭan Reĝon per meto de Peono, escepte de marŝo de Peono sur la tabulo.

③ Nemoveblaj pecoj
Estas malpermesite meti pecon en kvadraton, de kie la peco povas moviĝi nenien. Ankaŭ estas malpermesite, ke pecoj, ne promociiĝante, moviĝu al la kvadratoj, kie ili sekvante ne povas moviĝi.

（8）Senvenkaj ludoj

Kvankam ŝakludo ordinare finiĝas klare per mato de Reĝo aŭ per rezigno de unu ludanto, sed malofte ludo finiĝas senrezulte sub unu el jenaj kondiĉoj.

① Ripeto
Oni rigardas Ripeto tion, ke se aperas kvarfoje（ne nepre sinsekve）sama pozicio（samaj pecoj en samaj lokoj）. Tamen oni ne rigardas tion Ripeto, se ĝin kaŭzas sinsekve rekta minaco al Reĝo（ŝako!）fare de unu el la ludantoj.

② Senelirejo
Kiam ambaŭ Reĝoj eniras en reciprokan kontraŭan tendaron kaj ne povas matigi Reĝon unu la alian, la matĉo senrezultas. Tia situacio estas nomata senelirejo.

Ⅱ 将棋を楽しむ

（9）Notacio（kiamaniere noti movojn de ŝako）

① Pecoj
　R: Reĝo（玉、王）
　T: Turo（飛）
＋T: Promociita Turo（竜）
　K: Kuriero（角）
＋K: Promociita Kuriero（馬）
　O: Oro（金）
　A: Arĝento（銀）
＋A: Promociita Arĝento（成銀）
　Ĉ: Ĉevalo（桂）
＋Ĉ: Promociita Ĉevalo（成桂）
　L: Lanco（香）
＋L: Promociita Lanco（成香）
　P: Peono（歩）
＋P: Promociita Peono（と）

② Movoj
×: kapti pecon
＊: meti pecon
—: aliaj movoj

③ Promocio
Se peco promociiĝas, ＋ estas aldonata post la movo. Se peco
ne promociiĝas, ＝ estas aldonata post la movo. Jene
montriĝas ekzemploj.

T * 8d signifas, ke Turo estas metita sur 8d.

T × 8d signifas, ke Turo moviĝas al 8d kaj kaptas pecon tie.

+ T —8c signifas, ke Promociita Turo moviĝas al 8c (kaj kaptas neniun).

Ĉ × 1c = signifas, ke Ĉevalo kaptas pecon sur lc kaj ne promociiĝas (se ĝi promociiĝas, skribu Ĉ × 1c +).

(10) Handikapita ludo

Se kapablo inter du ludantoj diferencas, laŭ la grado de diferenco, pli forta ludanto malhavas pecojn, ekzemple maldekstran Lancon, aŭ Kurieron, aŭ Turon, aŭ Turon kaj maldekstran Lancon, aŭ Turon kaj Kurieron ktp. Superulo kiu malhavas pecojn, komence ĉiam unue movas pecon.

Ⅲ　図書館を考える

【筆者注】

　この章は、図書館に携わっていない方にとっては、やや難解と思われるかもしれません。私はもともと世界のあらゆる"知"をいかに分類、分析、整理するかに深い関心を持っていましたので、あえて収録させていただきましたが、とくに難解な最後の4点はパスされて構いません。こんなことを考えている人間もいるんだと知っていただくだけで十分です。

Ⅲ　図書館を考える

> 小規模図書館奮戦記　日本エスペラント学会図書館
> # エスペラントコレクションの宝庫
> ―レファレンスも充実―

エスペラントって何？

　年輩の方からは「エスペラントってまだ生きていたんですか」
とか、若い人からは「エスペラント、ん？　一体それ何ですか」
という質問を受けることがよくありますので、当館をご紹介す
る前にちょっとエスペラントについて触れておきます。

　エスペラントはいまのポーランドの地で生まれ育ったユダヤ
人眼科医ザメンホフが、言語の違いから起こる民族間の争いご
とをできる限り減らすことを願って1887年に発表した、どこの
国にも属さない中立の人工国際共通語です。時には危険な言語、
異端の言語ともみなされ、困難な時代もありましたが、120年
の風雪に耐え、今日まで生き延びてきました。世界には100万
人の使用者がいると言われ、日本では比較的活発な活動が展開
されています。今年（2007年）の８月には世界エスペラント大
会が横浜で開催され、内外のエスペランチスト2,000人が参集し、
通訳のいない国際会議が一週間続きました。

　パソコンに「エスペラント」という検索語を入力すれば、豊
富なウェブサイトの存在に驚かれることでしょう。現時点でエ
スペラントにかかわる言語問題を少し考えてみたいという向き
には、最近、言語学者の手になるコンパクトな格好の新刊が出
ましたので、１冊だけあげておきます。未購入の場合は蔵書に
加えられてはいかがでしょうか。参考文献や関連のURLも載
っています。

『エスペラント 異端の言語』田中克彦著　岩波新書 2007.6

概要

　地下鉄東西線「早稲田」駅下車徒歩1分、「神楽坂」寄り出口No.1を出て左斜め向かいにある4階建て（一部5階）の緑色の建物エスペラント会館4階に、日本エスペラント学会図書館はあります。入館は無料で会員、研究者に広く公開されています。貸し出しはしていませんが、自由にコピーすることができます。来館、電話、手紙、メールによるレファレンスも受け付けています。山梨県の八ヶ岳エスペラント館にも分館があります。

　図書館とは別にダブリ本中心の「早稲田文庫」があり、こちらは有料で貸し出しもしています。

　蔵書は約2万冊で、エスペラント関連の蔵書ではウィーンの国立図書館に次ぐ規模と言えるでしょう。

　ブラウジング機能を持たせるためテーマ別（世界エスペラント協会の販売図書目録に準拠した独自の分類表に基づく）に書庫内に配架されています。キャレル（個人用閲覧席）はありますが、長時間閲覧する場合は3階のサロンで読むことになります。

　内外の雑誌、研究紀要、論文集、各種機関紙、有名人の直筆の手紙類、写真、ポスター、CD・DVDなどのAV資料も収集しています。

　目録はパソコンで書名、著者名、分野別に検索できますが、未入力のものがありますので、何でも疑問があれば係員に聞くのが良いでしょう。

当館の特色

　図書館員は5、6人いますが、すべて無報酬（交通費のみ実

費支給）で働いています。これは図書館に限ったことではなく、エスペラント運動全般に言えることです。専任の常勤はいませんが、水曜には図書館員が詰めていますので、調べもののある方はなるべくこの日にお願いします。他の曜日も閲覧は自由です。

　図書館員は各自本職を持っていますので、都合の良いときに来て、それぞれ分担の作業をこなしています。

　月に一度打ち合わせ日があり、この日は全員が集まり終日、運営方針の決定、共通理解、相互の意思疎通を図ります。段ボール箱にたまった寄贈資料の受け入れ・整理もこの日に一気に処理することが多いです。未整理資料の山積み状態が続くとプレッシャーが掛かりますが、思わぬお宝が見つかることもあり、皆でわいわいチェックするのはなかなか楽しいものです。

　国内外からの問い合わせ、レファレンスも、ほかに答えられる機関がないせいか結構あります。研究者、活動家、団体からが大半ですが、雑誌・機関紙類のバックナンバーをひっくり返さなければならないこともたびたびです。

　こんなとき心強いのが図書館員間のメーリングリスト、さらに広範なエスペランチスト間のメーリングリストです。込み入った問題も数日で解決に至るケースも珍しくありません。いわば日本のエスペラント界が総力で当たることが可能なのです。当館の特色は奉仕の精神と強力なネットワークによるサービスの提供と言えるのではないでしょうか。

■日本エスペラント学会図書館
所在地：東京都新宿区早稲田町12—3
開館日：火曜〜土曜（日・月・祝日は休館）
開館時間：10：00—18：00

☎03―3203―4581、Fax 03―3203―4582
E-mail：esperanto@jei.or.jp
URL：http://www.jei.or.jp/
（うえだ　ともひこ：日本エスペラント学会図書館）
［NDC 9：018.899　　BSH：日本エスペラント学会図書館］

（『図書館雑誌』Vol.101, No.10　2007.10 日本図書館協会）

Ⅲ　図書館を考える

〈実践ノート〉
「レファレンス・ガイド」(仮称)の作成について

1．レファレンス・サービスの今日的意味

　G.Chandler は『*Library in the modern world*』の中で、現代における図書館の大事な機能のひとつとして、レファレンスをとりあげ、「どんな小さな図書館でも、レファレンス部門をもたない図書館は図書館の名に価しない。最も小さな図書館においても、基礎的なレファレンス・サービスとして、クイックレファレンスはできるはずである」と述べている。
『市民の図書館』(1970) では、すぐれた図書館の条件として、貸出、児童サービス、全域サービスの３つの領域において全力投球する図書館をあげているが、昨今のように公共図書館が地域社会の中に次第に定着し、住民の図書館に対する期待が強まるにつれて、日常生活やビジネスに役立つ図書館として、今後ますますレファレンス・サービスのウエイトは高まってくることが予想される。
　図書館側でもこうした住民のニーズをしっかりと受けとめて、利用者の信頼に応える努力をしなければならない。しかるに大部分の公共図書館では、貸出、資料整理等、増大する一方の日常業務処理に追われ、組織的なレファレンス・サービスまでは手がまわりかねているのが現状ではなかろうか。

2．レファレンス・サービスの組織化

　レファレンスの要諦は結局のところは、利用者の質問に対して、すばやく的確に、その質問に最もふさわしい資料を提供す

165

ることにつきると思われる。そのためには日頃から利用者を知り、資料に精通し、利用者と資料を結びつける技術に習熟することが肝心であるが、その営みはややもすれば係員個人の努力や、知識や、経験に頼りがちである。これらの貴重な財産をできるかぎり客観的に記録化することにより、誰がいついかなる質問を受けても、ほぼ同様の対応ができることが望ましい。

レファレンスは将来いかに図書館の機械化が進もうとも、最も人間的な要素が残る部門であり、個々の係員の特定主題に関する知識や、レファレンス・ライブラリアンとしての資質がものをいう分野ではあるが、だからといって全くの個人プレーに終始したり、ある係員が長時間かけて困難な問題を解決しても、その事例が全員の共有財産とならなかったりするようでは、組織としての進歩はありえない。

たとえ担当者が異動しても、館として最低限ここまでは回答できますという、レファレンスに関する一定の水準のようなものを、各館の規模に応じて確保することが必要ではなかろうか。また自館の限界を知ってこそ、次のステップとしての相互協力や、類縁機関との提携にまで進むことも可能になってくるであろう。

3.「レファレンス・ガイド」の必要性

われわれはすでに整理の分野においては、3大ツールといわれる、NDC、NCR、BSHをもっているが、レファレンスに関しては、これらに匹敵する全国共通のツールは存在しないようである。

昭和36年3月に、日本図書館協会公共図書館部会参考事務分科会により、「参考事務規程」が採択されたが、その内容は、参考事務の定義、回答の原則・制限、回答事務、参考資料の整

備、記録、統計・調査、研修等についての一般原則を述べたものである。

レファレンスにあたっては、上述の指針を十分念頭において、さらにそれぞれの図書館の実情にそった「処理要領」を成文化して、組織として対応していかねばならないのはもちろんであるが、さしあたって、とくに新任のレファレンス係員が、最も必要としている参考質問と図書館資料とを、いかにすばやく的確に結びつけるかのノウハウについては、各館、各自の開発、工夫に委ねられているのが現状である。

かつて10年余り前に、東京都公立図書館参考事務連絡会は『中小公共図書館のための基本参考図書』を編集・刊行し、レファレンス・ブックの収集・整備のための手頃なツールとして、大いに参考になったものであるが、あの内容を裏返しにして、どのような質問には、どのような資料を提供したらよいかといった、ハンディーな虎の巻のようなガイドブックは作れないであろうか。それができれば、公共図書館のレファレンス水準の底辺を引き上げ、相互協力にもずいぶんと役立つはずである。

4.「レファレンス・ガイド」の考え方

レファレンスを効果的、能率的に行うには、各館において、あらかじめ質問にそなえた各種の補助ツール（二次資料）を整備しておくことが不可欠であるといわれている。まことにその通りではあるが、忙しいルーティンワークの合間をぬって、一貫した方針のもとに長期間にわたって、しかも担当者が交代しても、各種の補助ツールを維持更新していくことは容易なわざではない。自前でツールを作る以前になすべき仕事はないであろうか。刊行済みの資料は十分活用しているであろうか。案外既成の印刷物の中に役立つ記述がありながら気がつかないで、

せっせと無駄なカード作りに、精を出していることがあるものである。

　この「レファレンス・ガイド」作成の目的は、各館がバラバラに書誌づくりに取り組む前に、あるいはその前段階として、まずはどこの図書館でも入手可能な公刊された活字資料を、最大限に徹底的に使いこなしていこうという考え方に立っている。このようなプロセスを通じて、はじめて現在どのような書誌類が不足しており、今後どのような補助ツールを作っていかねばならないかが、自ずとはっきりするであろう。

5．「レファレンス・ガイド」の構成

⑴　まず参考質問の傾向を分析して、質問を類別化し項目を設定する。（図1「参考質問類別項目票」（案）参照）

図1　参考質問類別項目表（案）

類別項目　　担当部門	一　　般	人文科学	社会科学	科学・技術	郷土資料
A　資料に関する質問 　a.所在 　　ア.当館における 　　　所蔵の有無 　　　（ア）図書 　　　（イ）雑誌・紀要類 　　　（ウ）新聞 　　　（エ）その他 　　イ.他館、他機関 　　　における所蔵 　　　の有無 　　　（ア）図書 　　　（イ）雑誌・紀要類 　　　（ウ）新聞 　　　（エ）その他 　b.書誌的事項、出 　　版の有無 　　ア.図書 　　　（ア）一般書誌 　　　（イ）特殊書誌 　　　（ウ）主題書誌 　　　（エ）その他 　　イ.雑誌・紀要類 　　ウ.新聞 　　エ.その他	B　人物・団体・施 　　設に関する質問 　a.人物 　b.団体 　c.施設 C　事物・言葉に関 　　する質問 　a.事物・ことがら 　b.言葉・用語 　c.出所・出典 D　統計・数値に関 　　する質問 　a.統計 　b.数値 E　時間的な問題に 　　関する質問 F　歴史的事項に関 　　する質問 　a.史実・歴史上の 　　ことがら 　b.年表	c.事物起源 G　地誌に関する質問 　a.地名 　b.地誌 　c.地図 H　写真・図譜に関 　　する質問 　a.写真 　b.図譜 I　日常生活に関す 　　る質問 　a.衣食住 　b.冠婚葬祭 　c.年中行事 　d.交際 　e.その他 J　資料集 　a.法令 　b.判例 　c.書式	d.資格 　e.規格 　f.特許 K　A～Jに属さな 　　い質問 　a.受賞 　b.世界で一番、日 　　本で一番の記録 　c.国家、府県につ 　　いてのシンボル 　d.国家、府県の現 　　勢 　e.ものの数え方の 　　単位 　f.○月○日に起き 　　た歴史上の事実 　g. 　h.	L　他の機関を紹介 　　するもの（類縁 　　機関名簿） M

168

c. 解題					
d. 索引					

　類別化にあたっては、あくまでも質問の実際に即し、あまり
NDC（日本十進分類法）にこだわらない方が賢明であろう。

　この表はほんのサンプルにすぎないが、兵庫県立図書館調査
相談課において、何度かの討議を経て、できあがったものであ
る。項目については、まだまだ流動的であり、さらに詳しく展
開すべき箇所も多く残されている。

　横軸がレファレンス担当部門（当館では一般、人文、社会、
科学・技術、郷土の５つのパートに分かれて、レファレンスに
応じている）、縦軸が類別項目となっている。

　一応、各部門共通項目としてくくっているので、レファレン
ス担当部門により、さらに詳細な展開が必要である。たとえば
「Ｂａ人物」についていえば、人文科学部門を例にとると、ア
哲学、（ア）以下細目略〉、イ宗教、（ア）仏教、（イ）神道、（ウ）
キリスト教、（エ）その他の宗教、の如くに。

　Ｌは部門別の類縁機関名簿の作成を予定している。

⑵　次に各項目に対応する資料群を選定し、個々の資料につい
て、書誌的事項とともに、必ず内容に関して簡単な解説をつけ
る。（図２「情報カード」参照）

図2－1　情報カード

類別項目 担当部門	
各部門毎の見出し 図書の場合	書名、著者表示、出版地（東京の場合省略）、出版者、出版年、ページ、大きさ、（請求記号） 雑誌・紀要類の場合 題名、執筆者名、誌名、巻号、該当ページ、発行年、内容の解説収録の範囲（主題、期間、地域等） 収録（点）数 編集の構成（排列、分類の基準等） 解題、参考文献の有無 その他特記事項

図2－2　情報カード

Ba 郷土資料	
ア、兵庫県	兵庫県人物事典　上・中・下　神戸　のじぎく文庫 　昭41―43　3冊　19cm〔281.64―1〕 　兵庫県の歴史上の人物から現代の人物まで約800人の略歴とエピソード、参考文献を収録。上巻は明治以前の人物のうち、神戸、阪神、下巻は同じく淡路、摂津・丹波、但馬、播磨の人物を収録している。各巻とも巻頭に人命50音順の索引があり、別冊に全巻の総索引がある。郷土にゆかりの深かったグルーム、シム、モラエス等外国人も選ばれている。

⑶　カードはB6情報カード（いわゆる京大式カード）を使用し、1タイトル1記入とする。

⑷　選定する資料は、レファレンス的にみて、利用頻度の高いと思われる基本参考図書からとりあげ、順次、単行本、シリーズもの、雑誌・紀要類、図書中の一部、付録、パンフレット等に及ぶものとする。

Ⅲ　図書館を考える

⑸　記載済みの情報カードをＢ６カード専用のケースに、適宜
見出しカード等を挿入して、体系的に（「類別項目表」通りに）
排列し、常にup to dateな状態に保ち、いつでも、誰でもがみ
られるようにしておく。

6．一館用マニュアルから各館共通のツールへ

　各館共通のレファレンス・マニュアルは、全国のレファレン
ス担当者がその必要性を痛感しながら、種々の困難のため今ま
で実現しなかったものである。あまり肩ひじを張って構えない
方が無難かもしれない。

　まず県立とか市立の比較的大きな図書館で、この問題に関心
のある館が、自館の実情に即した「参考質問類別項目表（仮
称）」を作りカード化を行う。ある程度カードが蓄積した段階
で、各館のレファレンス担当者が集まり、標準的な類別項目表
と統一的なカード記載様式について話し合い、最終的には加除
式の「レファレンス・ガイド」の印刷刊行のために協議の場を
もつようにしてはいかがであろうか。

　昭和46年に発行された、大阪府立図書館『参考事務必携』は、
レファレンス・マニュアルとして画期的なものであった。実務
レベルのものとしては、その後あの『必携』を超えるようなも
のは出ていないように思える。

　しかし発行後10年近く経過しており、その後すぐれた参考図
書類が多数出版されている。内容的に新しく書き換える必要が
あるし、網羅性の点で自館用補助ツールとしての限界は否めな
いところである。なんとかあの『参考事務必携』の長所を活か
して、まずそれぞれの館で「参考事務必携○○図書館版」を作
り、ついで「○○ブロック版」「全国版」へと発展させられな
いものであろうか、というのがこの小論の意図である。

171

1962年にエポックメーキングな出版であるとして館界から歓迎された、『日本の参考図書』はその後何度か改訂され、本年（1980年）1月、『日本の参考図書　解説総覧』として結実した。同書はレファレンスに携わる職員にとって、きわめて有効な武器となることは間違いないが、これとは別に、ズバリ参考質問からストレートに資料にアプローチできるような便利なガイドは、果たして作れないものであろうか。

　もとより机上の理論の域を出ていないし、当館のカード化作業も、その必要性については課員一同の合意をみているものの、日常業務に追われ予定通りには進捗していない。

　公共図書館におけるレファレンス・サービスの質的向上のために、活発な論議が興ることを期待したい。

　　　　　（『図書館界』32巻4号　1980　日本図書館研究会）

Ⅲ　図書館を考える

レファレンス・サービス発展のために

1．図書館業務の中でのレファレンスの位置づけ

　図書館の最も基本的な機能は資料の提供にあるが、これを確実に保障する方法は貸出しとレファレンスである。貸出しが伸びれば、レファレンスの要求も高まる。貸出しとレファレンスとは不即不離の関係にある。このことは貸出しの盛んな図書館をみれば、事実に照らして明らかである。

　貸出しには予約サービスと読書案内が含まれるが、予約に伴う文献探索や読書相談のかなりの部分は、レファレンスとの区別がつきにくい。とくに中小図書館においてはそうである。利用者の資料要求に応える形で、貸出しと読書案内が行われ、この過程で処理しきれない調査研究や参考質問がレファレンスに移っていくのである。

　図書館が地域の住民にとってほんとうに必要な施設となり、学習と情報の機関の役割を果たすためには、今後ますますレファレンス・サービスの充実に努めなければならないが、こうしたサービスを内から支えるものとして、資料の選択・収集・整理等の仕事もおざなりにはできない。

　そしてより根本的には、新鮮で魅力的な資料を豊富に取り揃えた図書館を市民の身近に数多くつくり、全域サービスのシステムを確立すること、貸出しの一層の伸長、誰もが納得のいく合理的な職員制度の改革、これらの基礎的条件の整備こそが、レファレンス・サービス発展の土台であるといえよう。

2．レファレンス・サービスへの取り組み

　一口に公共図書館におけるレファレンスといっても、規模により、体制により、土地の事情により、また県立か市町村立か、システム内の中心館か分館・分室・BM（移動図書館）かによっても、その中身には自ずと差異があるはずである。しかし共通するのは、資料と情報を求める人々に対する図書館員の人的援助を核心とするレファレンスの性格上、きわめて「人」の要素の占める比重が高く、経験が大きくものをいう分野だということである。

　では一体どのような姿勢で、レファレンスに臨めばよいのだろうか。とっておきの妙案や特効薬があるわけではない。試行錯誤を繰り返し、経験を積み重ね、よりよい体系の確立を目指して一歩ずつ前進するほかなさそうである。

　これまでレファレンスといえば、大規模な公共図書館か大学図書館か特定部門に強い専門図書館でしかできないサービスであるとか、ある限られた職員にしかできない難しい仕事のように思われてきた。しかるに、昨今のように公共図書館が市民の暮らしの中で身近な存在になるにしたがって、住民のニーズに応えるためにもレファレンスのあり方に検討を加える必要が生じてきた。以下、図書館の規模の違いを念頭において、それぞれの対応の仕方について若干考察してみたい。

3．中小図書館におけるレファレンス

3.1　自館で回答する範囲

『中小レポート』では必要最小限のサービスとして、次の項目をあげている[1]。

Ⅲ　図書館を考える

（イ）地域の日常生活に関する情報

　　A　市政に関すること

　　B　市の主要産業に関すること

　　C　その地方の行事

　　D　その他（書式の書き方などの日常的なもの）

（ロ）郷土史に関すること

（ハ）図書及び読書に関すること

　私は（イ）D、（ハ）をできるだけ広く解釈して、基本参考図書で回答できる質問なら、可能な限り含めたいと思う。『中小レポート』が世に出た1963年当時と現在の状況とでは、社会の図書館に対する期待の度合いが著しく変化しているからである。

3.2　職員の心構え

　自館資料に精通し、とくに書誌・索引類の使い方に習熟し、日頃から利用者の資料要求や質問傾向を把握していて、資料と利用者とを的確に結びつける技術の習得に努めることにつきると思われる。

　要は「ありません」「わかりません」と突き離すのではなく、利用者の気持ちになって一緒に探す温かい思いやりが大事である。レファレンスを単に狭い参考質問に限定するのではなく、読書案内、読者援助も含めて考える必要があろう。

　たとえすべての要求に応えられなくとも、いろいろと手をつくし回答に近づく努力を積み重ねることが、図書館に対する市民の信頼を高め、奉仕体制の強化につながるのである。プロフェッショナルとしての個人の自覚に待つべき面が多い。

175

3.3 職員体制

　中小図書館ではレファレンスや読書相談に専任の係員をおくことは困難であろう。むしろローテーションで収集、整理、貸出、BM等すべての業務を経験する方が実際的でもある。カウンターやフロアーで質問を受けたなら、たらいまわしにせず、受けた者が処理できるようにしたい。

　しかしこの場合でも、館としての首尾一貫性を保つために、レファレンスの責任者を事務分掌ではっきり決めておくのがよい。また、職員同士わからないことは何でも気軽に聞き合えるような雰囲気やチームワークが重要である。

　カウンターには少なくとも１人はベテランの係員を配置したい。図書館の印象は窓口サービスの如何で決まるからである。分館であれば普段から本館との連絡を密にし、分館で対応できないときは、どの程度のことが本館でやれるのか、およその見当を頭に思い描けることが望ましい。各館がバラバラではなく、システムとして機能していることが肝要である。

3.4　レファレンス記録

　レファレンスはややもすれば、係員個人の資質や経験や勘に依存しがちであるが、これらの貴重な財産をできるかぎり客観的に記録に残し、全員共有の知識にしたいものである。職人芸に頼るのではなく、組織として誰がいついかなる質問を受けても、ほぼ同様の対応ができることが望ましい。

　記録にとっておけば、以後同じような質問を受けたときだけでなく、事例の研究や分析、資料の収集整備にも随分と役立つはずである。この点、レファレンスの記録はルーティンワークの多忙に紛れ、軽視されてきたきらいがある。

　普通、広い意味での記録には、統計、処理票、記録票がある

Ⅲ　図書館を考える

のではないかと思う。ただこれらの記録は、形式に流れて仕事を増やすだけなら意味がないので、最初に様式、手順等を決める際に十分注意する必要があろう。帳票類はレファレンスの参考書に例示されているので、皆で比較検討して自館にふさわしい様式を考案すればよい。

(1)　レファレンス統計

およその件数や質問の傾向を知るためのもので、必ずしも毎日几帳面にとる必要はない。統計日を決めて推量することも可能であろう。過去と現在、自館と他館の数値を比較し、自館のレファレンス業務の実態を客観的に把握する場合に有益である。

手前味噌になるが、私の勤務する図書館の内容別類型別集計表をかかげておく。

これらの統計はカウンター上のメモ用紙（ノート形式の日誌があるところではそれ）に正の字でもつけておき、後で集計すれば十分であろう。件数と傾向をつかむのが目的であるから、質問内容は記入しない。

内容別類型別集計表（兵庫県図書館）

質問類型／主題内容	計	①所在調査	②書誌的事項調査	③文献調査	④事実調査	⑤その他
計	①特定資料の所蔵の有無、所蔵機関の調査等。					
一般	②書名、著者名等から出版社、出版年、全集中の巻数等の調査。					
人文	③一定主題についてどんな文献があるかについての調査。					
社会	④軽易な質問で、解答そのものをこたえるようなケースでの調査。					
科学・技術	⑤①～④以外のもので、類縁機関の紹介等が含まれる。					
郷土資料	この他にも、型式別（口頭、電話、文書）集計、回答に使用した資料（図書、雑誌・新聞、その他）の比率、未解決比率の統計がある。					

(2)　処理票

口頭によるやや複雑な質問やとくに電話による問い合わせの

177

際、その場で質問の要旨や相手の連絡先、手がかり等を書き留めるのに用いる。普通は回答に要した資料名を書き込むいとまもなく、直ちに電話で返事したり資料を利用者に提供したりするようなケースが多いので、あくまでもこの処理票は、後刻処理経過等を記録票に記入するまでの心覚えにすぎない。

また、処理票はカウンター勤務を交替する際の引継ぎにも役立つ。ノート形式よりスリップ形式のものの方が、手軽に持ち運べて便利ではなかろうか。

受け付けた質問内容すべてを記録する必要はないし、回答が済み、記録票に転記を完了し、一件落着したものは保存するまでもないであろう。

(3) 記録票

解決に長時間を要した事例、資料検索の参考になると思われる事例、思いもかけない資料に記述を発見した事例、未解決事例等を記入するために用いるもので、回答の追加訂正、類似質問に対する回答の参考、資料の補充等にも役立ち、レファレンス記録の中で最も重要なものである。

相当長期の使用にも耐えられるよう、やや厚手の加除の容易なカード形式のものがよいと思う。サイズも標準カードよりひとまわり大きなＢ６程度の方が、無理がなくてよさそうである。

記録票には回答そのものよりも、資料検索の経緯、処理経過、利用した資料の書誌的事項その他留意点等を詳細に記入する。そして個人で死蔵することなく、分類順または件名順に排列し、誰もが活用できるよう適宜見出しを付けて蓄積していくことが大切である。

3.5 その他

レファレンスへの取り組みには、上記の他、各館独自の参考事務規程の作成[2]、レファレンス・コレクションの充実、目録・書誌類の整備、職員研修、PRの問題等重要な側面があるが、本稿の埒外なので項目の列挙にとどめる。

4．県立図書館の役割

県立図書館におけるレファレンスも中小図書館におけるそれと本質的には同じである。資料、人員、体制に恵まれているがゆえに、より組織的、効果的に対処できなくてはおかしい。ここでは県立図書館の果たすべき独自の役割について簡単に指摘しておく。

1960年代後半以降の市立図書館の発展は実に目ざましい。『市民の図書館』のテーゼである「貸出しの基礎の上にレファレンスが築かれる[3]」という理論が実践によって検証され、定着しつつある。中小図書館が安心して本来のサービスに打ち込めるよう、県立はその後ろ楯とならなければならない。

レファレンスの面においていま県立が本腰を入れて取り組むべきことは、市町村立図書館で処理しきれないリクエストや質問の一つ一つにていねいに答えていくことはもちろんであるが、中小図書館でもある程度のレファレンスがこなせるようなツールや書誌を作成し、これを印刷刊行して県内の図書館に配付することではなかろうか。これをきちんと継続的に実行すれば、レファレンスのレベルアップに相当貢献できるはずである。事例集の発行などは最も容易なものの一つであろう。前述の記録票から適当な事例をピックアップして、ちょっと手を加えればすむわけである。最近徐々に増えてきたとはいえ、未だしの感

が深い。

　とにかく県立図書館は、中小図書館がレファレンスをする際に即戦力となるような、いわば「レファレンス定石集」といったものを今後どしどし作成、配付していくべきであろう。この意味で、直接的には大学生を対象に編集された麗沢大学図書館の手になる『参考図書解題シリーズ[4]』の刊行はきわめて示唆に富むものである。

5．今後の課題

　レファレンス・サービスを迅速、的確に行うためには、もとより個々の事例研究や係員一人一人の研鑽（けんさん）が不可欠であるが、いま少し網羅的で体系的なうまい方法はないものだろうか。

　どういう質問には、どんな資料を駆使して回答に至るかのプロセスを、定式化、標準化できぬものであろうか。

　従来の、参考図書を基準にしてその一つ一つに解題を付けるやり方ではなく、参考質問から入って資料に行き着くガイドブックのようなものは作れないだろうか[5]。

　かつて公共図書館界では、逐次刊行物総合目録をブロック別に編集・刊行した実績をもっている。また最近では、全国公共図書館協議会の組織を通じて、ナショナルプランを分担・共同作業により策定しつつある。

　レファレンスの面においても、この業務の体系化、標準化に向かって、県域を超えブロック別に知恵と経験を出し合い、マニュアルづくりや類縁機関名簿の作成に真剣に取り組むべき時機に来ているのではなかろうか。

【参照文献】

１）『中小都市における公共図書館の運営』日本図書館協会

Ⅲ　図書館を考える

　　1963　p. 102
2）『参考事務規程』（日本図書館協会公共図書館部会参考事務
　　分科会　昭和36）が参考になる。
3）『市民の図書館』日本図書館協会　1970　p. 22
4）『参考図書解題シリーズ』柏　麗沢大学図書館　1978—
　　1．一般書誌・索引　改訂版　2．人名辞典　3．年鑑・
　　白書・統計　4．英語・英文学
5）『「レファレンス・ガイド」（仮称）の作成について』〔上田
　　友彦　図書館界　34（4）　1980. 11〕において私なりの
　　考えを述べているので、興味のある方は一読されたい。

　　　（『図書館雑誌』Vol.76, No.5　1982.5　日本図書館協会）

181

兵庫県立図書館目録電算処理システム (COCS)の概要

An Outline of the Computerized Cataloging System (COCS) at the Hyogo Prefectural Library, by Tomohiko Ueda.

はじめに

　兵庫県立図書館は、昨年（1974年）10月県立明石公園内にオープンしたが、一つの特色はカード目録のない図書館ということである。すなわちこれまで図書館には、当然常備すべきものとされてきたカード目録を全廃し、コンピュータの編集によるノートスタイルの目録に切り替えたということである。

　このやや思い切った試みに対し、開館後半年を経ていない現在、一定の評価を下すのは時期尚早の感はあるが、全体的にみて、まずは成功の部類に属するのではないかと思われる。

　以下簡単に兵庫県立図書館の和書目録電算処理システムの全貌をご紹介したい。

　なおCOCSとは Computerized Cataloging System の頭文字をとったものである。

1. 機械化の経緯

　当県立図書館は、同時に完成した明石市立図書館に隣接して建てられたという事情もあり、地元住民に対しては市立が、県下全域に対しては県立がサービスに当たるという機能分担方式でスタートした。したがって県立図書館としては、直接の来館者に対するサービスよりも、県内の中核的図書館——相互協力・

調査相談・資料保存センター——として、市町立図書館、類縁機関等に各種の書誌的情報を提供するという役割を重視していたので、蔵書目録の刊行が是非とも必要であった。

しかるに蔵書目録の作成には多大の人員と経費を要するため、毎年きちんと増加図書目録を印刷・配布するのは容易なことではない。

そこで次のような課題を解決するものとして、本システムが計画された。

⑴　蔵書目録発行のための一連の作業、すなわち印刷原稿の準備と校正及び索引の作成をできるかぎり合理化すること。

⑵　館内目録編成のためのカードの複製とヘディング、配列作業を可能なかぎり省力化すること。

⑶　わが国最後の県立図書館にふさわしい新機軸を打ち出すこと。そのためにコンピュータの導入を考慮し、今回のシステムが将来の機械化構想の中にも十分に生かされること。

⑷　現時点においても、経費的に引き合うこと。

2．システムの概要

本システムの特徴は、次の4点に要約することができる。

⑴　目録の作成にしぼったこと

図書館業務を機械化する場合、その対象となる業務は種々のケースが考えられる。

わが国では一般的傾向として、大学図書館においては、管理的業務、すなわち図書の発注、受け入れ、雑誌管理、貸出し、統計の作成等、専門図書館においては、特定分野の情報検索、SDIサービス等から機械化に着手するのが通例のようである。これに対して、当館では先に述べたような事情から、目録作業を機械化の第一段階とした。

⑵　漢字モードであること

　大学、専門図書館でプリントアウトされる帳票類は、通常ラインプリンタで打ち出されるので、文字種は英字、数字、カナ、一部特殊記号に限定されざるを得ない。ところが公共図書館では、洋書に比し、和漢書の占める割合が圧倒的に高いし、カナには同音異義語の問題、わかち書きの問題等がつきまとうので、どうしても漢字による出力が前提となる。当館の目録には漢字プリンタが用いられる。

⑶　外注方式であること

　図書館内にCPU本体はもちろん、入出力装置その他端末装置等の機械類を一切置かず、完全外注方式によっている。すなわち原稿の作成（入力帳票の記入）、校正のみを図書館サイドで行い、プログラミング、インプット（穿孔作業）、電算処理、アウトプットを一括外部委託（委託先　ティーシーシー株式会社）している。

⑷　ローコストであること

　厳密な意味のコストパフォーマンスの計算はまだできていないが、完全外注、バッチ処理方式のため、経費的にかなり安くすんでいる。

　現在わが国で、コンピュータを導入してペイしている図書館はまず考えられない。しかし当館の経験に照らしてみて、一般の図書館では機械化はまだまだ先のことと考えられていたのが、意外に早く現実味を帯びた課題となりつつあると言えるのではなかろうか。本システムを図示すると図1のごとくになる。

Ⅲ 図書館を考える

図1　システム概要

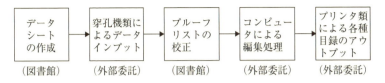

3．機械化実施計画

　兵庫県立図書館設立準備室が昭和46年から専任職員5名をもってスタートしたが、当初目録については、国立国会図書館の印刷カードをベースにして、国会カードのないものは自館作成し、これらを複製して、カード目録を編成するという方針であった。

　機械化のための予算がつき、本システムに移行したのは48年度のことであった。

　機械化する以上、開始時期を延ばせば延ばすほど、二重投資によるロスがかさむので、とにかく急がねばならなかった。47年度から調査を始めたが、一応の見通しがついたのは、48年度予算要求の直前であった。したがって48年度からいきなり本番に入るというあわただしさであった。

　47年度に数回、京都産業大学を訪問し、いろいろとご指導を仰いだが、すでに産大図書館では、洋書についてはカード目録をやめ、コンピュータの編集による冊子目録に切り替えて、よい結果を得ていた。また当時神戸市統計課では、入出力処理のみを外部委託し、編集を市のコンピュータを使って、漢字モードによる「神戸市事業所名簿」を作成しつつあった。この2つの事例は、当館が機械化にふみ切る自信を与えてくれた。

　機械類を図書館内に設置することは、経費、要員の確保の面で無理なので、全面的に外注することになった。

委託先をきめるに当たり、数社を招き比較検討を行ったが、文字品質、コスト、受託体制等を総合して、最終的にティーシーシー一社が残った。

調査開始から目録類のアウトプットに至るまでの工程は図2のとおりである。

図2 工程表

工程 ＼ 年度	47 7月10月1月	48 7 10 1	49 7 10 1	50
1．調査	├──┤			
2．入出力データ様式の検討・決定		├─┤		
3．データシート（漢字テレタイプ原稿）の作成		├──────────────→		
4．システム検討・設計（外部委託）		├─┤		
5．委託契約（外部委託）		○		
6．プログラム開発並びにテスト（外部委託）		├──┤		
7．漢字テレタイプによる入力開始（外部委託）		├─────────────→		
8．入力データのコンピュータ処理（外部委託）			├──────────→	
9．漢字プリンタによる出力（外部委託）			├───────→	
10．冊子目録の完成利用（毎月更新）			├────→	

4．出力帳票の種類

本システムによって、アウトプットされる目録類は図3のとおりである。

〔筆者注：図3以下は紙幅の都合で割愛。必要な場合は『図書館界』26巻5/6号（1975）に直接当たってみられたい〕

　なによりも Finding list としての機能を重視しつつ、コストの引き下げに留意した。すなわち検索、識別に支障のないかぎり記述を簡略にする一方、利用者がさまざまな角度から資料に接近できるよう、副出、分出、重出を豊富に出せるように心掛けた。

⑴　分類目録

　NDC7版により、分類記号順に排列される。

　同一分類記号内の2次排列は書名の50音順。ただし個人伝記のところだけは、被伝者の50音順になっている。

　請求記号、書名、著者表示、版表示の他に、出版事項、対照事項、叢書表示、一般注記、内容細目等も含まれ、もっとも詳しいデータが出力される。出力様式は記述独立方式に近い。分類の重出は3つまで可能。

　分類目録の目次、本文の見出し（1,000区分）、running title、類・綱の変わり目の改頁、改段も自動的に編集される。

⑵　書名目録（索引）

　書名の50音順に配列される。出力項目は書名、著者表示、版表示、内容細目、請求記号に限られる。蔵書目録索引として、他館に配付する場合は、請求記号に代わって、本文（分類目録）への頁数が出力される。

　カタロガーの判断により、冠称、副書名、叢書名を副出することができる。

⑶　著者名目録（索引）

　著者名（編者、撮影者、画家、作曲家、解説者、談話者等を含む）または出版者名（図書上に著者名の表示がなく、カタロ

ガーが必要と認めたとき）の50音順に排列される。同一著者内の2次排列は書名の50音順。

出力項目は著者表示、書名、版表示、請求記号（頁数）のみで、形としては索引に近い。

(4)　件名目録（索引）

いまのところ、個人名（被伝者、被研究者、被記念者）と団体名に限定。西洋人名は原綴主義を採用している。郷土資料については上記のほか、地域からのアプローチにたえられるよう、地域（兵庫県内の各地域を2桁の数字で表示）と主題（NDC主綱表2桁）を組み合わせた数字コードからの検索が可能である。

排列は日本人（50音順）、西洋人（アルファベット順）、郷土資料（地域コード）の順である。

(5)　新着図書リスト

(1)～(4)は毎月、累積されてアウトプットされるのに対し、これは前月1カ月の間に受け入れた新着図書の案内リストである。出力様式(1)に同じ。

(6)　著者名典拠リスト

カナ表記の統一をはかり、同一著者を一箇所に集中させるための典拠になるもので、著者名の漢字（ラテン字母を含む）とカナが出力される。事務用ファイルとして非常に重宝なものである。

(7)　書架目録

いわゆるシェルフリストのことで、ばく書の直前に打ち出される。出力項目は請求記号、書名、巻号、登録番号のみ。

(8)　入力もれチェックリスト

入力もれ防止のために用いられるリストで、入力済み図書の登録番号が若番順に出力される。

Ⅲ　図書館を考える

(1)〜(6)は漢字プリンタ（サイズはＡ４判）で、(7)、(8)はライ
ンプリンタ（応用シート）で打ち出される。

(1)〜(4)の目録の刊行頻度とキュームレイションは図４のとお
りである。

５．データ入力の方法

データを入力するために、次の帳票（パンチ用原稿）〔図５
(1)〜 5(6)〕を作成する。

(1)　基本データシート

すべての図書はこのシートに記入する（ただし１部２冊以上
からなる図書で２冊目以降の図書は除く）。

２枚１組（複写式）からなり、１枚目は図書館控用、２枚目
はパンチ用、２枚目はＡ、Ｂ部に分かれ、Ａは漢字まじりデー
タ項目を含み、Ｂは数字、カナ、一部特殊記号のみのデータ項
目からなる。

(2)　内容細目シート（１部１冊）

記念論文集等１部１冊の図書で、内容細目の必要な図書は、
このシートに記入する。

(3)　内容細目シート（１部２冊以上）

全集、講座、年鑑等１部２冊以上からなる図書は、最初の１
冊を基本データシートに記入した上で、このシートに記入する。

(4)　書名・著者名・件名参照シート

書名、著者名、件名目録において、それぞれ参照が必要なと
きは、このシートに記入する。

(5)　分出シート

内容細目（１部１冊、１部２冊以上）中から、書名、著者

189

名、件名目録に分出する必要があるときは、このシートに記入
する。

(6) 書名・著者名・件名追加シート

　基本データシートに記入しきれずに、さらに書名、著者名、
件名を追加する必要があるときは、このシートに記入する。

　図6は入出力帳票の関連を図示したものである。

　図7はデータシートを委託先に手渡してから、目録ができ上
がるまでの工程を表している。

6. ハードウェア

　前述のように使用機器はすべて委託先のものである。

電子計算機

中央処理装置　バロースB3500（バイトマシン）

メモリー　120Kバイト（一語16ビット＋パリティ）

コンソール・タイプライタ　1

紙テープ・リーダー　1（8単位、500字／秒）

カード・リーダー　1（100CPM）

ライン・プリンタ　1（700LPM）

オフライン・プリンタ　1（1200LPM）

磁気テープUNIT　5（800BPI、72KC）

磁気ディスク（2000万バイト、ヘッドパートラック、100バイ
ト／トラック）

漢字入力装置

谷村新興製作所漢字鍵盤さん孔機（漢字テレタイプライタ）

漢字出力装置

T4100漢字情報処理システム

印字速度　72,115字／分

32×32ドットマトリクス、湿式

電子計算機とはオフラインで使用。

7．ソフトウェア

　本システムの主要なフローは次のとおりである。

⑴　基本データの処理

　漢字インプットの部分のチェック、校正及び固定フォーマット化

⑵　カードカナ部分の処理

　カード部分についてチェック、校正

⑶　図書目録マスターの作成

　上記カナ部と漢字部を合成して目録のマスターフォーマットを作る。

⑷　内容ファイルの作成

⑸　参照・分出ファイルの作成

⑹　分類目録の作成

　頁索引処理、目録の作成

⑺　書名目録の作成

⑻　著者名目録の作成

⑼　件名目録の作成

⑽　分類目録の目次、見出し処理（ランダム・ファイルの作成）

　目録のフォーマットは、固定長とし、一部可変長の考えもとり入れた。

　1100キャラクター／レコード、3レコード／ブロック。

　トータルシステム　プログラム本数　90本、ステップ数40,000ステップ。

　図9は磁気テープフォーマットを図示したものである。

8．経費

　48年度から本システムに移行したが、48、49年度の委託料は次のとおりである。ただしこの中には、初期費用としてのプログラム料は含まれていない。

48年度	決算額（円）	備　考
パ　ン　チ　料	2,200,000	データ件数20,000
プ ル ー フ 作 成 料	120,000	書名目録を含む
電　算　処　理　料	240,000	
合　　　　計	2,560,000	

49年度	予算額（円）	備　考
パ　ン　チ　料	3,055,000	データ件数23,500
プ ル ー フ 作 成 料	117,500	
電　算　処　理　料	531,500	
月次目録アウトプット料	2,076,000	
年次目録アウトプット料	484,750	
合　　　　計	6,264,750	

　軌道にのればごく大ざっぱに見積って、図書1冊当たりの委託料は300～400円程度とみてよいのではないか。

　48年度経費が安いのは、まだ開館していなかったこともあって、目録額のアウトプットをほとんど見合わせたためである。

　プログラム料については、ティーシーシーが図書館業務の処理経験が全くなく、当館と共同してプログラムの開発に当ったという事情から、当館の負担は少なくて済んだ。コマーシャルペースではワンステップ500円程度とされている。ちなみに本システムは約40,000ステップである。

Ⅲ　図書館を考える

9．評価

　本システムによる機械化のメリットと問題点は次のようにまとめることができよう。

　メリット

⑴　カード目録から冊子目録にかわることにより、一覧性が生じ、非常に見やすい。

⑵　増刷が容易なため、複数のサービスポイントに目録を置くことが可能である。

⑶　配付用蔵書目録のオフセットマスターとしても利用できる。索引の頁付け、目次、見出し、組版等すべてコンピュータサイドで編集される。蔵書目録印刷のための準備作業がほとんど不要となり、この面での効果は実に大きい。印刷費も機械的な複写で事足りるので、かなり割安となる。

⑷　あらかじめ利用法をプログラム化しておけば、一度の入力で何度でも望む形式で、人手を要さずに出力できる。つまり目録情報を一度マスターテープに記録すれば、コンピュータによって配列項目を変えるだけで、各種の目録を自由に作成することができる。この点は従来の単なる冊子目録の作成とは大きな違いである。

⑸　カードの複製、編成作業が不要となる。司書は単純作業から解放され、より創造的な仕事に打ち込むことができる。

⑹　目録スペースを大幅に節約でき、目録の維持管理が容易になる。

　問題点

①　全面的に外部委託によっているので、プログラムの修正、変更が困難である。

193

② 図書の配架と目録のアウトプットとの間に、1～2カ月の
タイムラグがでる。

③ キュームレーションに限度があるため、冊子目録を何度も
繰らなければならないケースが起こり得る。

④ 文字種（10,000字）、書体（太字は不可能）、文字サイズ（8
～12ポ）に制約がある。

⑤ 行間隔、行末そろえ、ハイフン付け等組版にやや難点があ
る。

⑥ 当館のみで本システムを開発したので、ジャパンマーク、
JSBDとの互換性に問題がある。

10. 今後の展望

(1) 一部大学図書館で実施しているようにコンピュータ本体を
図書館に導入し、目録の作成のみならず、整理業務全般、予算
管理、各種統計類の作成、貸出業務、情報検索等をトータルシ
ステムとして、機械化の対象にすることは、公共図書館のよう
に予算規模の小さいところでは現時点では、到底ペイしないで
あろう。

(2) 各館がバラバラにデータの入力を行うのは、全く無駄なこ
とである。市販のテープを上手に利用する方法を考えるとか、
あるいは複数館でネットワークを組み、委託方式によって総合
目録の作成を志向する時期が来ているように思われる。

(3) プログラム、IOフォーマット、データ項目等に共通性を
もたせるために、早急に標準化の問題に取り組む必要がある。

（『図書館界』26巻5/6号　1975　日本図書館研究会）

公立図書館の発展と国の図書館政策

はじめに

　図書館にはいわゆる公共図書館のほかに、大学図書館、学校図書館、専門図書館、国立中央図書館（わが国の場合は国立国会図書館がこれに当たる）等いくつかの館種が存在するが、ここでは地方公共団体の設置する公立の図書館、すなわち都道府県立・市区町村立図書館と国のかかわりについて考察する。区は特別区である東京23区を意味する。

　公立図書館の設立は、学校における義務教育と異なり任意制である。わが国は明治以来、欧米先進諸国に追いつくため、学校教育にはことのほか力を注ぎ、全国津々浦々に初等教育施設を整備してきた。地域間格差が生じないよう一定の基準を設け、生徒数、教員配置、施設、設備、教科内容に至るまで細かく定めている。画一的、知育偏重、創造力の乏しさなどの批判がないわけではないが、識字率が100％に近いこと、基礎学力が概して高いこと、いずこに住んでいようともほぼ同一レベルの教育を受けることができるなど、わが国の初等教育制度は世界的にも高く評価されている。

　しかるに公立図書館の場合は、そもそも図書館をつくるかどうか、またその規模、サービス内容、図書館数（中央館、分館、自動車図書館、サービスポイント等）、予算額等は当該自治体の首長（都道府県知事、市区町村長）、地方議会、行政当局、住民の自由意志に委ねられているのである。

　このような法制度の下にあって、公立図書館と国はどのよう

な関係にあるのか、地方自治体と国の責務はいかなるものかを探るのがこの小論の目的である。

1. 近代公立図書館の基本理念

　世界は公立図書館のあるべき姿をどのように描いているであろうか。これに応える最も重要な文書は「ユネスコ公共図書館宣言（Unesco Public Library Manifesto)」[1]であろう。

　同宣言は近代公立図書館の思潮を集約したものとして、広く世界的にコンセンサスを得ているとみてよい。条約ではないので直ちに各国を拘束するものではないが、当然各国政府は、この「宣言」に則って、公立図書館の整備・充実を図ることが強く求められているのである。

　この「宣言」は1949年に採択され、1972年にその後の情勢の変化や発展を取り入れて改訂された。同宣言は次のように述べている。

　「……公共図書館を設立し、維持することは一国の政府や地方行政体の任務である。……この宣言は、公共図書館が教育、文化、情報の活力であり、また平和を育成し、人びとの間及び国と国の間の相互理解を深めるための主要な機関であるという、ユネスコの所信を表明するものである。

　公共図書館　―教育、文化、情報のための民主的な機関―

　公共図書館は、人類が学術と文化の面で達成した成果を理解するために、継続した、生涯を通じての普遍教育が欠かせないとする民主主義の信念を現実に具体的な形で示したものである。……公共図書館は、国内全域への公共図書館サービスの提供を定めた法律の明確な機能付与に基づいて設立されなければならない。国内の全資源が十分に活用され、だれもが自由に使える

ようにするためには、図書館間の組織化された協力が不可欠である。公共図書館は、完全に<u>公費によって維持されるべきであり</u>、いかなる人からも図書館のサービスに対して<u>直接に料金を徴収してはならない</u>。これらの目的を達成するために、公共図書館は、たやすく接することができ、民族、皮膚の色、国籍、年齢、性別、宗教、言語、地位、学歴にかかわりなく、<u>地域社会の全成員にひとしく無料で公開されなければならない</u>」（下線筆者）

やや長々と引用したのは、ここに近代公立図書館の基本理念をはっきりと読みとることができるからである。なかでも次の五つの要件が欠かせないといわれている。

1　地域社会の人びとすべてに公開されていること。
2　公費（地方自治体の財源）で賄われていること。
3　無料で利用できること。
4　法律（条例）に基づいて設立されていること。
5　民主的な機関であること[2]。

1972年の改訂では、図書館協力の整備や、老人、身体障害者に対する配慮などが付け加えられた。

他に公立図書館のあり方を示した文書として、アメリカ図書館協会の「図書館の権利宣言（Library Bill of Rights）」[3]、国際図書館連盟の「公共図書館のガイドライン（Guidelines for public libraries）」[4]、わが国の「図書館の自由に関する宣言」[5]等があるが、内容的に「ユネスコ公共図書館宣言」と重なる部分が多い。

2．公立図書館と現行法制

　わが国は法治国家であるから、公立図書館と国の関係を考えるためには、公立図書館を規定する法令の検討が必要である。

　公立図書館に関する法令としてまず図書館法（これに付随する施行令、施行規則を含む）が思い浮かぶが、このほかにも直接、間接に公立図書館にかかわる法令は数多い。まず国の根本法である憲法から、順次他の法令をみてゆく。

日本国憲法

　憲法のなかには、直接図書館に言及した条文は見当たらないが、教育を受ける権利（学習権：第26条）、国民が情報を入手する権利（知る権利：第21条）、余暇を享受する権利（余暇権：第13、25条）、学問の自由（第23条）等は図書館と深い関係があるといえよう。

教育基本法

　第7条（社会教育）において、「家庭教育及び勤労の場所その他社会において行われる教育は、国及び地方公共団体によって奨励されなければならない」とあり、同条第2項において初めて「図書館」という文言があらわれる。すなわち「国及び地方公共団体は、図書館、博物館、公民館等の施設の設置……によって教育の目的の実現に努めなければならない」と定めているのである。

社会教育法

　この法律は、教育基本法の精神に則り、社会教育に関する国及び地方公共団体の任務を明らかにすることを目的として制定された（第1条）。第4条では、国の地方公共団体に対する援

助がうたわれている。図書館については、第9条（図書館及び博物館）において「1　図書館及び博物館は、社会教育のための機関とする。2　図書館及び博物館に関し必要な事項は、別に法律をもって定める」と規定している。

図書館法

　かくして、社会教育法第9条の規定を受けて、1950年、図書館に関する単独法である図書館法は成立する。したがって図書館法には、大学図書館、学校図書館、専門図書館、国立国会図書館に関する規定は含まれていない。

　公立図書館に関連する重要な法律として、他にも地方自治法、地方教育行政の組織及び運営に関する法律、地方公務員法、地方財政法、地方交付税法、著作権法、生涯学習の振興のための施策の推進体制等の整備に関する法律（いわゆる生涯学習振興法）等数多く存在するが、ここでは図書館法の条文を中心に、国の図書館政策、とくに国庫補助と直接かかわる部分に焦点をあてて考察する。

　図書館法は、公共図書館の定義、奉仕活動、司書・司書補の資格、公立図書館の設置と運営等について定めた法律である。この法によって初めて公立図書館の無料公開の原則（第17条）が確立された。図書館法が成立するまで（第17条は1951年施行）、わが国の公立図書館は有料制が一般的であったから、「ユネスコ公立図書館宣言」にいう真の意味の近代公立図書館は日本に育っていなかったとさえいえよう。

　公立図書館を設置し管理することは、先に述べたごとく自治体の自由意志に委ねられており、財源は地方税、地方交付税等の自治体の歳入予算で賄うことが前提となる。ただし、国は国

庫補助金を交付することができる。これがいわゆる奨励的補助金と呼ばれるもので、国の公立図書館に対する補助は図書館法第19〜23条に定められている。

第19条（国庫補助を受けるための公立図書館の基準）　国から第20条の規定による補助金の交付を受けるために必要な公立図書館の設置及び運営上の最低の基準は、文部省令で定める。
第20条（図書館の補助）　国は、図書館を設置する地方公共団体に対し、予算の範囲内において、図書館の施設、設備に要する経費その他必要な経費の一部を補助することができる。……
第21条　文部大臣は、前条の規定による補助金を交付する場合においては、当該補助金を受ける地方公共団体の設置する図書館が、第19条に規定する最低の基準に達しているかどうかを審査し、その基準に達している場合にのみ、当該補助金の交付をしなければならない。

　以上のように、第19条に定める最低基準を超える図書館に対して、補助金が交付されるわけである。戦後、国の公立図書館に対する財政援助の、唯一といってよい根拠条文であるが、図書館界、地域住民の期待からは程遠い金額で、初年度の1951年でも1,000万円[6]、最近の数年間は11億7,600万円[7]に据え置かれたままである。経済大国日本にしては、あまりにも貧しい数字といわなければならない。
　最低基準には、自治体の規模・人口に応じて、図書の年間増加冊数、司書・司書補の数、建物の延べ床面積等が定められているが、今日求められている図書館サービス水準からはきわめて低く、わずかに司書・司書補の数値に意味がある程度である。
　基準そのもの及び地方交付税における図書館費等単位費用積

200

算基礎の見直しとともに、国庫補助の大幅な増額が望まれるところである。経済摩擦、社会資本の充実、生涯学習の時代、豊かさの実感の充足等が声高に叫ばれる今日、生活大国を目指す国の施策として、政府は公立図書館整備にもっと地道に取り組むべきではなかろうか。

　自治体が国庫補助を受ける条件として、現在最も意味のある条文は、前述の最低基準よりもむしろ第13条であると思われる。

第13条（職員）　公立図書館に館長並びに当該図書館を設置する地方公共団体の教育委員会が必要と認める専門的職員、事務職員及び技術職員を置く。
2　館長は、館務を掌理し、所属職員を監督して、図書館奉仕の機能の達成に努めなければならない。
3　国から第20条の規定による補助金の交付を受ける地方公共団体の設置する公立図書館の館長となる者は、司書となる資格を有する者でなければならない。……

　第1項でいう専門的職員とは、第4条「図書館に置かれる専門的職員を司書及び司書補と称する」の規定から、司書・司書補を指すことは明らかである。第13条第3項において、国庫補助を受ける要件として、司書有資格の館長を定めているのは意義深い。

　図書館という専門的な文化機関、社会教育施設の長は当然、図書館について高い見識を住民から期待される。単なる庁舎や職員の管理だけでなく、地域社会における質の高い図書館サービスを絶えず求められるのである。

　第13条の底に流れる精神は、国庫補助を受ける受けないにかかわりなく、図書館に司書を、館長に司書有資格館長を置くこ

とを要望し期待しているのである。図書館法制定当時の文部省社会教育局長西崎恵は、第13条第3項について、「従来のわが国の図書館活動をみる時、館長にあまりに素人が横すべりしすぎたためにいろいろな障害の起こった事例もあり、図書館の専門的職員に広い学識と、行政能力をつけるようにして、専門的職員の中から館長がでるように規定したのである」[8]と述べているが、まさに卓見というべきであろう。

病院長や保健所長は医師の中から、小・中・高の校長は教員の中から、大学の学長は教授の中から選ばれるように、世界の図書館先進国では、図書館長が専門職（司書）であることは常識となっているのである。

図書館法には、第19条の「最低基準」のほかに、いわゆる「望ましい基準」と呼ばれるものがある。それは第18条に規定されている。

第18条（公立図書館の基準）　文部大臣は、図書館の健全な発達を図るために、公立図書館の設置及び運営上望ましい基準を定め、これを教育委員会に提示するとともに一般公衆に対して示すものとする。

この条文の主旨は、先の西崎恵によれば、「図書館法は、図書館奉仕というサービスの活動を中心に規定されているのであるが、その設置は地方公共団体の義務でないばかりか、設置に際しての認可制度も廃されているのである（筆者注：旧図書館令は認可制）。したがって図書館奉仕の機能を達成するために是非とも要求される基本的諸条件がみたされない惧れが多分にある」[9]ので、その懸念を除去するために、全国的に参考にしうる基準を設けることを定めたと解説している。

Ⅲ　図書館を考える

　しかるに、何回か案は作成されたものの、文部大臣の公示に
は至らず、法制定後40数年間、放置されてきた。それがようや
く難産の末1992年6月、文部省生涯学習局長より各都道府県・
指定都市教育委員会教育長あて「公立図書館の設置及び運営に
関する基準について（報告）」[10] が通知された。

　この中で国は、今後の公立図書館行政の推進に当たってこの
報告を十分参考とし、公立図書館の一層の整備・充実に努める
こと、管下の市町村教育委員会、公立図書館等への周知徹底を
要請している。文部大臣による公示という形をとってはいない
ものの、公立図書館に対する国の姿勢を公式に示した文書とし
て重要である。

　ただ、1972年案より後退した観があり、望ましい基準とはい
いながら、現実にはこの水準を凌駕している図書館も数多く存
在するところから、内容・係数に不満が残る。各図書館が当該
自治体の予算・人事担当者や理事者と折衝する場合の有力な拠
り所となるものだけに、今後はできる限りプラスの方向に活用
してゆくことが必要である。図書館界は、あるべき図書館の指
針として館界の英知を結集した『市民の図書館』[11]『公立図書
館の任務と目標』[12] をすでに持っている。

　ともあれこの「望ましい基準」では、不十分ながらも館長資
格、専門的職員の確保、職員の研修機会の拡充に言及している
のは、現時点では一応評価できる点であると思われる。一応と
いうことわりを付けたのは、「館長となる者は、司書となる資
格を有する者が望ましい」という弱い表現になっていること、
職員数に「第19条の規定に基づく図書館法施行規則に定める人
数」（とりもなおさず最低基準の数値）を持ち出していること
のためである。

203

3．公立図書館発展の推移

　戦後のわが国の公立図書館の活動は、1950年に画期的な内容をもつ図書館法こそ成立をみたものの、経済は疲弊し、図書館の進むべき方向は定まらず、しばらくの間、試行錯誤を繰り返す模索の時期を経なければならなかった。

　長いトンネルから抜け出し、公立図書館のあるべき姿を大胆に提起したのが、1963年に刊行された『中小都市における公共図書館の運営』[13]、世にいう『中小レポート』であった。1965年に建物をもたず自動車図書館一本やりでスタートした東京都日野市立図書館の活動によって、この報告書の正しさが実証された。『中小レポート』と日野市立図書館の実践が起爆剤となって1960年代後半以降、わが国の公立図書館は急激に発展する。

　1965年度を起点に最近四半世紀の公立図書館の推移を数値と図で示すと表1と図1が得られる。

表1　日本の図書館の推移

年　　度	1965	1970	1975	1980	1985	1990
図書館数	791 (100)	885 (112)	1,083 (137)	1,362 (172)	1,694 (214)	1,984 (237)
職員数	5,042 (100)	5,698 (113)	7,639 (152)	10,072 (200)	11,784 (234)	13,762 (260)
（千冊） 受入冊数	1,386 (100)	2,505 (181)	4,853 (350)	9,104 (657)	12,013 (867)	15,959 (1,031)
（千冊） 貸出冊数	10,573 (100)	24,190 (229)	79,612 (753)	147,953 (1,399)	228,708 (2,163)	273,800 (2,421)

『図書館は　いま　白書・日本の図書館　1992』p.56より抽出

Ⅲ　図書館を考える

図1　図書館数と貸出冊数の推移

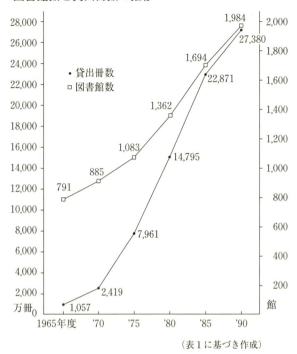

（表1に基づき作成）

　表1の括弧内の数値は、1965年度を100とする指数である。図書館数、職員数の伸びに比し、受入冊数、貸出冊数の伸びの大きいことがわかる。最近の25年間の歩みを振り返ると、図書館数は2.37倍に、職員数は2.6倍に、受入冊数は10.31倍に、貸出冊数は実に24.21倍に伸長している。この伸び率は、1965年当時のわが国の水準が飢餓的な状態にあったことからくるものであり、手放しでは喜べない。

　ここで簡単な国際比較を試みる。貸出が図書館活動のすべてではないが、図書館が市民の生活の中にどの程度浸透しているかを知る有力なバロメーターとなる。データが少し古いが、他

に適当な資料が見当たらないので、ユネスコ統計により公立図書館の国際比較をすると、図2のようになる[14]。

図2　貸出冊数でみた公共図書館の国際比較

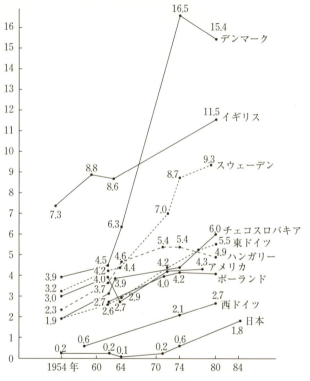

国民一人当たり館外個人貸出し冊数（ユネスコ統計による）
『図書館活動論』p.79 より転載

　この図で日本をみると、1984年に1.8冊であるが、1992年の統計では2.3冊である[15]。お年寄りから赤ん坊を含めて、日本人は平均して1年間に2冊強の本を地域の公立図書館から借りて読んでいるわけである。最近の四半世紀に急速に発展してき

たわが国の図書館ではあるが、図書館先進国といわれるイギリスや北欧諸国と比べると、その落差はあまりにも大きい。

一方、自治体別に図書館設置率をみると、都道府県立図書館は100％、市区立図書館は93％、町村立図書館は22％[16]となっており、未だ公立図書館の空白地域に居住する市町村民は2,000万人に及ぶ。市の場合はおそらく今世紀中に100％に到達すると予想されるが、町村の場合は前途遼遠である。

市町村の図書館整備にとって、国や県の経費補助がきわめて有効であるが、そのことを実で示したのが、1971年度から実施に移された東京都の振興策である。『図書館政策の課題と対策──東京都の公共図書館の振興施策──』に基づき、都は建設費、資料費の２分の１補助の財政援助措置に踏み切った[17]。この結果、'71年度から６年間に都から合計14億余円が都下の公立図書館のために支出され、多摩地区及び23区の図書館網整備は急速に進んだ。図書館サービスの指標である貸出冊数も同じく急速な伸びをみせた。これをグラフであらわすと、図３、４のようになる。

県レベルの図書館行政のあるべき姿を示したものとして高く評価されている。

図3　東京の市区町立図書館数（分館を含む）

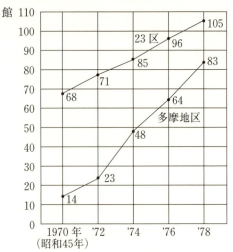

図3、4　『図書館白書　1980 戦後公共図書館の歩み』p.32 より転載

図4　100人あたり年間貸出冊数

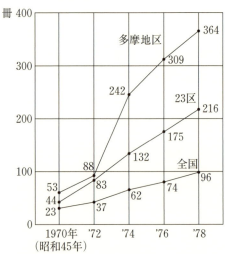

『多摩地区の図書館——公立図書館・大学図書館その活動と展望——』
昭和54年度全国図書館大会問題別第2分科会実行委員会発行

Ⅲ　図書館を考える

　東京都の施策が契機となって、次第に県段階で振興策に取り組む自治体が現れた。『図書館年鑑　1991』では「県の図書館振興策　現状と課題」の特集を組んだ[18]。それによると振興策の実施状況は1990年現在、図書館建設費、自動車図書館購入費、図書購入費、備品購入費等何らかの振興策を実施したことがあると報告されているのは32県である。

　1970年代に東京都は都下の公立図書館を飛躍的に整備・充実させ、全国的な公立図書館発展の牽引車的役割を果たしたが、最近は滋賀県が顕著な成果をあげつつある。すなわち滋賀県では、県からの助成措置に加えて、県立図書館からのきめ細かな援助やアドヴァイスが特徴となっている。滋賀県甲西町立図書館長梅沢氏は「県の図書館振興策を県行政と共に考え、また専門職図書館長の人材さがしをしてきたのは県立図書館長です。館長の人選を任されるほど市町村長の信頼を受けていることは、県の薦める図書館づくりが、いかに支持されているかを物語っています。図書館づくりの第一歩のところに図書館を熟知した専門職の県立図書館長がいることが、実は一番大きなポイントなのだということを見落としてはなりません」[19]と語っている。

　今後わが国の公立図書館の全国的水準を底上げする鍵は、県の図書館政策、さらにこれを支援する国の施策にあるといっても過言ではないであろう。

4．公立図書館をめぐる環境

　1992年2月、総理府が行った「生涯学習に関する世論調査」によれば、公立図書館が身近に欲しい生涯学習施設のトップにあげられており、しかも年齢や居住地域に関係なく幅広い層から支持されている[20]。また1988年社会教育審議会（現、生涯学習審議会）の中間報告「新しい時代（生涯学習・高度情報化の

時代）に向けての公共図書館の在り方について」において、「公
共図書館は、住民の身近にあって、各人の学習に必要な図書や
資料、情報を収集・整理し、その利用に供するという、生涯学
習を進める上で最も基本的、かつ重要な施設」[21]と位置付けら
れている。

　わが国の公共図書館にも、ようやく国民や政治の眼が向けら
れ、一見追い風が吹き始めたかにみえる。しかし、逆に公立図
書館をめぐる最近の動き、とりわけ国の姿勢は厳しさを増して
いる。予算が国の政策を端的に表すものとすれば、国庫補助金
の経年変化をみておくことは無駄ではない。

　表2は1970年度以降20年間（ただし2年きざみ）の補助金の
推移である[22]。

表2　文部省図書館建設費補助金の推移

年度	対象館数（館）	補助金予算額（千円）
1970	9	59,639
1972	20	500,000
1974	20	600,000
1976	20	840,000
1978	20	900,000
	(9)	(405,000)
1980	31	1,581,000
1982	39	2,184,000
1984	32	1,792,000
1986	24	1,484,000
1988	21	1,176,000
1990	21	1,176,000

注）（　）内は補正予算分で概数
　　『図書館は　いま　白書・日本の図書館1992』p.68より転載

　'71年度の9,000万円から翌年の'72年度に5.6倍の5億円と、一
挙に増加している。都の振興策の刺激を受けたものとみられる。

Ⅲ　図書館を考える

以後順調にふえ続け、'82年度には、21億8,400万円になった。ちなみに、公民館に対する国庫補助は約100億円である[23]。

しかし、この頃から国・地方あげての民間活力の導入、「行革」路線の影響をもろにかぶり、年々減額されて'87年度からは11億7,600万円に据え置かれたままである。ピーク時の10年前と比べると約２分の１に過ぎない。

1982年に出た臨時行政調査会の基本答申によれば、「今や地方公共団体の標準的な行政サービスは、全国的にみてほぼ同程度の水準に達したものとみられる。今後は、地域の独自性に基づく行政サービスについては、基本的には、受益者である地域住民の"選択と負担"によって行われるべき」[24]と述べている。

最近、文部省によらず、通商産業省（工業再配置促進費補助金）、防衛庁（防衛施設周辺民生安定施設整備事業補助金）、自治省（地域総合整備事業債）、農林水産省（農村地域定住促進対策事業費補助金）等他省庁の補助を受けて、図書館を建設する例が多くみられる。他省庁が図書館に関心をもつこと自体は好ましいことであり、各自治体がどのような補助金を受けるかは全く自由であるが、文部省の補助金が格段に見劣りするとあっては問題である。すなわち図書館法に基づかないため、館長資格、司書の配置、図書の増加冊数等、最低基準を満たさない図書館もどきの施設が誕生することとなるからである。

また、先の臨調路線ともからんで、人件費を安く抑えるため、図書館業務の一部または全部を委託したり、人材派遣会社に頼ったりする自治体が出現している。

「良い図書館が育つ要件の75％は人、20％が資料、５％が建物」[25]といわれて久しいが、「僅かな人件費を惜しむことのつけは、結局納税者である住民が負わねばならない」[26]のである。まがい物の図書館ではなく、住民本位の図書館サービスがいま

211

求められている。

おわりに

　甚だ不十分ながら、わが国の公立図書館の四半世紀の歩みと国の動きを追ってみた。先進図書館の活動、図書館づくり住民運動の高まり、県レベルの図書館振興策の拡充など明るい展望も見出せる反面、政策立案者に新しい図書館像が容易に理解されないなど、困難な課題に直面している。つきつめれば、今後公立図書館が順調に発展してゆくかどうかは、日本の風土に民主主義が根付くかどうかの問題と深くかかわっているように思える。

　最後に、「公立図書館」と「公共図書館」という用語について触れておく。図書館法によれば、公共図書館とは、公立・私立の両者を含む概念である。この小論においては、私立図書館は考察の対象としていないので、専ら公立図書館という用語を用いた。ただし引用の際は、出典の原文を尊重したので、2つの用語が混在する結果となった。

　（1993.3.31）

【注及び参照文献】

1）『図書館法規基準総覧』武田英治編　日本図書館協会
　　1992　p.1439—41　英文原文はp.1562—60に収載
2）『図書館法を読む』森耕一編　日本図書館協会　1990
　　p.79
3）『図書館法規基準総覧』p.1454
4）『公共図書館のガイドライン』国際図書館連盟公共図書館
　　分科会編　森耕一訳　日本図書館協会　1987
5）『図書館の自由に関する宣言　1979年改訂　解説』日本図

書館協会　1987

6）『図書館法を読む』p.181

7）『図書館はいま　白書・日本の図書館　1992』日本図書館
　　協会　1992　p.68

8）『図書館法』西崎恵著　日本図書館協会　1970　p.81

9）同上　p.103

10）『図書館法規基準総覧』追録　p.3―9

11）『市民の図書館　増補版』日本図書館協会　1976

12）『公立図書館の任務と目標　解説』日本図書館協会図書館
　　政策特別委員会編　日本図書館協会　1989

13）『中小都市における公共図書館の運営』日本図書館協会
　　1963

14）『図書館活動論』塩見昇編著　教育史料出版会　1992（4刷）
　　p.79

15）『日本の図書館　統計と名簿　1992』日本図書館協会
　　1992　p.11

16）同上　p.10, 11

17）『図書館白書　1980　戦後公共図書館の歩み』日本図書館
　　協会　1980　p.32, 33。なお、東京の公立図書館を全国的
　　視野の中で数量的に分析したものとして、拙稿「統計値か
　　らみた東京の公立図書館」（『學苑』591号　1989.2）がある。

18）『図書館年鑑　1991』日本図書館協会　1991　p.228―246

19）「図書館づくりの軌跡　滋賀県甲西町立図書館の場合」松
　　沢幸平　『社会教育――特集・図書館と生涯学習ライフ』
　　560号　全日本社会教育連合会　1993.2　p.27, 28

20）「日本の公共図書館の現状と課題」栗原均　同上　p.22

21）『図書館法規基準総覧』p.1476

22）『図書館はいま』p.68

23)『図書館法を読む』p.221

24)『図書館はいま』p.68

25)、26)「図書館は人」竹内紀吉　前掲誌『社会教育』p.9

(『學苑』643号　1993.6　昭和女子大学近代文化研究所)

Ⅲ　図書館を考える

"図書館学課程"の位置づけに関する一考察

はじめに

　昭和59年度に本学にも図書館法[1]にもとづくいわゆる司書課程が設置され、昭和61年３月には大学・短大合わせて114名の第１回図書館司書有資格卒業生を世に送り出すに至った。

　図書館学担当専任者として、開設後２年半を経過した時点でこれまでの軌跡をたどり、問題点、反省すべき事柄等を整理し、今後の改善に資したいと思う。

　本論に入る前に、"図書館学課程"ということばについて、少しく触れておかねばならない。他大学では、"図書館学課程"のほかに"司書課程" "図書館学講座"等の名称も使用されており、"司書課程"が最も一般的に広く用いられているようである。しかるに本学では、学校図書館司書教諭の資格を得るためのコースが昭和35年に設置され、今日に至っている。"司書課程"とすると、あたかも司書教諭のための課程を除外しているかのような印象を与えるので、司書と司書教諭の両者を含むという意味合いで"図書館学課程"という名称を用いることにした。

　ただし本稿では、司書教諭資格については日本の教育界（小学・中学・高校レベル）において司書教諭としての発令がほとんど行われておらず、有名無実化している実態にかんがみ、主として図書館司書のカリキュラムについて述べることにする。

１．わが国における図書館学教育の現状

　司書資格を取得することのできる大学・短大は、「図書館学

開講大学一覧₂)」によれば、昭和60年度現在約190大学（わが国大学・短大のおよそ20％）に及んでいるが、これを制度上3つの類型に分けることができよう。

① 図書館学専門の学部・学科・専攻を開設している大学

国立図書館情報大学図書館情報学部、慶応義塾大学文学部図書館・情報学科、東洋大学社会学部応用社会学科図書館学専攻、愛知淑徳大学図書館情報学科₃)の4大学である。上記のうち図書館情報大学、慶応大学には図書館情報学専攻の大学院も開設されている。なお東大、京大、広大の大学院課程においても、図書館学の学位論文を書くことが可能である。

② いわゆる司書課程を設置している大学・短大

司書講習科目の19単位₄)をベースに大学により若干単位の上積みを図っているケースである。学生は何らかの専門（専攻）を持ち、いわば副専攻の形で卒業時に司書資格証明書が得られる。本学もこのタイプに入る。私立大学・短大を中心に約170大学に及ぶ。

③ 司書講習、通信教育

ⅰ）司書講習

毎年文部省が全国の8～10大学₅)（年度により若干異動がある）に委嘱して、主として集中講義方式により実施される。

ⅱ）通信教育

近畿大学通信教育部ほか3大学₆)が実施するもので、スクーリングも行われる。

以上3つの類型のうち、同一大学でいくつかの類型を兼ねて

Ⅲ　図書館を考える

実施している場合もある。

　さてこれらの大学・短大において毎年どのくらいの司書が誕生しているであろうか。正確なデータは存在しないが、約10,000人程度といわれている[7]。

　このうち果たして何％の学生が資格をいかして、図書館ないし資料・情報を扱う機関に職を得ているであろうか。これも正確な数字はつかめないが、およそ５％程度[8]と推測されている。

　図書館情報大や慶応大の卒業生は図書館界や産業界に多くの先輩を擁し、実績や伝統もあるのでほぼ100％の就職率（彼らのすべてが図書館・情報機関に就職するとは限らないが）であることを思えば、②③のタイプの卒業生の就職率はさらに下がることになる。

　需給関係の著しいアンバランスといえる。

　これほどのアンバランスではないにせよ、近年、博物館学芸員や教員免許取得者においても、資格は取ったものの現実にはなかなかその道には職が得られない、という傾向が次第に深刻化しつつあるようである。

　いずれにせよ、わが国の図書館員養成制度のあり方について、見直しを迫られているといえよう。

２．　本学における図書館学課程

１）　本学開設科目

　現在、本学において開設されている科目は、司書については文部省令に定められた科目すなわち司書講習科目に準拠しているが、それを表の形で対比すれば次のごとくである。

Ⅰ 司書について

表①

	省令科目	単位	本学開設科目	単位
甲群	図書館通論	2	図書館通論	2
	図書館資料論	2	図書館資料論	2
	参考業務	2	参考業務	2
	参考業務演習	1	参考業務演習	1
	資料目録法	2	資料目録法	2
	資料目録法演習	1	資料目録法演習	1
	資料分類法	2	資料分類法	2
	資料分類法演習	1	資料分類法演習	1
	図書館活動	2	図書館活動	2
乙群	青少年の読書と資料	1		
	図書及び図書館史	1		
	図書館の施設と設備	1		
	資料整理法特論	1	資料整理法特論	1
	情報管理	1	情報管理	1
丙群	社会教育	1		
	社会調査	1		
	人文科学及び社会科学の書誌解題	1		
	自然科学と技術の書誌解題	1		
	マスコミュニケーション	1	マスコミュニケーション	1
	視聴覚教育	1	視聴覚教育	1
	計		計	19

　上表の甲群に掲げるすべての科目並びに乙群及び丙群に掲げる科目のうち、それぞれの単位数の欄に掲げる単位を修得しなければならない。合計最低19単位以上ということになる。

Ⅲ 図書館を考える

Ⅱ 司書教諭について [9]

表②

省令科目	単位	本学開設科目	単位
学校図書館通論	1	学校図書館通論	1
学校図書館の利用指導	1	学校図書館の利用指導	1
図書の選択	1	図書館資料論の単位をもって	2
図書以外の資料の利用	1	これに替える [10]	
図書の整理	2	資料目録法・資料分類法の単位をもってこれに替える [10]	4
学校図書館の管理と運用	1	図書館通論・図書館活動の単位をもってこれに替える [10]	4
児童生徒の読書活動	1		
計	8	計	12

　司書教諭資格は教員免許取得が前提となる。省令では8単位取れば資格が得られるが、本学では12単位必要である。
　表①の乙群、丙群科目の中で、若干振替可能の科目があるので、表③でそれを示す。

表③

設置学科等	科学名	単位	振替対象科目	単位
一般教育自然科学系	情報科学Ⅱ（情報処理）	4	情報管理	1
美学専門共通専門	情報論及び実習	4		
一般教育社会科学系	情報論	2	マスコミュニケーション	1
国文専門	マスコミ概論	2		
家政専門教職・共通	情報媒体論	2		
	情報論及び演習	2		
美学専門生活文化史	社会教育概論	2	マスコミュニケーションまたは視聴覚教育と入れ替えることができる	
美学専門共通専門	視聴覚教育	2	視聴覚教育	1
初級専門教職	視聴覚教育	2		

219

たとえば一般教育自然科学系情報科学Ⅱ（情報処理）を履修した学生は乙群の情報管理を、一般教育社会科学系情報論を履修した学生は丙群のマスコミュニケーションを、美学ないし初教の視聴覚教育を履修した学生は丙群の視聴覚教育を取る必要がなくなり、それだけ学生の負担は軽減される。表③の左欄の科目は卒業に要する単位として認められ、Ⅰ～Ⅳ講時の時間帯に配当されているので、図書館学課程を履修する学生にはとくに魅力があるようである。

２）授業形態

　59年度は、短大国文学科生を対象に図書館学課程の科目を一部国文学科の専門科目に組み入れるコースと、国文学科以外の学生を対象に夏・冬・春休み期間を利用しての集中講義によるコースの２本立てでスタートしたが、60年度からは全学オープンの形をとり集中講義方式はほとんど姿を消した。司書教諭科目等一部夏休みの集中講義は存続したが、これも61年度からは全面的に通常のカリキュラムに組み入れられることになった。

　集中講義は科目の性質にもよるが、授業の合い間に学生自らが調べたり、じっくり考えたりする時間がとれないため、いきおい詰め込み授業となりがちである。外部の非常勤の先生のご都合によるやむをえない場合を除きできるだけ避けるべき形態であろう。空調の不十分さも重なり、夏・冬の集中講義は教師・学生の双方にとって辛いものであった。本学において当初の図書館学講座から図書館学課程に名称を統一することにしたのも、講座というと通常のカリキュラムや時間帯の枠からはみでた臨時的な公開講座のようなニュアンスを伴うためであった。

　60年度からは国文学科生の“特典”はなくなり、図書館学課

Ⅲ　図書館を考える

程の科目はすべて卒業に必要な単位にカウントされないことに
なった。

60・61年度ともに大学・短大、第2部の学生合わせて約200
名が図書館学課程1年次目の授業を受講している[11]。この課程
を履修しおえるのに最低2年を要するので、合計約400名の学
生が現在図書館学を学んでいるということになる。本学学生の
約1割を占める。

全学オープンの形をとっているので、時間帯はおおむねⅤ講
時ないし土曜日の午後におかれている。演習は人数の関係で同
じ内容のものを3コマ用意して、2コマをⅠ～Ⅳ講時にもって
きている。学生は何とか時間割をやりくりして、土曜の午後や
4時30分からの授業を避けようとする傾向がある。演習に比し
講義科目は大半がⅤ講時となっているが、この時間帯は2部の
学生には好都合でも、昼間の学生にはクラブ活動に支障が出た
り、時間割に空き時間が生じ帰宅が遅くなるなどあまり評判が
よろしくない。最低の19単位を履修するには、短大生の場合2
年間を通じてほぼ1週間に3日Ⅴ講時ないし土曜の午後の授業
を受けることになる。

Ⅴ講時という時間帯を避けるために、現行の全くのプラスア
ルファーという形ではなく、図書館学課程の科目とある学科の
選択科目が時間割の上でかちあっても仕方がないではないか、
学生は自己の進路や興味に応じていずれか一つを選べばよいと
いう意見もあることは事実である。しかしこれを押し進めると
全学オープンの形を崩すことになり、いまでも過密な時間割の
中に卒業に必要な単位にカウントされない科目を大幅に組み入
れることは事実上不可能であろう。学生の希望も踏まえて、今
後慎重に検討を加えるべき課題と思われる。

221

3 図書館学課程充実のために

　前述の１、２により、わが国の図書館学教育の現状及び本学の図書館学課程のあらましをみてきたが、さまざまな学生のニーズに応えるため、今後いかなる方策が可能であろうか。毎年図書館学担当教員が連絡を取りながら、図書館学課程１年次目、２年次目と修了時にこの課程の履修動機、希望、抱負、問題点、感想等を書かせている。この中で２～３割の学生ができれば図書館に就職したいと答えている。２年次目ともなると就職事情の厳しさを反映してこの割合は急激に低下するが、それでも真剣に図書館への就職を希望し、受験勉強をし、採用試験に臨む学生が１割程度存在する。

　一方図書館現場及び図書館学教育界では、図書館員養成には現行の19単位では不足で、38単位以上必要としている[12]。事実採用試験にはかなりむずかしい専門的な問題が出題されている。この38単位という数字は、図書館学専攻の学部・学科・コースを持つ大学においては問題なく実現されているが、本学を含めていわゆる司書課程を設置している大学・短大においては、その大半が図書館学科目を卒業単位にカウントしていないという事情もあって、これだけの単位数に見合った科目を備えることはほとんど不可能に近い。38単位という条件にこだわれば、必然的に図書館学専攻コースの設置にまでつき進まざるを得ないと思われる。

　ところで図書館員に求められる知識としては、特に図書館・情報学に関する専門知識だけでなく、幅広い教養と何か一、二の専門領域を持ち、外国語に精通していることが必要とされている。図書館の先進国アメリカにおいては、図書館学履修の課程は大学院レベルにおかれている。大学で何らかの主題を専攻し、語学の素養を身につけた上で、大学院で図書館学を学ぶこ

とになっている。これがプロとしてのライブラリアンの第一歩と目されている[13]。図書館・情報学の知識だけでは、職場に入ってからかえって伸びないというケースもあり得る。このようにみると図書館学科の設置にはにわかに賛成しがたい。むしろ学生は何らかの専門（専攻）分野を持ち、副専攻の形で図書館学を履修するという現行の図書館学課程の良さをいかした別の道を探りたいというのが筆者の考えである。

さて本学学生の図書館学履修の動機はさまざまであるが、およそ3つのタイプにまとめることができる。

① 単に資格取得を目的とするもの。直接就職に結びつくことは期待していない。

② 教養として図書館学を学び、図書館利用技術の向上など、何らかのプラスになればよいとするもの。

③ 資格をいかして将来真剣に図書館・情報機関で働くことを希望するもの。

①〜③のタイプの間に、画然とした境界があるわけではない。同一人物でも1〜2年の間に意識が変わることも当然ありうる。

多様な学生のニーズに応え、さまざまな現実の制約の枠内で、すべての要求を満足させるカリキュラムの編成は至難のわざであるが、今後次のような課題に取り組んではどうかと考えている。

司書課程を設置している大学・短大の大半は司書講習科目に準拠しているが、これは司書資格付与のための最低の条件であり、これに大学独自で単位を上積みしたり、内容を現代の要請にマッチしたものに工夫するなど、図書館学科目の充実を図ることは、大学自治の原則に照らしてもむしろ望ましいことと考えるのである[14]。

１）図書館学課程科目の一般教育科目への一部組み入れ

　臨時教育審議会は昭和61年４月「教育改革に関する第二次答申」を提出した。この中で「生涯学習体系」が打ち出されている。また昭和60年３月ユネスコは「学習権に関する宣言」を採択した。いずれも約20年前の「生涯教育」にかかわるＰ．ラングランの提案につながるものであろう。学習の生涯化の問題は、ここ数年来各方面で論じられているところである。

　このようなときに、自分で物事を判断し、その判断材料である必要な資料や情報を入手する技術を持ち合わせているかどうかは、高齢化社会をむかえてますます重要なものになってきている。もちろん学生時代においても自己の所属する大学図書館のみならず、各種図書館・類縁機関を効率的に利用するテクニックを身につけることは、あらゆる学問研究の出発点とさえいえる。このようにみてくると、図書館の機能、利用の仕方、情報・資料の収集、加工、蓄積、活用の知識、文献検索法等に関する科目が一般教育科目として認められてしかるべきではなかろうか。

　４単位程度図書館学課程の一部科目と一般教育科目との重複単位認定は十分考えられることである。

２）省令科目乙、丙群科目の充実

　先に表①で示した左欄の乙群、丙群の科目については本来おのおの５ないし６科目の中から自由にそれぞれ２科目以上選択することになっているが、本学ではあらかじめ乙群、丙群に２科目ずつ設定し、学生に選択の余地はない。たとえば丙群科目である社会調査、人文科学及び社会科学の書誌解題、自然科学と技術の書誌解題等の科目を開設すれば、学生の選択幅はそれだけ広がり大人数の授業も少しは緩和し、また図書館への就職

Ⅲ　図書館を考える

を希望し19単位では物足りないと感じている学生にとってはより多く学ぶ機会ともなり得る。しかも上記3科目は、専門教育科目ないしは一般教育科目との重複単位認定も可能と思われる。

3）情報処理・コンピュータ関連科目及び図書館学特殊講義科目の開設

　単に資格を得るためや教養として図書館学を学ぶのが目的ではなく、将来自分の仕事として、図書館員になることをひたすら希求している学生には、現行の19単位では甚だ不足である。総じて公共・学校図書館の採用試験問題はともかく、大学・専門図書館関係の試験には相当高度な知識が要求されるようである。図書館学専攻の学生と机を並べて受験するわけであるから、日頃熱心に授業を受けているだけでは不十分で、相当程度自ら積極的に勉強し、体当たりで職場を開拓するくらいの意気ごみが不可欠である。

　いまのところ図書館への就職を希望する学生には個別に相談に応じているものの限界があることは否めない。図書館学担当者としては、熱心な学生には何とか力をつけてやり、一人でも多く希望どおり図書館員になってもらいたいと願っている[15]。

　図書館員は女性の職業として、教師とともに性による差別がほとんどなく、最もやりがいのある仕事の一つであろう。現に女性の管理職も相当数出現している。昭和60年度の全国図書館大会では、女性図書館長の集いが持たれ盛会であった。1986年8月には1週間にわたって、わが国ではじめて2,000人の世界の図書館人を集めて、「21世紀への図書館」を統一テーマに第52回国際図書館連盟東京大会が開催されたが、ここでも女性図書館員の活躍は実に目ざましいものであった。本学の学生にもどしどしこの世界に進出してもらいたいと願っている。

225

ところでわが国の図書館界においても、時代の趨勢として、情報処理やコンピュータに関する知識が強く求められるようになってきた。さいわい本学には情報科学に関する科目やパソコン機器が揃っているので、担当の先生方のご援助も頂きながら、図書館学を踏まえたこの分野の科目の開設の必要性を強く感じている。

　さらに教職志望者に対して、きめ細かなガイダンスや模擬試験等が実施されているが、これに類したこともやる必要があろう。図書館学特講というような科目をもうけて正規の授業として行うか、時間外に自由参加の形で行うかなど細部の問題については今後種々の条件を考慮しながら検討を加えねばならない。

おわりに

　わが国の図書館学教育及び本学の図書館学課程の現状を踏まえ、よりよき明日のために私なりに当面目指すべき方向を探ってみた。

　私の不勉強や思い違いのため、いろいろと問題があろうかと思う。たたき台の一つとしてご活用いただければ望外のしあわせである。

　なお本稿は図書館学課程教員の共通理解によるものではなく、責任はあくまでも私個人にあることを付記しておく。

注及び参照文献

1）図書館法第 5 条（司書及び司書補の資格）第 2 項　大学を卒業した者で大学において図書館に関する科目を履修したもの。

2）図書館年鑑　1986　日本図書館協会　p.603—608

3）愛知淑徳大学図書館情報学科は昭和60年 4 月に開設された。

Ⅲ　図書館を考える

4）図書館法施行規則第4条

5）「昭和61年度　司書および司書補の講習」参照　図書館雑誌
　　80巻5号　1986.5　p.246

6）同上　欄外注参照

7）「図書館員になるには」改訂版　菅原春雄編著　私立短期
　　大学協議会　1984　p.77

8）昭和59年度全国図書館大会第9分科会での同志社大学渡辺
　　教授の発表による。

9）学校図書館法第5条第4項及び学校図書館司書教諭講習規
　　程第3条（履修すべき科目及び単位）にもとづく。

10）読み替えの根拠は、学校図書館司書教諭講習規程附則第3
　　項にもとづく。

11）本学の図書館学課程は短大に開設されており、短大学生が
　　主対象であるが、学部・短大間の単位互換の制度により、
　　学部学生も受講可能である。

12）大学基準協会の「図書館・情報学教育基準」（1977）、日本
　　図書館協会図書館学教育部会の「図書館学教授要目」
　　（1976）では、科目の内容は異なるが、いずれも38単位と
　　いう点では一致している。ただし、この2つの基準は、司
　　書課程ではなく、図書館学の専攻学科の設置を想定して作
　　られたものである。

13）アメリカでも学部・短大レベルに図書館学課程をおいてい
　　るところもないではないが、これはあくまでもアシスタン
　　トの養成と位置づけられている。

14）司書講習科目の根拠法令である図書館法施行規則は昭和43
　　年に改正されたままで、児童奉仕、情報処理、コンピュー
　　タ技術等の分野に対する配慮が足りず、やや時代遅れにな
　　っているという批判が強い。

227

15) 昭和61年3月の卒業生のうち2名が図書館へ就職した。

（『學菀』566号　1987　昭和女子大学近代文化研究所）

Ⅲ　図書館を考える

図書館員養成カリキュラムの改定に向けて

はじめに

　図書館法施行規則の一部を改正する省令が、1996年8月28日に公示された（文部省令第27号）[1]。これにより平成9年度から司書及び司書補の講習が新科目体系により実施されることになった。

　いわゆる省令科目とは、毎年文部省委嘱により全国で8～10大学において実施される司書講習の科目を規定したものであるが（図書館法第6条第2項、同施行規則第4条）、各大学に開講されている図書館学科目に関しても、司書講習科目に相当することの確認を開設時に文部省から得ることになっている。すなわち司書講習科目に準拠しつつ、少なくともこの水準を上回る内容が求められる。そして文部省の審査にパスして初めて各大学は、法で定める司書の資格を認定することができるのである。

　本学では履修途中の学生たちの混乱を最小限に抑えるため、平成10年度から全面的に新カリキュラムに移行することになっている。

　本学に図書館司書の資格が得られる課程が開設されて14年目を迎えるが、この機会を利用して、過去を振り返り、よりよい明日のために図書館学課程のあり方について考察したい。

1．新カリキュラム改定の狙い

　今回の省令の改正は、生涯学習審議会社会教育分科審議会報

告『社会教育主事、学芸員及び司書の養成、研修等の改善方策について』(平成 8 年 4 月24日付) に基づくものである。

　科目の見直しに当たっては、「これからの図書館において、専門的職員としての職務を遂行するための基礎を培う観点から、生涯学習の理念・施策や他の社会教育施設との関係の理解、図書館経営に関わる基礎的知識の修得、情報サービスや児童サービス、高齢者・障害者サービスなど各種の図書館サービスの基礎の履修、図書館における情報化に関する知識・技術の修得などを重視する必要」[2] から、次の 7 項目を改善・充実することが適当であるとしている。

①生涯学習時代における基本的養成内容として「生涯学習概論」を新設し、生涯学習及び社会教育の本質について理解を深める内容とする。
②生涯学習社会における図書館という視点を重視して、「図書館経営論」を新設し、図書館の管理・運営等に関する内容により構成する。
③今日の情報化社会に対応するため、「情報サービス概説」「情報検索演習」を設置し、情報関係科目の充実を図る。
④子どもの読書の振興にかんがみ、「児童サービス論」を設置し、充実を図る。
⑤図書館を取り巻く社会の変化に的確に対応できるよう「図書館特論」を新設し、図書館における今日的な諸課題に即応する内容により構成する。
⑥選択科目を整理するとともに、必修科目を拡大する。
⑦総単位数は、現行の19単位以上から20単位以上に 1 単位増やす[3]。

Ⅲ　図書館を考える

　各科目の名称、単位数は表1の通りである。

表1　司書養成新カリキュラム

群	科　　　目	単位数
甲群	生涯学習概論	1
	図書館概論	2
	図書館経営論	1
	図書館サービス論	2
	情報サービス概説	2
	レファレンスサービス演習	1
	情報検索演習	1
	図書館資料論	2
	専門資料論	1
	資料組織概説	2
	資料組織演習	2
	児童サービス論	1
乙群	図書及び図書館史	1
	資料特論	1
	コミュニケーション論	1
	情報機器論	1
	図書館特論	1

　甲群（12科目18単位）は必修で、乙群（5科目5単位）のうちから、2科目2単位以上、合計20単位以上を修得しなければならない。

　改正の趣旨は、「図書館が時代の要請に応じ、住民の学習ニーズ等に適切に対応し、情報化をはじめとする社会の急速な変化に的確に対応できるようにするために、図書館に置かれる専門的職員である司書及び司書補の資質の向上に向け、養成内容の改善・充実を図る」[4] ことにある。

231

2．本学における対応

　司書の養成を行っている大学は、日本全国で大学・短大合わせて約220に達するが、新カリキュラムにより授業を実施するためには、事前にすべて必要な条件を整え、文部省の再認定をパスしなければならない。このことは平成8年9月6日付けで文部省から各大学長宛（文生学第180号）通知があり、また9月20日午前、午後の2回にわけて担当者を集めて生涯学習局学習情報課による説明会があった。

　図書館司書は国家資格であるが、全国一律の国家試験がないかわりに各大学で所定の科目・単位を修得すれば資格が付与されるものだけに、担当教員、施設と設備（「情報検索演習」において利用する情報機器、「レファレンス・サービス演習」において利用する付属図書館、参考図書）、教科内容等かなり厳しい審査をクリアしなければならない。

　専任教員については、"図書館学に業績のある者"2名という指導であるが、本学のように同一キャンパス内に大学・短大が設置されている場合は合計3名で構わないとのことである5)。したがって後1名の図書館学プロパーの専任教員を補充する必要がある。

　コンピュータ機器に関しては、幸い大学5号館の端末24台が備わったコンピュータ教室も使用することが可能となったので、同一科目を複数コマ開講することにより、学生1人につき1台の条件をクリアできるであろう。レファレンス・ブックについても、年々充実してきているので、クレームがつくことはまずないと思われる。

　以上はいわばハードの面であり、問題は授業の中身である。各大学が創意工夫して、特徴を出して行くことが強く求められ

ている。以下は私の描く本学における図書館学課程像である。

(1)　情報リテラシーを身につける

　必要な情報・資料を効率良く探し出す能力は、学生時代はもとより実社会に出てからも今後ますます重要性を増すものと思われる。本学の図書館のみならず、さまざまな図書館・類縁機関を上手に使いこなせる力をつけさせたい。コンピュータ端末から自由にデータベースにアクセスしたり、インターネット、パソコン通信により情報の受発信をしたりする能力を習得させる。これは図書館に就職しなくても十分に役立つ知識となる。

(2)　小人数授業

　本学の基本方針であるにもかかわらず、教員不足のため必ずしも達成できないケースがあったが、専任教員３名を置くことにより、少なくとも80名を超える授業をなくしたい。演習は20〜30名以内とする。講義科目も同一科目を２コマ以上開講する。

　ほとんど非常勤講師に頼らなくてすむため、教員間の意思疎通が緊密で、授業内容の重複が避けられるなど、密度の濃い授業展開が可能となる。

(3)　図書館を切り口に広い視野で社会の問題を考えさせる

　図書館の発展を生み出す要因、生涯学習時代を迎えて情報化社会、高齢化社会、社会福祉施策の中での図書館（員）の役割、図書館の自由、図書館員の倫理、障害者サービス、多文化サービス、子どもの読書・活字離れ、外国と日本の図書館の比較、図書館に関わるさまざまなトピック等のテーマを取り上げながら、最新の視聴覚教材も駆使して、ともに考えていきたい。現行の「図書館活動」の内容をさらに発展させたい。

⑷　選択科目（乙群）5科目をすべて開講する

　図書館学課程を実のあるものにし、優秀な司書を図書館に送り出すため、資格要件に必要な最低単位数を増やすのも一つの方法である。現に、大学独自の裁量によりそのように措置しているところもある。しかし本学においては時間割編成がきわめて過密なため、単位数を引き上げると、学科により資格の取れない学生が生じる。そこで本学では、さらに図書館学を深めたい学生のために、必修科目は当然のことであるが、選択科目のすべてを開講し、23単位まで修得できるようにする。

⑸　きめの細かい個別指導

　これも本学の特色の一つであるが、図書館学課程においては、学内の他学科の先生方にお手伝いをいただくことはあっても、外部からの非常勤講師なしでこの2年間過ごしてきた。授業時間以外でも、いつでも学生からの質問に応じる態勢が整っているわけである。とくに図書館への就職相談には積極的に対応したい。

　平成9年度から本学のオープンカレッジで公務員試験受験対策講座が開かれるようになった。こちらとも連絡を密にしたい。公立図書館員や公立学校の図書館員になるには、公務員試験に合格することが前提となるからである。

3．本学の図書館学課程の実状

　本学では、昭和35年4月に司書教諭課程が、昭和59年4月に司書課程が設置され、今日に至っている。司書、司書教諭の両課程を含めて、図書館学課程と称している。

Ⅲ　図書館を考える

⑴　本学図書館学課程の特徴

　図書館学課程は短期大学部に開設されてはいるが、単位互換制度により、学部学生も履修可能である。すなわち学部・短大（専攻科、第二部を含む）の全学科、科目等履修生、院生等本学のすべての学生（卒業生）に広く開放されている。ただし司書教諭については、教員免許の取得が前提となるため、文学部心理学科、生活科学部管理栄養士専攻の学生は履修できない。

　大学によっては、図書館学課程を文科系学生にのみ開講しているところも多いが、図書館はあらゆる分野の資料を扱うものであるし、自然科学系の図書館も数多く存在する。学生たちにさまざまな将来への可能性を与える意味からも、本学の柔軟な制度は優れたものと考えている。ただ、全学科の学生が履修できるようにとの配慮から、平日の５講時、土曜の午前、午後に配当される場合が多く、時間割編成に関しては、学生の評判はあまり芳しくはない。

⑵　学生の履修状況

　平成８年度後期の履修者数、学科別内訳を表２により示す。学部生142名、短大生123名、科目等履修生１名、合計266名となっている。この数は全国220大学（短大）の中で、10指に入るものと思われる[6]。以前は短大の履修者が圧倒的に多かったが、数年前から学部と短大生の比率が逆転するようになった。

235

表2　図書館学課程の学生履修状況

学　部　等	履修者数	内訳（学科別）
学　　　　　部	142	日文　91、英米　15、心理　7、史学　24、美学　3，科学　2
短　　　　　大	104	国文　92、（専攻科1を含む）、生文　5、食物　1、初教　6
短　大　二　部	19	国文二部　11、英文二部　2、生文二部　6
科目等履修	1	
合　　　　　計	266	

⑶　資格取得者の推移

　過去12年間の司書及び司書教諭の資格取得者の推移を表3、表4により示す。

　司書については、開設以来の卒業生の総数が1,491名に達した。年度により多少のばらつきはあるが、平成3年度を除いて毎年100名以上の司書有資格者を社会に送り出しているわけである。学部では日本文学科、短大では国語国文学科の比率が群を抜いて大きいことがわかる。

　司書教諭については、平成2年度以降ほぼ20名前後で安定している。しかし最近ようやく学校図書館に目が向けられつつあるので、今後増えることが予想される。

　平成8年度卒業生の学科別内訳は表5の通りである。

Ⅲ　図書館を考える

表3　司書資格取得者推移（過去12年間）

卒業年度	S60	S61	S62	S63	H元	H2	H3	H4	H5	H6	H7	H8	総数
全学科総数	114	168	154	138	125	100	90	102	107	148	121	124	1491
学　　　部	14	53	46	41	47	32	24	34	29	60	72	59	511
短　　　大	100	110	90	86	63	54	60	43	59	62	32	56	815
第　二　部	0	5	18	11	15	14	6	23	18	21	16	9	156
科目等履修生	0	0	0	0	0	0	0	2	1	5	1	0	9
内数　日本文学科	5	33	26	26	32	14	15	28	19	37	40	46	321
内数　国語国文科	85	77	52	54	41	37	44	35	41	52	27	52	597
内数　国文第二部	0	2	9	3	8	8	5	6	9	13	11	5	79

表4　司書教諭資格取得者推移（過去12年間）

申請年度	S61	S62	S63	H元	H2	H3	H4	H5	H6	H7	H8	H9	総数
総　　　数	72	44	20	31	17	18	13	21	19	17	19	26	317
学　　　部	49	28	12	17	14	12	10	13	13	14	13	20	215
短　　　大	23	16	8	14	3	6	3	8	6	3	6	6	102

表5　平成8年度卒業司書・司書教諭資格者数

		司　　　書	司　書　教　諭
大　学　院	英米文学専攻	0	1
学　　　部	日　　　文	46	13
	英　　　米	2	1
	史　　　学	7	2
	美　　　学	4	2
	科　　　学	0	1
	合　　　計	59	19
短　　　大	国文専攻科	1	1
	国　　　文	51	0
	生　　　文	3	0
	初　　　教	1	5
	国　文　二　部	5	0
	生　文　二　部	4	0
	合　　　計	65	6
総　合　計		124	26

⑷　図書館就職状況

　本学の資格取得者の卒業後の状況を述べる前に、全国的な傾向について触れておかねばならない。わが国では、毎年大学（短大）、司書講習、通信教育を合わせて、約1万人の司書有資格者が誕生するといわれている。果たしてこのうち何％の有資格者が図書館に職を得ているであろうか。

　文部省学習情報課の調べによると、4.5％に過ぎない [7]。この中には図書館・情報学を専攻した図書館情報大学や慶応大学図書館情報学科の卒業生も含まれるから、一般の大学生の比率はさらに低くなる。需給関係の著しいアンバランス状態といって過言ではない。

　館種別の内訳は、公共図書館1.8％、学校図書館0.5％、大学図書館1.4％、その他図書室0.8％、計4.5％である。もちろん有資格者の全員が図書館への就職を希望しているわけではないが、それにしても95％以上の者が宝の持ち腐れになっているのは勿体ない話である。

　さて、本学卒業生の就職状況であるが、昭和60年度（1986年3月）に第1回の司書有資格者を世に送り出してから、平成8年度に至るまで52図書館、60名に及んでいる。

　全国的な趨勢からみると、本学の卒業生は善戦しているといえないだろうか。参考までに館種別図書館名、出身学科、卒業年度を表6に示す。やはり日本文学科、国語国文学科の卒業生が圧倒的に多い。

Ⅲ　図書館を考える

表6　本学図書館学課程修了者就職先図書館一覧
（昭和60年～平成8年度）

	図 書 館 名	出身学科（卒業年度）
公共図書館	沼田市立図書館	日文（S62）
	小山市立図書館	国文（H元）、国文（H3）
	鹿沼市立図書館	国文（S61）
	川越市立図書館	日文（H5）
	狭山市立中央図書館	国文（H6）
	市川市立中央図書館	日文（H6）（退）
	保谷市立図書館	英米（H5）
	あきる野市立図書館	生文（H元）
	渋谷区立図書館	国文二部（H2）（異動）
	杉並区立図書館	国文（H3）
	練馬区立図書館	国文（H6）
	伊勢原市立図書館	初教専（H2）
	大和市立図書館	国文二部（H7）
	富士市富士文庫図書館	日文（S61）
	磐田市立図書館	美学（H3）、美学（H4）
	福井市立みどり図書館	国文（S61）
大学図書館	東京水産大学図書館	院日文修（S62）（退）、国文（H元）
	東京医科歯科大学図書館	国文（H元）（退）
	一橋大学経済学部資料室	生文二部（S61）（退）
	東京学芸大学図書館	生文二部（S61）
	九州大学図書館	美学（H3）
	自治医科大学図書館	日文（S61）
	多摩大学図書館	日文（H元）
	帝京大学図書館	国文（S61）、国文二部（H元）
	昭和大学図書館	国文（H7）
	昭和女子大学図書館	英米（S60）（退）、科学（S61）（退）、日文（S63）、英米（H3）、日文（H7）
	早稲田大学図書館	日文（S61）
	聖心女子大学図書館	英米（H6）
	東海大学中央図書館	国文（S62）、国文（H4）
	東海大学図書館代々木分館	国文二部（H4）
	鎌倉女子大学図書館	日文（S61）（退）
	尚美学園短期大学図書館	国文二部（H7）
	東洋女子短期大学図書館	国文（S60）

239

学校図書館	埼玉県立庄和高校図書館	国文（H3）
	埼玉県立松山女子高校図書館	国文（H6）
	東大附属中・高校図書館	日文（H8）
	東京都立芝商業高校図書館	日文（S62）
	東京都立葛西南高校図書館	日文（H4）
	昭和女子大学初等部図書室	国文（S62）
	駒場学園高校図書館	日文（H6）
	神奈川県津久井町学校教育課 巡回図書館司書	国文二部（S54）
	鎌倉女学院中高校図書館	日文（S63）
	樟蔭女子学園高校図書館	日文（S63）
	新潟県立十日町高校図書館	日文（H6）
専門図書館	国立国語研究所図書館	日文（S62）
	会計検査院図書館	国文（H元）
	癌研究会図書館	英文二部（H7）
	墨田区北斎館開設準備室	国文二部（H2）
	神奈川県立総合リハビリテーション中央図書室	国文二部（S62）
	名古屋市美術館図書室	日文（S61）（退）
	㈶碌山美術館図書室（長野県）	国文（S61）
	日本貿易振興会資料室	英文二部（H5）
計	52（公共16、大学17、学校11、専門8）	60（日文20、英米4、美学3、科学1、国文18、生文1、初教1、国文二部8、英文二部2、生文二部2）

(5)今後の課題

　本学では教育実習や学芸員における館務実習を受ける前に、あらかじめ定められた条件をクリアすることを課しているように、図書館学課程においても、目的意識をはっきり持った質の高い学生を図書館に送りこむため、これに類する何らかの線引きが必要ではないかと考えている。間口は広くして、例えば2年目に演習科目を受ける際に一定のレベルを要求することなどが考えられる。

　図書館実習も実施したいところであるが、受け入れ館の実状からみて、現状ではとても無理である。当面はこれまで通りの

年２回の図書館見学、図書館現場・日常業務を撮影したビデオの活用、実習を兼ねた本学または他館におけるアルバイト等に頼らざるを得ないであろう。

　図書館学担当教員は本学では同課程開設以来、国語国文学科に所属してきたが、図書館学科目は全学オープンの形をとっており、国語国文学科の専門科目ではない。卒業要件に入らない資格課程科目である。学生便覧のカリキュラム表では、広い意味の教養科目のなかに位置付けられている。したがって教員も、一般教養・保健体育・外国語・教職担当の教員と同じように、教養科に所属する方が自然であると感じている。

４．司書の採用実態

　前章において、全国的にも本学においても、司書資格取得者の５％に満たない者しか図書館に就職できないという厳しい現実を見たが、なぜこのような理不尽なことが起こるのであろうか。是非図書館で働きたい、児童司書になりたいと相談にくる学生に対して、担当教員としても何とか彼女たちの希望を叶えてやりたいと心底思わずにはいられない。まずわが国の公立図書館職員の採用状況から説明する必要があろう。

　都道府県立、市区立、町立、村立の各図書館員は、それぞれの自治体の地方公務員として採用される。しかし採用方法は自治体によりまちまちで、大きく分けて２つの方式がある。

　１つは図書館固有の業務については司書の資格を有する者が従事することの必要性を認め、図書館員の採用に際しては、対象を司書の有資格者に限って採用試験を行い、司書として採用した者は原則として他の職務にまわさないことを制度として明確にしている場合、つまり司書職制度が確立しているケースである。

いま一つは、司書の採用試験を実施せず、一般職の合格者の中から図書館に配置するケースである。この場合は、資格を持っていても、図書館に配属になる保証は全くなく、たまたま希望通りに図書館で働けたとしても、数年で他の部署に異動になるのが普通である。

自治体によっては、この2つの方式の間で中間的な運用をしているところもある。図書館事業に熱心な自治体ほど採用に際して「司書」という職種（試験区分）を設けているといえるであろう。

表7に全国の公立図書館職員の司書有資格者数とその率[8]、表8に館長の司書有資格者とその率[8]を示す。

10年前に比べ、数においては増えているものの、司書率は横ばいで、図書館長にいたっては司書率は1割近くも後退している。特別区の館長の有資格者が減ったことが響いている。東京23区は司書率においても、24.0%[8]で、全国平均の51.1%から大きくかけ離れている。首都東京が人事制度において日本の公立図書館の足を引っ張るという残念な結果になっている。

表7　公立図書館職員（専任）の司書有資格者数と率

		司書有資格者	その他	計	司書率%
都道府県立図書館	1986年	1,241	825	2,066	60.1
	1996年	1,159	785	1,944	59.6
	伸び率	0.93	0.95	0.94	差 −0.45
市区立図書館	1986年	4,300	4,543	8,843	48.6
	1996年	5,529	5,900	11,429	48.4
	伸び率	1.29	1.30	1.29	差 −0.25
町村立図書館	1986年	411	328	739	55.6
	1996年	1,055	734	1,789	59.0
	伸び率	2.57	2.24	2.42	差 3.36
計	1986年	5,952	5,696	11,648	51.1
	1996年	7,743	7,419	15,162	51.1
	伸び率	1.30	1.30	1.30	差 −0.03

（『図書館雑誌』1997年3月号　p.194に拠る）

Ⅲ　図書館を考える

表8　館長の司書有資格者数と率

		司書有資格者	その他	計	司書率%
都道府県立図書館	1986年	17	51	68	25.0
	1996年	12	48	60	20.0
	伸び率	0.71	0.94	0.88	差　－5.00
市区立図書館	1986年	323	453	776	41.6
	1996年	333	742	1,075	31.0
	伸び率	1.03	1.64	1.39	差　－10.60
市立	1986年	228	237	465	49.0
	1996年	253	430	683	37.0
	伸び率	1.11	1.81	1.47	差　－11.99
政令市	1986年	59	95	154	38.3
	1996年	55	127	182	30.2
	伸び率	0.93	1.34	1.18	差　－8.09
特別区	1986年	36	121	157	22.9
	1996年	25	185	210	11.9
	伸び率	0.69	1.53	1.34	差　－11.03
町村立図書館	1986年	61	72	133	45.9
	1996年	123	242	365	33.7
	伸び率	2.02	3.36	2.74	差　－12.16
計	1986年	401	576	977	41.0
	1996年	468	1,032	1,500	31.2
	伸び率	1.17	1.79	1.54	差　－9.84

※86年の仙台、千葉両市は政令市に含めた。
（『図書館雑誌』1997年3月号　p.194に拠る）

　海外の図書館先進国の常識や世界の公立図書館のあり方を明らかにしている「ユネスコ公共図書館宣言」9）や、我が国の図書館法の精神に照らしても、大きく逸脱しているといっても過言ではない。

　司書の採用を行っている自治体は、正確なデータは存在しないが、「3割弱程度」と推定される10）。ちなみに、全国の公立図書館での正規職員数に占める司書有資格者の比率を県別に見ると、滋賀県80.0％、大阪府75.2％、岡山県71.1％、京都府64.0％などと近畿圏が上位を占め、東京都は34.7％である11）。

　公立図書館は「住民の身近にあって、各人の学習に必要な図書や資料、情報を収集・整理し、その利用に供するという、生

243

涯学習を進める上で最も基本的、かつ重要な施設」[12] であるとの認識が示され、今回、図書館で働く専門的職員の資質を高めるため、29年振りに養成科目の改定が行われる一方、最近の公立図書館を取り巻く環境はきわめて厳しいものがある。

いま世をあげて、行・財政改革、規制緩和、弾力化、地方分権が声高に叫ばれている。それ自体は結構なことであり、むしろ遅きに失した感さえあるが、図書館への具体的影響となるとマイナスに作用している面が顕著である。

平成9年度から、戦後46年間にわたって続いてきた国の公立図書館施設整備費補助金は打ち切りとなった。その後、継続事業分のみ復活したが、10年度からは廃止と決まった。その理由は、大蔵省の予算編成方針によれば、「地方での社会教育施設の整備がすでに一定の水準に達しているのに加え、『大金を投じて造る施設は本当に必要か』と、地方自治体のハコ物行政に対する批判が強まっているのを背景に、国もばらまき型の補助を見直す必要があると判断した」[13] ためであるという。

日本は図書館の現状において、世界の中でもきわめて立ち遅れている国の一つである。全国の市町村のわずか44%の自治体に公立図書館が設置されているに過ぎない。都市部では96%を超えているものの、7割の町村には未だ図書館が存在しないのである[14]。このような地域は書店もなく、情報も過疎で、財政基盤の脆弱なところである。図書館建設には国や県の財政補助が欠かせない。このままでは、過疎地帯に住む住民は切り捨てられかねないことになる。

施設、資料と並んで、あるいはそれ以上に重要なのが、図書館で働く職員の問題である。司書館長がいる図書館ほどサービス水準が全体として高いことは、さまざまな調査によっても明らかにされている。しかるに、規制緩和、弾力化を旗印に、強

Ⅲ　図書館を考える

力な権限を持つ地方分権推進委員会[15]では、館長の司書有資格要件の廃止、司書・司書補の最低基準数の撤廃、図書館法見直し等の動きがあるようである。地方自治体が公立図書館を建設する際、文部省から国庫補助を受けるためには、図書館法上の司書有資格館長、司書・司書補の最低基準等を満たしていることが条件となっている。これを規制、縛りと見なしているわけである。国の図書館政策の空洞化が懸念される。

「ユネスコ公共図書館宣言」を引き合いに出すまでもなく、公立図書館は、「個人および社会集団の生涯学習、独自の意思決定および文化的発展のための基本的条件を提供」[16]し、「知識、思想、文化および情報に自由かつ無制限に接し得る」[16]ことにより、民主主義社会を発展させるためのかけがえのない施設なのである。目先の効率だけを考えて、中途半端なまがい物の図書館をつくってはならない。

　人口１万人以下の町村民を切り捨て、都市部にあっても民間・公社委託、やたらに多い臨時職員、無資格館長等によって運営される図書館もどきの類似施設をあてがうやり方は、納税者である国民を馬鹿にした安上がり行政と批判されても致し方ないであろう。近年高まりをみせている、情報公開を求める流れにも逆行するものである。経済大国にふさわしい文化政策、生活や心の中に豊かさ、安らぎを実感させる施策を望みたい。

　今こそ図書館員、図書館学教育に当たる者、図書館関係者・団体・支持者は手を携えて、地域住民や国民の納得の得られるような図書館サービス、図書館理論・運動を展開し、世論を背景に、国及び地方自治体の政策決定者に図書館の重要性を訴えて行く努力が緊急の課題となっている。

245

おわりに

　省令科目の改定を機に、14年目を迎えた本学図書館学課程を回顧し、当面の対応策、問題点を考察しつつ、わが国の公立図書館職員の採用状況、最近の動きにも触れた。

　平成10年度に向けてのカリキュラム編成、教員組織等を検討するためのたたき台になれば幸せである。なお本稿は図書館学課程としての統一見解によるものではなく、責任はあくまでも私個人にあることを付記しておく。

【注及び参照文献】

1 ）『官報』号外　第195号　1996．8．28　p．2

2 ）『社会教育主事、学芸員及び司書の養成、研修等の改善方策について（報告）』平成 8 年 4 月24日　生涯学習審議会社会教育分科審議会　p.17。司書に関する部分のみ『図書館雑誌』（日本図書館協会）　90（6 ）　1996．6　p．416―425に収録されている。

3 ）『図書館法施行規則の一部を改正する省令の制定並びに司書及び司書補の講習において履修すべき科目の単位の修得に相当する勤務経験及び資格等を定める告示の公示等について（通知）』平成 8 年 9 月 6 日付　各大学長宛　文生学第180号

4 ）平成 8 年度（第82回）全国図書館大会第12分科会（図書館員養成）1996年10月24日（大分市）文部省学習情報担当官の答弁。日本図書館協会図書館学教育部会『会報』臨時号1997．1．14　p．3

5 ）『日本の図書館情報学教育　1995』日本図書館協会図書館学教育部会編　日本図書館協会　1995　p.8　資格に必要な単位をすべて修得するには通常 2 年を要するので、その

ように推測した。

6）前掲書『社会教育主事、学芸員及び司書の養成、研修等の改善方策について（報告）』p.38

7）「統計から見た司書有資格館長」JLA図書館調査委員会『図書館雑誌』（日本図書館協会）　91（3）　1997.3　p.194

8）『日本の図書館　統計と名簿　1996』日本図書館協会　1996　p.22

9）「UNESCO Public Library Manifesto 1994」（1994年11月採択）原文、訳文とも『図書館学基礎資料』今まど子、中村初雄編著　樹村房　1995（6刷）　p.30—35に収載。

10）『図書館員への招待』塩見昇編著　教育史料出版会　1996　p.117

11）前掲書『日本の図書館　統計と名簿　1996』p.18

12）『新しい時代（生涯学習・高度情報化の時代）に向けての公共図書館の在り方について』（昭和63年2月9日社会教育審議会社会教育施設分科会）『図書館法規基準総覧』武田英治編　日本図書館協会　1992　p.1476収載。

13）1996年12月15日付『読売新聞』に"図書館補助金を廃止　来年度予算大蔵方針「地方も一定水準に」"の大見出しのもとに解説記事がある。

14）「図書館振興のために、国の施策のいっそうの充実を求めます」『図書館雑誌』91（1）日本図書館協会　1997.1　p.11

15）1995年5月に制定された地方分権推進法によって設置された地方分権推進委員会は、地方分権推進計画の作成に関し具体的指針を内閣に勧告するほか、計画の実施状況を監視し、その結果に基づく必要な意見を内閣に提出することができ、内閣はこうした勧告や意見を尊重するように義務づ

けられている。委員はすでに7名の有識者が総理大臣により任命されている。

16)「ユネスコ公共図書館宣言」前掲書『図書館学基礎資料』p.30

（『學苑』688号　1997.6　昭和女子大学近代文化研究所）

Ⅲ　図書館を考える

NDCの助記表の適用範囲について＊

はじめに

『日本十進分類法　新訂７版』の383頁から３頁にわたってか
かげられている表Aから表Hに至る助記表のうち、「表G　国
語共通区分」「表H　文学共通区分」は、それぞれ「８類　語
学」、「９類　文学」のみに適用されるので、さほど問題は生じ
ないが、その他の助記表はどの主題に、どの程度組み合わせて、
適用できるのか、そしてその場合の優先順位は、となると必ず
しもはっきりしない。

　NDC（『日本十進分類法』）の序説では、助記表を説明して、
"必要があればどの主題にも適用できる"（『日本十進分類法
新訂７版』p.15　以下本文中の頁数はNDCの頁数を指す）"数
字の位置によって、自ら特定の意味に限定されるよう約束づけ
られているので、何ら混乱は生じない"（p.15）等の記述がみ
られるが、果たして分類係が適当だと判断すれば、どのような
主題、どのような記号の後にもこれらの助記表を付け加えるこ
とができるのか、そこに何か制限はあるのか、複数の助記表を
適用する場合どちらを先にするのか、こういった問題を検討す
るのが、この小論の目的である。

　そこで、本稿ではすべて具体的な例にもとづき、「表A　主
分類区分」から「表F　国語区分」に至る各表を適用する際の
問題点を指摘し、私なりの若干の解決法を探ってみたい。

＊1971年３月21日受理。第19回研究大会における発表に加筆し

たもの。

1. 国語区分について

まず、「表F　国語区分」及び、8類：語学、9類：文学、の主綱表についてみる。

表F　国語区分
1　日本語
2　中国語・東洋諸語
3　英（米）語
4　ドイツ語。その他のゲルマン語
5　フランス語
6　スペイン語。ポルトガル語
7　イタリア語。その他のロマンス語
8　ロシア語。その他のスラヴ語
9　ギリシア語。その他の諸国語

（詳細は総表810—899による）
800　語学
810　日本語
820　中国語。東洋諸語
830　英語
840　ドイツ語
850　フランス語
860　スペイン語
870　イタリア語
880　ロシア語
890　その他諸国語

Ⅲ　図書館を考える

900　文学

910　日本文学

920　中国文学。東洋文学

930　英米文学

940　ドイツ文学

950　フランス文学

960　スペイン文学

970　イタリア文学

980　ロシア文学

990　その他諸国文学

　表でおわかりのように、8類、9類の各綱は表Fのごとく展開されるのは当然として、それ以外のどこに、国語区分は適用されるのであろうか。

　NDCの序説には、"800語学類における区分は、そのまま、その他の主題の国語の記号として用いられる"（p.16）とあるが、注意深く総表をみてゆくと、「国語区分」と指示のあるのは、

030　百科事典

031　日本語

032　中国語。東洋諸語

033　英語

034　ドイツ語

035　フランス語

036　スペイン語・ポルトガル語

037　スペイン語

038　ロシア語、その他

040　一般論文集・講演集（031—038の如く国語区分）

050　逐次刊行物（031—038の如く国語区分）

251

080　双書。全集（031―038の如く国語区分）
だけのようである。

　385頁に「表F　国語区分」の例として、「034　ドイツ語で
書かれた百科事典」の他に「330.52　中国語で書かれた経済雑
誌」（330―経済、05―雑誌、2―中国語）があがっているが、
これにならえば、「330.88　ロシア語で書かれた経済学双書」（330
―経済、08―双書、8―ロシア語）も可能のはずである。とこ
ろが、この記号は形式区分の「088　資料集」と重なり、経済
学資料集との区別がつかなくなる。
　同様に、330.591は日本経済年鑑（330―経済、059―年鑑、
1―日本）か、ギリシア語で書かれた経済雑誌（330―経済、
05―雑誌、91―ギリシア語）か。『ダイヤモンド経済問題の基
礎知識　’72』は、内容は一種の経済便覧であるから、330.36と
してよいか（036は形式区分で便覧、ハンドブック）。スペイン
語で書かれた経済学のレファレンス・ブックととられるおそれ
はないか。『総理府統計局編　Statistical handbook of Japan』
は英語で書かれた日本の統計であるから、351.3（350―統計、
1―日本、3―英語）としてよいか。ところが、この記号は関
東地方の統計（350―統計、13―関東地方）と読むのが正しい。
以上は、国語区分が形式区分あるいは地理区分と同じ記号にな
って、混乱する例である。
　それでは形式区分のあとに、国語区分を付与することは可能
であろうか。ボールディング『経済学を超えて』は英語で書か
れた経済学の論集であるから、330.43（330―経済、04―論集、
3―英語）とすることはできるであろうか。ちなみにDCでは
日本語で書かれた天文学の論文に520.4956の記号を与えている[1]。
　UDCでは一つの主標数にいくつかの共通補助標数をつける

252

Ⅲ　図書館を考える

場合、その順序はあらかじめきめられている 2)。しかしNDC
においては、UDCのごとく符号を用いないので、優先順位を
きめておくことは必要ではあっても、その数字が何を意味する
かはわからないので、混乱を回避する手段にはなりえない。

　NDCはせいぜい蔵書量100万冊以下の図書館のための書架分
類表である。果たして図書館現場において、ある特定の主題に
ついての図書が何語で書かれているか、いちいち分類番号によ
って表示する必要があるだろうか。385頁の例にあがっている"中
国語で書かれた経済雑誌"は削除すべきではないか。国語区分
の適用範囲は030、040、050、080だけに限るべきであろう。

2．時代区分について

　まず、「日本時代区分」についてみる。

表E　日本時代区分
2　原始時代
3　古代（大和、奈良、平安）
4　中世（鎌倉、室町、桃山）
5　近世（江戸）
6　近代（明治、大正）
7　昭和

　詳細は総表210〈日本史〉による。
　助記表には表Eとして、「日本時代区分」しかあがっていな
いが、中国については、「222.02―.07　中国史」の時代区分が
そのまま、「522.2　中国建築」「702.22　中国芸術史」「722.2
中国画」「920.2　中国文学史」「921―925　中国詩歌、戯曲、

253

小説、評論、日記」「928　作品集」等の時代区分にもいかされ
ている。

例：
222.03　　　中国古代史
720.2203　先秦の芸術
920.23　　　先秦の中国文学
222.06　　　清時代の歴史
522.206　　清時代の中国建築
923.6　　　清時代の小説

　西洋についても、233—238（ヨーロッパ各国史）を通じて、
ほぼ次のような助記性が認められる。

ヨーロッパの時代区分
3　古代
4　中世
5　近世
6　近代
7　20世紀
例：
234.04　ドイツ中世史
235.04　フランス中世史
237.07　現代イタリア史
238.07　ロシア革命史

　さて、この時代区分はどの範囲に適用されるのであろうか。
NDCの序説では、"歴史類（200）では、各国史の時代区分を

Ⅲ　図書館を考える

するために07—07を用い、形式区分をあらわす場合には、ゼロを重ねて用いる。例えば、210.5は日本近世史であるから、日本史の雑誌は210.05とする"（p.15—16）と説明しているが、適用範囲については、何も触れていない。

日本の時代区分は「２類　歴史」だけでなく、「322.1　法制史」「332.1　日本経済史」「521　日本建築史」「702.1　日本美術史」「721.02　日本画の歴史」「810.2　国語史」「910.2　日本文学史」「913—915　日本の小説、評論、日記」「918—919　作品集、日本漢詩文」等にも助記性が保たれているのがわかる。

例：
322.14　御成敗式目
702.14　中世日本美術史
721.025　近世絵画史
910.25　江戸文学

「表E　日本時代区分」の一例として、「910.24　鎌倉文学」があげられているが、最も細密な分類番号を与える原則からすれば、「４　中世（鎌倉、室町、桃山）」の中の、とくに鎌倉時代の文学なのだから、910.242（910.2—日本文学史、210.42—鎌倉時代）とすべきではないか。

同様に、『戦国時代の信濃』には215.2047、『室町時代の言語研究』には810.246の記号が与えられる。長州一二『日本経済入門』は、内容は戦後の日本経済史であるから、総表によれば332.106（経済史——日本——近代）となるが、助記表の精神からゆけば、総表にはないが、322.107、さらに詳しくは332.1076（210.76——日本戦後史）とすることも可能のはずである。先の「322.1　法制史」から「919　日本漢詩文」に至る

255

総表の時代区分は、いずれも「7　昭和」を使用せず、「6　近代」でとめ、「6」だけで明治維新より現代までを表しているが、なぜ「7　昭和」を使用しないのか[3]。

次に国会図書館の分類コードによれば、"歴史（一般形式細目02を含む）においては、地理区分の次にある0およびそれにつづく数字は、その時代区分を表わす"[4]とあるが、NDCにおいてもこの規則が準用されるのであろうか。

NDCの総表には江戸時代の蘭学・洋学に402.105（自然科学史——日本——江戸時代）、藩学校・寺子屋制度に372.105（教育史——日本——江戸時代）、日本経済史に332.103—06（経済史——日本——古代から近代まで）の各記号が与えられているが、この例から一般的に地理区分についで、時代区分することができると言えるであろうか[5][6]。この場合、形式区分と混同されるおそれはないか。形式区分を表すには2類のように0を2つ重ねるのであろうか。

事情は外国についても同様である。312.3505は近世フランス政治史かフランスの政治雑誌か。762.3405は18世紀ドイツ音楽かドイツ音楽の雑誌か。

このように特定の時代について書かれたものなら、どんな主題の下にでも時代区分できるのか。

時代区分は、総表でとくに指定された場所でだけ細区分することを原則とするが、どうしても必要なら、地理区分のあとに、0をつけて時代区分を表すということにしてはどうであろうか。

3．形式区分と主分類区分

「表B　形式区分」の「09　経済的、経営的観点」はどのような主題に適用できるのであろうか。293.709はイタリアの紀行・案内であるが、経済的観点よりみたイタリアととられるおそれ

はないだろうか。

「09　経済的、経営的観点」は第7版ではじめて新設されたが、時の分類委員会委員長加藤宗厚先生の解説によれば、"これは510—570の各種工学・工業の経済経営問題の細目として使用されるもので、他の主題には適用されない"[7]とされている。例えば、「537.09　自動車工業（生産および流通）」（537は自動車工学）「560.9　鉱業経済」（560は採鉱冶金学）、「567.09　石炭経済、政策」（567は石炭）のように用いられるわけである。

しかしNDCの序説では形式区分の適用範囲は明示されていない。しかも総表をみると、演劇企業（興業）に770.9、映画企業に778.09の記号が与えられている。

いずれにせよ"必要に応じてどの主題に対しても細区分することができる"（p.384）という説明は少しゆきすぎであろう。要するに、総表の中にできるだけ細かく展開し、少なくとも〔形式区分〕等の指示を与えて、あまり分類係の自由裁量にまかせぬ方がよいと思う。

ところで、先のイタリア紀行の例でもわかるように、290のポイント以下の細区分は291—297の共通細目になっている。『日本の地図』は291.038、『沖縄地名研究』は291.99034となり、「表Bの形式区分」とは異なっている。122頁の例（インド紀行292.509、大和地名考　291.6503等）から判断できはするものの、いま少していねいな注記がほしい。

また、表Bに「091　政策。行政。法令」を出すからには、「098　判例批評集。決議集。判例研究」も加えるべきであろう。これらは「540.91　電気行政。電気法規」「320.98　判例集。判例批評集」「324.098　民事判例集」のように用いられる。

「001—009　他の主題との関連（主題区分）」の例として、「380.016　民俗と宗教」があげられている。NDCにおいても複

合概念を表せますよと誇示したものらしいが、分類者の一人よがりというものであろう 8)。当然160.038でもよいわけだし、本のロケーションの決定にも役立たない。書誌分類としても、いずれか一方をとり、他を重出するというオーソドックスな解決法で十分であろう。210.033は日本史の事典であるのに、日本史と経済学ととられるおそれもでてくる 9)。

さて、「表A　主分類区分」の適用範囲はどうであろうか。注に "総表において「主題によって細区分する」とあるものはこの方法に従う"（p.383）とあるから、総表のとくに指示のある場所にだけ使用されるので、問題はなさそうである 10)。この主分類区分が実用上どの程度有効かは別として、「018　専門図書館」「〔149　特殊心理学〕」「153　職業道徳」「〔328　諸法〕」「〔359　各種の統計〕」「747　写真の応用」11) 等きわめて限られているので、注に適用される上記の主題を全部あげておけば、さらに親切であろう。例をあげると次のごとくになる。

018.32　法律図書館、018.77　演劇図書館、〔149.32　法心理学〕、152.32　弁護士の道徳、〔328.336　労働法〕、〔359.61　農業統計〕、747.07　報道写真。

4．形式区分と地理区分の複合

形式区分と地理区分が重なった場合、どちらを優先させるべきであろうか。

『日本宗教年鑑』は160.21059（宗教——日本——年鑑）か160.59021（宗教——年鑑——日本）か。"図書はまず主題によって分類し、次いで必要があればその主題を表現する形式（01—08の形式区分）によって細分する"（p.20）原則から言えば、前者になるが、図書の運用という立場に立てば、160.59でとめ、書誌、辞典、年鑑等は小主題に分散させず、大主題のもとに集

Ⅲ　図書館を考える

めた方がより便利であろう。現に059、330.59、605.9において
はまず年鑑でまとめ、しかる後に「地理区分」の指示がある。

　しかしこのことから、形式区分が常に地理区分に先んずるこ
とにはならないであろう。

　また「319　外交」のところは、「地理区分をし、さらに0を
つけて相手国によって細区分をする」ことになっている。これ
に従えば、『アメリカの対ベトナム政策』は319.530231という、
ゆうゆうたる記号となる。319の例に「日英外交　319.1033」
があがっているが、『日本国際問題事典』や『日本外交史事典』
にはどんな記号を与えればよいのであろうか。ここでも形式区
分と地理区分の重なりがみられる。

　助記表を駆使して、いたずらに冗長な記号を与えることは、
NDCにおいてはむしろ控えるべきではないだろうか。どうも
分類者の自己満足のような気がする。

　地理区分に関連して、『ギリシア神話』は162.31か162.392か。
私は前者をとりたいが、82頁には「162　神話〔地理区分〕」と
あり、地理記号索引の凡例には“「細目表」に〔地理区分〕と
指示されているものは、この記号を組み合わせて地理区分とす
る”（p.704）と説明されている。この説明通りに「Greece　ギ
リシア　392」を機械的に組み合わせると162.392になってしま
う。「162　神話」のところに、“ギリシア、ローマ神話は例外
的に162.31、162.32とする”というような注記を加える必要があ
りはしないか。

　次にドイツ、フランス、イタリア、ロシア哲学を概観した『西
洋近世哲学史』はどこに入れるべきか。130.2とすれば古代、
中世をも含む哲学通史になってしまうので、やはり133しかな
いであろう。133は英米哲学を含むものの、133.1—139の総記
的扱いとなっている。地理区分すれば、「イギリス　33、ドイツ

259

34、フランス　35」を受けたものであろうが、近世哲学と英米哲学が同居しているのはいかにも不自然である。しかし、これも十進法と助記性の制約からすればやむを得ぬことであろう。

5．相関索引と分類コード

現代社会はめまぐるしく移り変わり、次々と新しいことば、新たな主題、境界領域の学問が誕生している。しかるに分類表は社会の動きに合わせて、それほど頻繁に改訂できるものではない。そこで次の改訂版が出るまでのつなぎとして、相関索引にあがっていないことば、例えば公害、未来（工）学、知識産業、行動科学、集団力学、コンピュータ・ハードウェヤー、ソフトウェヤーといった新語を、地理記号索引に出ていない新興独立国名[12]と共に、NDCを維持管理している分類委員会が適宜検討追加し、これを図書館雑誌等に発表していただけないものだろうか。

　もちろん一般館界でも分類委員会に協力して、何か気づいたことや意見をどしどし報告すべきである。このことはNDC第8版への改訂にも必要な作業であるし、何よりも現場の分類担当者が非常に助かるのである。

　DCやSearsの件名標目表には詳細な解説がついているが、NDCの序説は非常に簡単である。しかも総表、助記表共に注記が不十分なために、その適用は分類者の自由裁量にまかされている。NDCを用意し、「表の構成、使用法」を読んだくらいでは、とうてい分類できるものではない。相関索引を up to date なものに充実させると共に、NDCを使用する際の助記表の適用範囲の解説をも含めた分類コードが早急に作られることを望むものである。

Ⅲ　図書館を考える

むすび

　助記表の適用範囲についての疑問点を中心に、日頃NDCについて感ずるところを述べたが、要するに、助記性はDC属の重要な構成要素ではあるが、あまりに過大評価すると、助記表に振り回され、分類体系が助記表に従属したり、いたずらに記号が冗長にわたったりするという弊害を招きやすいので、助記表の適用範囲を明確に限定すべきだというのがこの小論の主旨である。

　助記表のもつ数字の意味のあいまいさをなくす方法として、おおよそ次の３つが考えられる。

　１は、UDCのごとく符号を導入し、複数の助記表を適用する際の優先順位を定める方法である。しかし図書の排架を第一の目的とするNDCにおいては、この方法は実用的でない。

　２は、書架分類と書誌分類とを分離し、助記表にアルファベットを導入（場合によっては符号も使用）し、書誌分類にのみ、数字と文字を併用する方法である[13]。この方法はもっと研究されてよいが、NDCの体系自体も相当変更する必要がでてくると思われるので、当面次の方法が最も現実的ではなかろうか。

　即ち、NDC第８版においては、助記表をどんな主題にもつけられるかのような印象を与えることはやめ、助記表の説明には適用範囲をはっきりと明記し、総表でとくに指定された場所にだけつけることにしてはいかがかと思う。そしてDCのように注を詳しく付して、例をあげることが望ましい。そのためには、現行の総表をいま一度洗い直してみる必要があろう。

【注及び参照文献】

１）520　天文学、04　論集、956　日本語の意。

　　『図書館ハンドブック　増訂版』日本図書館協会　1960

p.310

　なおDCでは語学類、文学類以外にも国語区分の例は数多い。「032　イギリス百科事典」「053　ドイツ語で書かれた雑誌」「220.53931　オランダ語で書かれた聖書」のように。

2）その順序は、観点「.00」、場所「（　）」、時「"　"」、形式「（0　）」、言語「＝」となる。

　　例：「629.113（73）"192"（083.4）＝40」→フランス語で書かれた1920年代のアメリカ自動車工業の統計。

　　『国際十進分類法　簡略日本語版　改訂第三版』日本ドクメンテーション協会　1968　p.9

3）913.7だけは講談・落語・軍談・笑話集に対する記号に当てられている。

4）『国立国会図書館和漢書分類コード』国立国会図書館受入整理部　昭和33（1956）p.37

5）このことについては、すでに森耕一氏の指摘がある。

　　「NDCの助記法にかんするいくつかの問題点」（『図書館界12（5）』）森耕一　1960　p.129

　　氏は「382.3604はスペインの風俗史に関する論文集か中世スペインの風俗か」と問い、一応、前者を期待しておられる。

6）中村初雄氏は幕末を動かした志士の叢伝に281.058の記号を与えておられる。先の森氏の例と対比させると興味深い。

　　『図書館資料組織論』（現代図書学叢書Ⅲ）中村初雄　理想社　昭和44（1969）　p.111

7）『図書の分類　改稿版』加藤宗厚　理想社　昭和37（1962）p.65

8）ちなみに国会図書館の分類コードにおいても、"この記号は用いない"となっている。

前出『国立国会図書館和漢書分類コード』p.6

9）日本史と経済学なら210.0033とゼロを３つ重ねることになる。

10）これはDCの「divide like 001—999」を真似たようである。
　　016 bibliographies に例をとると、016.51 bibliographies of
　　mathematics, 016.072　bibliographies of newspapers in
　　England となる。なおDCでは Synthesis of Notation の一
　　章を設け、あらゆる"divide-like"notes を１箇所に集めて
　　いる。

　　　Dewey Decimal Classification 17th ed. 1965 p.1505—15

11）角括弧〔　〕は二者択一で、原則として使用しないことを
　　たてまえとしている。

12）例えばレソト王国（アフリカ）、ボツワナ共和国（アフリ
　　カ）、ナウル共和国（オセアニア）。いずれも1966年独立。

13）この方法はすでに菅原通氏によって提唱されている。
　　「図書分類法における問題」（『早稲田大学図書館紀要８
　　号』）菅原通　昭和42（1967）p.47
　　「日本十進法分類法の問題」（『整理技術通信　No.6』）菅
　　原通　1968　p.3

　　　数字と文字（アルファベット）を併用した分類表とし
　　て、大阪府立図書館図書分類表がある。

　　　　　　　　　　（『図書館学会年報』18巻１号　1972.6）

Japana Decimala Klasifiko（日本十進分類法）

origine kompilita de MORI Kiyosi
la oka eldono novkorektita
reviziita de la Klasifika Komitato de la Jurpersona
korporacio, Japana Biblioteka Asocio
ekstrakte tradukita en Esperanton de UEDA Tomohiko

Enhavo

1. Naskiĝo kaj disvastigo de J.D.K.
2. Strukturo de J.D.K.
　（1）Klasifika sistemo
　（2）Klasifika signo
　（3）Mnemonikeco
　（4）Korelativa indekso
3. Japana Decimala Klasifiko
　（1）Klasa tabelo（la unua divida tabelo）
　（2）Divida tabelo（la dua divida tabelo）

1. Naskiĝo kaj disvastigo de J.D.K.
"Japana Decimala Klasifiko"（Nippon Decimal Classification, mallonga nomo, N.D.C. Angle）estas organizita por japanaj bibliotekoj, enkodukinte la decimalan sistemon kreitan de usonano, Mervil Dewey（1851-1931）. Sekve ni povas uzi J.D.K.-n ne nur ĉefe por japanaj kaj ĉinaj, sed ankaŭ por

eŭropaj libroj, tamen, koncerne al la ordo, la unua divide (klaso) dependas de la sistemo "Expansive Classification (Ekspansia klasifiko)" de Cutter (Charles Ammi Cutter, 1837-1903), sed ne de tiu de Dewey.

J.D.K. originas de la prova projekto "Decimala klasifika tabelo komuna por japanaj kaj eŭropaj ligroj", kion MORI kiyosi (tiam laboris en la Mamiya magazeno, ŝarĝis sin aranĝi Mamiya-kolekton), membro de Juna-Bibliotekisto-Societo (Osaka) anoncis en la n-ro 1 de la organo Biblioteka studo en 1928. En la sekvanta jaro, 1929, S-ro MAMIYA Huzio (1890-1970) eldonis ĉi tiun provan projekton en Osaka, ŝanĝinte la titolon al "Japana Decimala Klasifiko".

Kvankam la projekto estis malgranda klasifika tabelo de paĝoj enhavantaj 3,142 indeksojn, ĝi estas alte taksita rimarkinda laboro kiel tiama tabelo en nia lando pro tio ke avantaĝo propra al la decimal sistemo de Dewey sufiĉe funkcias kaj korelativa indekso estas aldonita. Tiel J.D.K. estas sinsekve reviziita kaj pligrandigita en ĉiu eldono, akirinte grandan subtenon de biblioteka sfero, kaj fine atingis al la kvina eldono. J.D.K. estas pli kaj pli vaste adoptita en novaj bibliotekoj kaj aplikita al eĉ kelkaj katalogoj.

Post la milito kun rekonstruo de publikaj bibliotekoj, fondo de lernejaj bibliotekoj, instalo de universitatoj laŭ la nova sistemo ktp., bibliotekoj kiuj adoptas J.D.K.-n, grade plimultiĝis. Kaj plue, ĉar, Ŝtata Dieta Biblioteko decidis alpreni J.D.K-n por klasifiko de japanaj kaj ĉinaj libroj, J.D.K. fariĝis pli populara kiel komuna klasifika tabelo.

Dume laŭ la postulo de biblioteka sfero, la Japana Biblioteka

Asocio konsistigis klasifikan komitaton en 1948 kaj repetis studon pri klasifikaj problemoj. Rezulte de la studo, la klasifika komitato konkludis revizii per si mem la kvinan eljdonon de J.D.K., kiu estis nur individua verko. Tiel la Japana Biblioteka Asocio donis la sesan novkorektitan eldonon en 1950, poste la sepan en 1961, kaj fine nun ĉi tie perfektigis la okan novkorektitan eldonon.

(eldonfojo)	(eldondato)	(paĝnombro)
La unua eldono	1929.8.25	210p
La dua eldono korektita, pligrandigita	1931.6.10	294p
La tria eldono korektita, pligrandigita	1935.7.15	304p
La kvara eldono korektita, pligrandigita	1939.1.1	328p
La kvina eldono korektita, pligrandigita	1942.1.1	325p

La superaj estis kompilitaj de MORI Kiyosi kaj eldonitaj de Mamiya magazeno (MAMIYA Huzio)

La sesa eldono novkorektita	1950.7.15	476p
La sepa eldono novkorektita	1961.4.25	734p
La oka eldono novkorektita	1978.5.5	635p

La novkorektitaj estis kompilitaj kaj eldonitaj de Japana Biblioteka Asocio

2. Strukturo de J.D.K.

（1）Klasifika sistemo

Enkondukinte la decimalan sistemon de Dewey, la klasifika sistemo de J.D.K. estas fondita sur la libroklasifika sistemo de Cutter, koncerne al la ordo, precipe al la unua divide (fundamenta divido). Tio rezultis el tio, ke tiam laŭdire la sistemo de Cutter (evolva) estis teorie pli eminenta ol tiu de Dewey. Sekve kiel ilustrite jene, J.D.K. estas pli simila al

J.D.K. (N.D.C.)	E.K. (E.C.)	B.K. (L.C.)	D.K.D. (D.D.C.)
0 ĝenerala priskribo	A ĝenerala priskribo	A ĝenerala priskribo	0 ĝenerala priskribo
1 filozofio, religio	B-D filozofio, religio	B filozofio. religio	1 fiozofio
			2 religio
2 historio, geografio	E-G historiaj sciencoj	C-G historio. geografio	
3 sociscienco	H-K sociscienco	H-K sociscienco	3 sociscienco
		L eduko	4 lingvo
4 naturscienco	L-Q naturscienco		5 pura scienco
5 tekniko	R-U tekniko		6 tekniko
6 industrio		M muziko	
7 arto	V-W arto	N belarto	7 arto
8 lingvo	X lingvo	P lingvo. literature	8 literaturo
9 literaturo	Y literaturo	Q scienco	9 geografio. historio
	Z bibliografio	R-V tekniko	
		Z bibliografio. Biblioteko	

"La Klasifiko de Biblioteko de Usona Kongreso (B.K.)" kompare al "Decimala Klasifiko de Dewey (D.K.D.)".
Kvankam la unua divide estas bazita sur la klasifiko de Cutter, J.D.K., en pli detala etendiĝo sekvanta al la dua divido, estas, pro decimala sistemo preparita, konsultante D.K.D-n, B.K-n, aliajn multajn inter-kaj eksterajn klasifikajn tabelojn kaj bibliografiojn. Ankaŭ ĝi ĉiam adoptas opiniojn de multaj fakistoj en ĉiu revizio.

（2）Klasifika signo

J.D.K. same kiel la Decimala Klasifiko de Dewey, komence dividas subjektojn (scio・informo) de ĉiuj libroj en 9 kategoriojn. Por la klasifikaj temoj, arabaj ciferoj de 1 ĝis 10 estas disdividitaj kiel klasifikaj signoj, jene; 1 por filozofio, 2 por historio, 3 por sociscienco, 4 por naturscienco, 5 por tekniko, 6 por industrio, 7 por arto, 8 por lingvo kaj 9 por literaturo. Tra ĉiu klaso, 0 (nulo) estas disdonita al libroj kaj materialoj, ekzemple enciklopedioj aŭ ĝeneralaj plenaj verkoj, kiujn oni ne povas klasifiki en iun ajn el 9 klasij. Kaj 0 (nulo) okupas la unuan lokon kiel "ĝenerala priskribo". Oni nomas tiujn 10 unuajn dividojn (fundamentajn dividojn) "klaso".

Ĉiu "klaso" estas dividita ankaŭ en 9 partojn kaj formiĝas la dua divido de 10 partoj inkludante ĝeneralan priskribon (0). Tio estas jene; 40 por naturscienco, 41 por matematiko, 42 por fiziko, 43 por kemio. Tiel 100 partoj (10×10) estas formitaj kaj ĉiu parto estas nomata"divido". Kiel la tria divide ĉiu divido estas dividita en 9 partojn, nome 1,000 partoj ($10 \times 10 \times 10$) formiĝas.

Tiamaniere de klaso ĝis divido, de divido ĝis sekcio kaj ripetante 9 dividojn plu, se necese, J.D.J. precize klasifikas ĉiujn subjektojn vice de maldetalo ĝis detalon. Tio estas decimala sistemo kaj ĝi estas pli klare ilustrita kiel jene.

Tiu seria cifero estas klasifika signo (klasifika numero) kaj ĝi montras ne nur ordon de sistemo, sed ankaŭ subjekton de libro. Ĉiuj libro · materialoj estas ĉiam vicigitaj, konsultitaj, en-kaj elmetitaj per ĉi tiu klasifika signo. Ekzemple, libroj pri botaniko aŭ zoologio respondas respektive al 470 aŭ 480, tiel samsubjektaj libroj spontane grupiĝas. Kontraŭe kiam vi deziras librojn pri japana historio aŭ eduko, sufiĉe estas ke vi serĉas nur 210 aŭ 370.

III 図書館を考える

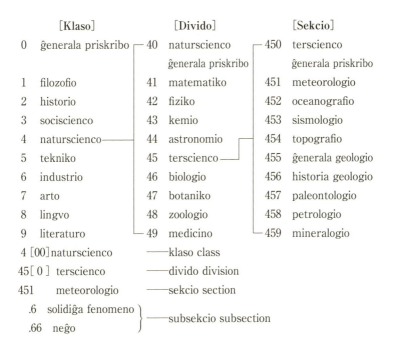

Denove komo (punkto) estas uzita inter tria (sekcia) kaj kvara (subsekcia) ciferoj de klasifika signo, sed tio estas nur pro utileco de distingo. Ĉar J.D.K. origine baziĝas sur la ideo en kiu oni konsideras la totalon de scio kiel 1 kaj dividas ĝin, la supre citita ekzemplo "neĝo" fariĝas 0.45166. Tamen por klasifika signo oni forlasas la unuan nulon kaj punkton. Ni traktas ĝin kiel decimalan nombron. Tial oni ne nomas 451 kvarcent kvindek unu, sed kvar (naturscienco) —kvin (terscienco) —unu (meteorologio).

(3) Mnemonikeco

Signa mnemonikeco, unu el la avantaĵoj de decimala sistemo, signifas memoran helpon, sed ankaŭ estas unu elemento de facile memoreblaj simbolikoj elpensitaj. Se komuneco troviĝas, J.D.K. laŭeble formas samajn subdividojn kaj destinas samajn ciferojn por ili. Por "Japanujo" 1 estas laŭeble donita, ekzemple kiel 210 por japana historio, 810 por japana lingvo, 910 por japana literature kaj 521 por japana konstruo. Cetere ĉiu cifero ne havas propran sencon, kvankam mnemonikeco troviĝas en la signo. Signo por Japanujo estas 1, sed cifero 1 ne ĉiam signifas Japanujon. Signo por poemo (literature formo) estas 1 kaj signo por teorio (forma divide) ankaŭ estas 1.

Tiamaniere sama cifero 1 havas diferencan sencon laŭ la loko uzita, sed ĉar la senco de cifero spontane fariĝas tiel klara laŭ la loko de cifero kaj la antaŭa cifero, ke vi ne konfuziĝas, se vi komprenas la strukturon.

Mnemonikeco funkcias en helpaj tabeloj de J.D.J., t.e. forma divido, geografia divido, lingva divido, subdivido de individuaj lingvoj kaj subdivido de individuaj literaturoj.

(4) Korelativa indekso

Ankaŭ J.D.K. havas indekson aranĝitan laŭ la ordo de la kanaoj pri klasifikaj temoj en subsekcia tabelo kaj klasifika signo.

Vi povas rapide serĉi specialajn subjektojn aŭ sistemajn situojn per ĉi tiu indekso. Krome ĝi estas korelativa indekso, kiu montras koncerne al ĉiu temo ne nur signon, sed ankaŭ ĉiujn vidpunktojn kaj rilatojn. Ekzemple por"gladilo"tri signoj estas disdonitaj, jene; 593.5 por kudrado, 582.5 por fabrikad-industrio, 545.88 por elektrotekniko. Kaj plue ĉi tiu indekso enhavas ne nur sinonimon de vortoj en subsekcia tabelo, sed ankaŭ, se necese, malgrandajn temojn ne inkluzivatajn en la

Ⅲ　図書館を考える

tabelo laŭeble.

Origine la indekso estas preparita por serĉi la klasifikan signon de speciala subjekto, sed oni ne devas decidi klasifikajn signojn sole konsultante la indekson.

Estas dezirinda, ke oni pensas laŭele sisteme kiel de klaso ĝis divido, de divido ĝis sekcio. Ankaŭ la indekso havas gravan rolon por uzantoj ne sciantaj pri la klasifiko.

Unue oni identigas la klasifikan signon postulate subjekto per la indekso, kaj poste oni povas serĉi librojn vicigitajn sur librobretoj aŭ kartojn en klasifika kataglogo.

3. Japana Decimala Klasifiko

（1）Klasa tabelo（la unua divida tabelo）

0　**Ĝenerala priskribo** General works

（Biblioteko. Bibliografio. Enciklopedio. Sinsekva eldonaĵo. Plena verkaro）

1　**Filozofio** Philosophy

（Filozofio. Psikologio. Etiko. Religio）

2　**Historio** History

（Historio. Biografio. Geografio. Vojaĝo）

3　**Socisciencoj** Social sciences

（Politiko. Leĝo. Ekonomiko. Statistiko. Socio. Eduko. Folkloro. Militaj Aferoj）

4　**Natursciencoj** Natural sciences

(Matematiko. Scienco. Medicino)

5 **Tekniko** Technology
(Teknologio. Teknika industrio. Mastruma scienco)

6 **Industrio** Industry
(Agrikulturo. Arbarkulturo. Akvindustrio. Komerco.
Trafiko)

7 **Artoj** The arts
(Belarto. Muziko. Teatro. Fizika ekzerco. Aliaj artoj.
Amuzo)

8 **Lingvo** Language

9 **Literaturo** Literature

(2) Divida tabelo (la dua divida tabelo)
000 **Ĝenerala Priskribo**
010   Biblioteko
020   Libro. Bibliografio
030   Enciklopedio
040   Ĝenerala artikolaro · prelegaro
050   Sinsekva eldonaĵo. Jarlibro
060   Instituro. Asocio. Studorganizo
070   Ĵurnalismo. Ĵurnalo
080   Serio. Plena verkaro
090

Ⅲ　図書館を考える

100　**Filozofio**

110　　Aparta disertajo pri filozofio

120　　Orientaj pensoj

130　　Okcidentaj filozofioj

140　　Psikologio

150　　Etiko

160　　Religio

170　　Ŝintoismo

180　　Budaismo

190　　Kristanismo

200　**Historio**

210　　Japana historio

220　　Azia historio. Orienta historio

230　　Eŭropea historio. Okcidenta historio

240　　Afrika historio

250　　Nord-amerika historio

260　　Sud-amerika historio

270　　Oceania historio

280　　Biografio

290　　Geografio. Regiona geografio. Vojaĝo

300　**Socisciencoj**

310　　Politiko

320　　Leĝo

330　　Ekonomiko

340　　Financo

273

350	Statistiko
360	Socio
370	Eduko
380	Moroj. Kutimoj. Folkloroj.
390	Nacia defendo. Militaj aferoj

400	**Natursciencoj**
410	Matematiko
420	Fiziko
430	Kemio
440	Astronomio. Kosmoscienco
450	Terscienco. Geologio
460	Biologio
470	Botaniko
480	Zoologio
490	**Medicino. Farmacio**

500	**Tekniko. Inĝenierscienco. Teknika industrio**
510	Konstruteknologio. Civilinĝeniera scienco
520	Arkitekturo
530	Maŝinteknologio. Nuklea teknologio
540	Elektrotekniko. Elektroniko
550	Martekniko. Ŝiopteknologio. Armilo
560	Metal teknologio. Mina teknologio
570	Kemia industrio
580	Fabrikad-industrio
590	**Mastruma scienco. Vivoscienco**

Ⅲ　図書館を考える

600	**Industrio**
610	Agrikulturo
620	Hortikulturo. Ĝardenistiko
630	Silkokulturo
640	Zootekniko. Veterinara scienco
650	Arbarkulturo
660	Akvindustrio
670	Komerco
680	Transporto. Trafiko
690	Komunikado
700	**Artoj**
710	Skulpturo
720	Pentrarto. Kaligrafio
730	Gravuraĵo
740	Fotografio. Presarto
750	Industriartoj
760	Muziko. Danco
770	Teatro. Kino
780	**Sporto. Fizika ekzerco**
790	**Aliaj artoj. Amuzoj**
800	**Lingvo**
810	Japana lingvo
820	Ĉina lingvo. Orientaj lingvoj
830	Angla lingvo
840	Germana lingvo
850	Franca lingvo

275

860	Hispana lingvo
870	Itala lingvo
880	Rusa lingvo
890	Aliaj lingvoj

900	**Literaturo**
910	Japana literaturo
920	Ĉina literaturo. Orientaj literaturoj
930	Anglousona literaturo
940	Germana literaturo
950	Franca literaturo
960	Hispana literaturo
970	Itala literaturo
980	Rusa literaturo
990	Aliaj literaturoj

Noto

La aŭtoro tradukis preskaŭ fidele la paĝojn 11, 12, 15-18, 20, 27 kaj 28 de Nippon Decimal Classification: N.D.C. Compiled by Mori-Kiyoshi, Newly rev. 8th ed. Revised by the Committee of Classification. Japan Library Association, Tokyo, 1978 kaj iomete ŝanĝis la tabelon kaj titolon de ĉiu ĉapitro.

この稿をまとめるにあたり、私のつたない訳文に目を通し、朱を入れて下さった神戸エスペラント会の医学博士木村英二氏に厚くお礼申し上げます。

Ⅲ　図書館を考える

和文要旨
日本十進分類法エスペラント抄訳

　NDCの創案者もりきよし先生の喜寿の賀に際し、先生に最もゆかりの深いNDCにつき、その大要を国際語エスペラントにより紹介する機会を与えられ、光栄に存じます。
　『日本十進分類法　新訂8版』(日本図書館協会　1978) の「序説」の一部および分類表の第1次、第2次区分表をほぼ忠実にエスペラント訳したものです。
目次：1. NDCの成立と普及
　　　2. NDCの構成　（1）分類体系　（2）分類記号
　　　　　　　　　　　（3）助記法　（4）相関索引
　　　3. NDC　（1）類目表　（2）綱目表
　訳者はこれを契機にエスペラントを通して図書館間の国際交流が一層促進されることを願ってやみません。

Nippon Decimal Classification
Translated Selecively into Esperanto
Tomohiko UEDA

　This paper is a translation of selected passages from
Nippon Decimal Classification: N.D.C. compiled by Mori-

Kiyoshi, newly rev. 8th ed. revised by the Committee of Classification, Japan Library Association, Tokyo, 1978 into Esperanto, an international language which Dr. L. Zamenhof founded in 1887.

Readers will be able to understand an outline of N.D.C. through the abridged translation.

This article is composed of the following chapters: 1. N.D.C.: its origin and diffusion, 2. The structure of N.D.C. （1）the classification scheme, （2）the classification mark, （3）mnemonics, （4）relative index and 3. N.D.C. （1）first summary (the 10 main classes), （2）second summary (the 100 divisions).

Taking this opportunity, the author desires that international exchange about library problems and technics will be promoted through Esperanto.

（『もり・きよし先生喜寿記念論文集――知識の組織化と 図書館――』所収　1983)

Ⅲ　図書館を考える

分析合成型分類法としてのBKE

Ⅰ　図書館における分類法

　一般に図書館利用者の資料へのアプローチの仕方として、著者、タイトル、主題（テーマ）の３方向が考えられる。著者ないしタイトルを手掛かりに資料をサーチする場合、図書館サイドでは著者目録とタイトル目録を用意すれば事足りる。目録の形態がカード目録であれ、冊子目録であれ、オンラインコンピュータ目録であれ、事情は変わらない。

　そして著者、タイトルからの検索に関しては、図書館の長年の努力、目録規則の発展等により、ほぼ対応策が確立し、ルール化されている。

　今後の問題としては、どれだけ丁寧に一冊中または全集中に含まれる個々の著者や著作名（雑誌、紀要、報告類の場合は個々の論文の執筆者や論文題名）を拾い上げ、丹念にインプットするかにかかっているといえるであろう。この問題はコンピュータの導入と書誌ユーティリティーの充実によって、早晩解決に向かうことが予想される。

　しかるに、主題、テーマ、事柄（事項）からのアプローチに対しては、一筋縄ではいかない。しかも、著者やタイトルがわかっているいわゆる特定資料の検索よりも、ある一定の主題に関する網羅的な文献調査のニーズの方がますます高まる傾向にある。

　図書館では通常、書架分類（開架制）と主題目録を整備することによって対応している。利用者が直接書架から現物を手に

取ってブラウジングすることのできるオープン・アクセスシステムは何物にも代えがたいが、雑誌、新聞類となるとお手上げの状態となる。やはり目録、書誌、索引類のお世話にならざるをえない。図書の場合でも開架制のみでは限界がある。

主題目録には分類目録と件名目録があるが、言葉から検索する件名目録については他の機会にゆずり、本稿ではエスペラント関係資料を素材に、書架分類と書誌分類の問題を取り上げる。一応、図書館資料の中でも最も基本的な資料である図書を中心に考察するが、非図書資料も視野に入れる。

Ⅱ　専門分類表

図書館で分類と言えば、館種、規模、扱う資料の分野、資料の物理的形態（印刷資料、視聴覚資料等）、利用者層、将来の見通し等を慎重に考慮して、まずどのような分類表を採用するかが問題となる。

わが国の図書館ではNDC（Nippon Decimal Classification 日本十進分類法）が、英語圏の図書館ではDDC（Dewey Decimal Classification デューイ十進分類法）が、世界的にはUDC（Universal Decimal Classification 国際十進分類法）が広く使用されていることは周知の事実である。これらはいずれも人文・社会・自然科学等全分野を包括する一般分類表である（UDCは自然科学・技術に重点が置かれてはいるが）。

しかるに世の中にはさまざまなタイプの図書館が存在し、ある特定領域の文献を集中的に収集、整理、保存し、資料・情報の提供に当たっている、いわゆる専門図書館と呼ばれる図書館群がある。このタイプの図書館に一般分類表を適用すると、ある限られた分類項目に資料が集中し、甚だまずい結果となる。したがって、それぞれの領域に応じて、医学図書館分類表、法

律図書館分類表、労働経済関係資料分類表等さまざまな専門分類表が考案され、実用されてきた。明治以降の日本近代文学関係資料を重点的に収集している本学（昭和女子大学）の近代文庫においても、NDCによらず、独自の分類表を持っているのもこのような事情からである。

同様に、エスペラント関係資料を多数所蔵しているいわばエスペラント専門図書館においても、これらの資料を整理するための専門分類表が久しく待望されていた。

Ⅲ　BKEの成立

ポーランドの眼科医L.L.Zamenhofが1887年エスペラント博士のペンネームで発表した*Internacia lingvo*（国際語）いわゆる『第一書』の刊行以来、エスペラントの歴史はすでに1世紀を超えている。その間におびただしい文献が発行され、各地に集積されている。ちなみに隔年に世界エスペラント協会から発行されるエスペラント図書目録*Esperanto-Katalogo*は現在入手可能の在庫目録で、いわばBooks in print、『日本書籍総目録』のエスペラント版であるが、最新版[1]は400頁に及んでいる。この中には絶版のものやいまでは手に入れることのできない過去の文献は含まれていない。

世界で最もよく整備されたエスペラント図書館の一つとして有名なロンドンのEAB（Esperanto-Asocio de Britujo　イギリスエスペラント協会）エスペラントセンター付属バトラー図書館では3万点以上の資料を擁している[2]。

わが国のエスペラント学会の図書館も未整理本、複本も合わせるとほぼこれに匹敵すると思われる。

エスペラントは100年の歴史を有し、本来的にインターナショナルな性格を持ちながら、世界共通のエスペラント専門分類

表と呼べるものはこれまで存在しなかった。あらゆる部門を扱う大図書館で比較的まとまったエスペラントコレンションを所蔵する図書館においては、一般分類表の中に埋没してしまっているのが通例であるし、一方、中小規模のエスペラント専門図書館においては、それぞれ担当者が独自に工夫して整理しているのが実情のようである。

先駆的な分類表としてButler[3]の分類表があるが、現在この分類表の入手は不可能で、しかも内容的には陳腐で現状に合わなくなっている。

このようなときにバトラー図書館の責任者であり、本職も図書館員であるイギリス人のG.King氏考案のBKE（Biblioteka Klasifo de Esperanto エスペラント図書館分類法[4]）が発表された。彼はいまTEBA（Tutmonda Esperanta Bibliotekista Asocio 世界エスペラント図書館協会）の事務局長のポストにあり、最もふさわしい人物の手になる専門分類表の完成と言える。

1987年7月に初版、1989年5月に改訂版が出て、それを若干手直しした1990年1月1日現在のBKE最新版のコピーが過日、私の手もとに送付されてきた。

67頁からなる仮綴じ製本の小冊子ながら、全頁ぎっちりとタイプ打ちされ、内容も精緻をきわめ、中身の濃い苦心の労作である。当然のことながら全文エスペラント文で、専門用語（図書館用語や文法・文学用語、UDC、DDCの主・補助標数の導入等）も多く、全体像を把握するには相当の努力を要する難解な内容である。

疑問点や全面的には賛成しかねる点もないわけではないが、十分検討に値する分類法であり、しかも複合主題を階層的に自由に組み合わせることのできる分析合成型分類システムを採用

III　図書館を考える

する等、エスペラントを離れて、主題分析の問題を考える上でも、参考にすべき考え方が随所に示されている。以下、章を追ってBKEの骨子を紹介し、最後に私見を加えることにする。

IV　BKEの構成

1　BKEのしくみ

BKEは、はしがき、序説、一般分類、エスペラント分類の諸表、あらゆる分類の共通区分、分類標数の適用例、分類索引の各章、からなるGeoffrey Kingの個人著作である。

彼は「はしがき」の中で、1968年頃からこの仕事に着手し、UDCやButlerの分類表を比較検討し、実地に試し、改良を重ね、もはやこの分類表が決定版とは言えないまでも、長年の使用の経験から十分に安定したレベルに到達していると確信したので公表に踏み切ったと述べている[5]。

「序説」では、このBKEにより、小規模のエスペラントコレクションには5部門にグルーピングするだけの書架分類でよく、500冊程度の中規模コレクションには主分類表（5部門分類で各部門は必要に応じて1〜数桁展開）と固有補助表を適用すること、大規模のコレクションにあっては、図書のみならず、雑誌、紀要、報告類の中の個々の論文に至るまで、共通補助表を含め、あらゆる分類表を駆使して詳細な書誌分類を行うことを勧めている[6]。

したがって、このBKEは分類担当者の裁量により、いかなる規模の図書館においても、また現物を書架に配架するための書架分類にも、目録を介して詳細な主題からのアプローチを可能にする書誌分類にも耐えうる、きわめてフレキシブルな構造を持っている。

BKEはエスペラント図書館のための専門分類表を標榜しな

283

がらも、「一般分類」[7]の章をもうけ、非エスペラント資料の分類についても言及している。そして、この分類にはUDCの使用が想定されているが、後の章で詳述されるエスペラント分類の手法が一部取り入れられ、純然たるUDC標数とは異なっている。エスペラントコレクションのための専門分類表に、一般分類（非エスペラント資料のための）の章が必要かどうかは議論の分かれるところであろう。

次にBKEの標数には文字（アルファベット）、数字（アラビア数字）、符号（（ ）、：、―、" "、＊、.、⊥、＝、' '等）が用いられる。混合記号の使用は標数が複雑化するが、階層的なファセット分類のためには欠かせない要素と言えよう。

分類の手順は、まず５部門（A国際語学、Kエスペラント原作文学、Lエスペラント語学、Mエスペラント運動一般、P実用のエスペラント）に分け、各部門はさらに数桁にわたって展開されている。そして特定の分類標数のもとでのみ適用可能な固有補助表が、各種用意されている。適用の仕方については、それぞれの箇所に説明がある。最後に、いかなる分類標数にも付加することのできるきわめて詳細な共通補助表が豊富に用意されている。

本稿ではBKEの概要を紹介し、終わりに若干の評価を行うことが目的であるので、各分類表の下位標数の大幅な省略、表中の説明文の一部割愛、叙述の入れ替え、筆者の付け加え等、適宜行ったことをお許しいただきたい。このことによって生ずる責任はすべて筆者にあることをお断りしておく。

2　エスペラント分類の諸表〔主分類表と固有補助表〕
※角カッコ〔　〕は現物にない文言を筆者が付け加えたことを示す。以下同じ。

284

Ⅲ　図書館を考える

A　国際語学、国際補助語学　Interlingvistiko

　A　　言語問題一般

　AA　　解決の諸提案

AAA／AAZ　国語の使用　言語区分〔共通補助表⑤参照〕

※3桁目のA／ZはAからZまでの意味で、スラッシュ／は連続を表す。以下同じ。3桁目以降は言語区分する。たとえばAABは国際語としての英語の使用となる。

　AB　　イード語

　AC　　エスペラント

　AD　　その他　発表年または名称により細分

※ここではUDC、K、L、M、Pによって細分する。たとえばイード語を例にとると、AB1 イード語で書かれた哲学書、ABK イード語原作文学、ABL イード語の言語学、ABM イード語運動、ABP イード語の実用となる。

K　エスペラント原作文学　Literaturo originala

※ここには文学作品だけでなく文学研究をも収める。

　KA／KZ　方言　地理区分〔共通補助表①参照〕

※エスペラントにはほとんど方言がないので、各国別のエスペラント原作文学作品集に当ててもよい。

　K　00／09　年代区分

※個人著作の場合は年代区分と著者名を組み合わせて個別化する。たとえばGrabowskiならK18＋Grabowskiとなる。18＋はGrabowskiの生没年から算出する。複数著者の場合は、KAAAとする。

285

共通区分〔固有補助表①〕

※文学の形式（ジャンル）に応じて、上記の方法によって作られたいかなる分類標数の後にも付加することができる。

例K18＋Grabowski 11 グラボウスキー詩集

00　さまざまな形式の作品（集）

01　詩的

02　戯曲風

03　実録風

04　物語風

1　韻文

11　叙情詩（集）

12　物語詩、叙事詩

19　歌詞（集）

2　戯曲、映画・テレビ脚本等

21　悲劇

22　喜劇

29　歌劇

3　散文一般

31　随筆（集）、講演録（集）

32　書簡（集）

33　散文詩（集）

34　格言・ことわざ・引用文句（集）

4　フィクション

41　長編小説 共通区分

42　中編小説 21　自叙伝風の

43　物語、短編小説　22　書簡体形式の

Ⅲ　図書館を考える

サブ区分〔固有補助表②〕

※上記の標数をさらに下記のように細分することができる。

3　　民衆の、伝承の

6　　児童のための

7　　ユーモアの、風刺的

8　　恋愛の

9　　教化・教訓的

※例　008　さまざまなジャンルの恋愛もの作品集、41229　教訓的書簡体長編小説、43217　ある人物の風刺的自叙伝風逸話集

共通サブ区分〔固有補助表③〕

※このサブ区分によって文学技法（手法）を表すことができる。個々の作品名を複数の間に挿入することも可能。

例 K19—Peneter 118（Sek. Son.）: 4 Peneterの恋愛詩『秘められたるソネット』における登場人物

:0　　創作法一般

:1　　小説、劇の筋、プロット

:2　　会話、対話劇、台詞

:4　　役、人物

:5　　翻訳技術

:6　　詩の韻律学

:7　　比喩

:8　　読み方、研究法

※文学部門においては、扱い方、観点（共通補助表②参照）に関する次の数項目も参考にすべきである。

＊03　新刊紹介、文学批評

＊04　作品の思想内容

＊049　用語索引

＊1　　作品研究者のための手引書、案内書

L　エスペラント語学　Lingvistiko de Esperanto

L 0　　エスペラント語学全般

01　　語の性格（膠着性、屈折性、自然性、図式性、自治性、先験性等）

02　　文体

021　　必要と十分

022　　語の選択

023　　語順

024　　文の単純性、複雑性、長さ

03　　言語の統制（機関）

031　　エスペラントの基礎

0311　16ヶ条文法

032　　ザメンホフの用法

033　　ザメンホフの助言

034　　アカデミー（言語を管理する）

0348　言語委員会

035　　'よい'作家たち〔手本とすべき作家たち〕

036　　一般的用法

039　　その他

L 1　　文

11　　文の種類

111　　断定

112　　疑問

113　　願望、命令

12　　文の構造

122　　主語（部）

Ⅲ　図書館を考える

1221　無主語

1222　名詞

1223　代名詞

1224　不定法

1225　句

1226　節

123　述語（部）

124　目的語

125　状況補語

16　省略

L 2　節

21　節の種類

22　節の構造

221　接続詞

222　主語

223　述語

224　目的語

225　状況補語

26　省略

L 3　句

31　句の種類

311　独立用法

312　名詞句

313　形容詞句

314　副詞句

315　省略された節

32　句の構造

33　決まり文句

34　　比較

L 4　（単）語

401　　語根

4011　接辞

41　　語（語根＋語尾）

42　　代名詞

43　　名詞と形容語

431　　固有名詞

432　　名詞

433　　形容詞

4331　冠詞

434　　副詞

44　　間投詞

45　　数詞

46　　動詞

471　　前置詞

472　　接続詞

48　　相関語群

49　　不変化詞

共通区分〔固有補助表④〕

※この共通区分によってＬ４の各項目をさらに特殊化すること
ができる。例L46-5動詞の語形変化、L468-4分詞の用法、L433-
16形容詞語尾の省略、L48-3相関語群の語源

-０　　造語法の諸原則

-１　　形態

-16　　語末の母音の省略

-２　　正統性、公式性

Ⅲ　図書館を考える

- 3　　語源
- 4　　意味論、定義、用法
- 5　　語の構築、語形論
- 6　　語根の性格
- 9　　変化することなくエスペラントに取り入れられた外国
　　　　語の単語

※ある特定の語ないし語根が論議の対象になっている場合は、
その語（根）を共通区分の前に挿入することができる。例
L401 blu-6 bluという語根の文法的性格

L 5　文字

　51　　音声学

　511　　イントネーション、抑揚

　512　　発音

　5121　母音

　5123　子音

　52　　アルファベット、正書法

　521　　個々の文字（AからZまで）

　522　　字上符

　523　　速記述

M　エスペラント運動一般 La ĝenerala Esperanto-movado
※ここには特定の専門分野や宗教的、社会的、政治的傾向とは
無関係の、エスペラント普及活動一般にかかわるものを収める。
エスペラントを用いての各専門分野の活動・組織体等に関する
ものはP部門に入れる。ただし、各分野の活動を全般にわたっ
て総括的に扱ったものはここに収める。

　M　　エスペラント運動一般

　M 0　エスペラント組織体一般

M 1	中核的に組織された中立的エスペラント運動
M 1 A 1	世界エスペラント協会
M 1 A 1 J	世界青年エスペラント機構
M 1 A 3	言語裁決機関
31	エスペラントアカデミー
38	言語委員会
M 1 A 4	UEAと連帯関係にある協会
41	国別加盟団体一般
M 1 E/Z	地理区分〔共通補助表①参照〕

※ここにはUEAまたは国別加盟団体と関係のある非専門的中立的エスペラント組織を入れる。

例　M1EB1 ロンドンエスペラントクラブ

M1EB26 英国東部地区エスペラント連盟

M 2　独立の非専門的エスペラント組織

M 2 E/Z　地理区分〔共通補助表①参照〕

※ここには独立の非専門的エスペラント組織を入れる。

M 3　イベント、記念大会等

※地理区分と年代区分をする。

例　M 3 A1937 エスペラント発表50周年世界大会

M 3 A1959 ザメンホフ生誕100年世界記念祭

M 3 A1987 エスペラント発表100周年世界大会

M 4　個々人の活動

※年代区分と個人名を組み合わせて個別化して細分する。

例　M4EM19 Grattapaglia: 6　イタリア人 Grattapaglia によるエスペラント普及活動、M4EQ19―Baghy: 7　エスペラント教師としてのハンガリー人 Baghy, M4EY18＋Zamenhof

＊82 ポーランド人Zamemhofの伝記

Ⅲ　図書館を考える

共通区分〔固有補助表⑤〕

※この共通区分によってM部門の各項目をさらに細分すること
ができる。最大4桁まで展開されているが、本稿では1桁にと
どめる。

:1　組織形態

:2　構成メンバー

:3　会員に対するサービス

:4　営利を目的とした商業活動

:5　大会、会議、集会

:6　普及・宣伝活動

:7　組織体によるエスペラント教授

:8　文化的催物、イベント

:9　組織体の下部組織（セクション）

共通サブ区分〔固有補助表⑥〕

※活動形態に応じて上記の共通区分の後に、または上記の共通
区分を抜きにして、この共通サブ区分を付加することができる。
本稿では下位標数は割愛した。

-1　目的、理由、手段

-33　財政

-34　財産

-4　事業に関する委員会

-6　他の組織との関係、協力

P　実用（実地使用）のエスペラント Esperanto en praktiko

※ここには実用目的のためのエスペラント使用、エスペラント
を使用しての専門的・政治的・宗教的組織に関するものを収め
る。まず主題、分野をUDCによって分類し、しかる後に下記

の共通区分を適用する。この部門においてはM部門の共通（サブ）区分もまた有効である。

共通区分〔固有補助表⑦〕
:01　当該専門分野における言語問題
:06　当該事業に関するエスペランチストの商業的企画
:1　エスペランチストの専門組織（協会）
:2　非エスペラント団体によるエスペラントの使用、他機関の後援による活動
:3　エスペラントを使用しての個々の専門分野の行事
:4　個々人による専門分野でのエスペラントの使用
※例　PO2:1　世界エスペラント図書館協会、P36.191:2　赤十字によるエスペラントの使用、P621.396EN:4EQ19-Privat　スイス放送局におけるハンガリー人Privatのエスペラント放送、P069:2EP13　オーストリアのウィーンにある国立博物館によるエスペラントの使用。Pの後にあるアラビア数字はいずれもUDCの分類標数を示す。

3　あらゆる分類の共通区分〔共通補助表とその解説〕
（1）　使用上の注意
　共通補助表の適用は分類作業の中で、最もむずかしい部分であるが、大量のコレクションを抱える図書館においては非常に有用である。いかなる分類標数の後にも、分類担当者の裁量により、いくつでも付加することができる。資料内容を複合的、階層的、多次元的に表現できるので、書架分類ではなく詳細な書誌分類に適している。標数間の関係を表すため符号（連結記号）が用いられる。

Ⅲ　図書館を考える

（2）　区分の順序

原則として次の順序で、分類標数を付与する。

a）主分類表（A、K、L、M、P）により

b）主分類表の特定項目のもとで、指示された固有補助表に
　　より

c）場所、時間、観点により

d）提示の仕方、書かれた言語により

e）資料の物理的特徴（内容に関係なく）により

（3）　句読法と符号

BKEにはさまざまな句読法と符号が用いられるが、まとめ
ると下記のようになる。原則として、一般から特殊へと配列さ
れている。

符号	種類（用途）	補　　助　　表
（　）	場所	共通補助表①（指示のある票数のもとでは符号は不要）
：	指示のある票数のもとでの固有の共通区分	固有補助表③、⑤、⑦
―	同上	固有補助表④、⑥
" "	時、年代	なし（指示のある標数のもとでは符号は不要）
＊	観点、扱い方	共通補助表②
.	上記の細区分	共通補助表③
⊥	提示の仕方	共通補助表④
＝	言語	共通補助表⑤
' '	出版年	なし
―	物理的形態	共通補助表⑥

※固有補助表①、②には符号を付けない。

295

（4） 共通区分

a） 地理区分〔共通補助表①〕

地域を特定するために、下記の各区分を用いる。各国内の地域名はUDCの細分による。意味を明確にするため、カッコ（　）で標数を囲むことができる。（以下、一部抜粋）

A　世界

E　ヨーロッパ

　EA　　アイルランド

　EB　　イギリス

　EH　　ドイツ

　EJA　オランダ

　EJC　ベルギー

　EK　　フランス

　ELA　スペイン

　EM　　イタリア

　EN　　スイス

　EP　　オーストリア

　EQ　　ハンガリー

　EY　　ポーランド

　EZ　　ソビエト連邦

F　アジア

　FHC　中国

　FI　　日本

　FJB　タイ

G　アフリカ

　GAA　モロッコ

L　南アメリカ

M　オセアニア

Ⅲ　図書館を考える

　b）時の（年代・時代）区分

　時の概念を明確にするため、この区分を用いる。クオーテーション" "によって数字を囲む。

　　例　KE "18"　19世紀のフランス

　　　　E "2000" ＊6　2000年におけるヨーロッパの未来予測

　　　　"1987.07.02.15.34" 1987年 7 月 2 日15時34秒

　　　　M "1887—1900" ＊81　1887年から1900年までのエスペラント運動史

　c）人の個別化と年代区分

　国籍（地理区分）、生没年、人名を組み合わせて、人を個別化することができる。

　　例　EH17—Bach　ドイツ人 Johann Sebastian Bach（1685—1750）

　　　　EB18 Darwin　イギリス人 Charles Darwin（1809—1882）

　　　　EY18＋Zamenhof ポーランド人

　　　　L.L.Zamenhof（1859—1917）

　生没年による年代区分の算出法[8]は割愛する。詳しくは現物についてみられたい。

　d）観点、扱い方〔共通補助表②〕

　　主題の扱われる観点によって、いかなる標数にも付加することができる。アステリスク＊がこの区分の前に置かれる。（以下一部抜粋）

＊00　主題に関する書誌

001　　　主題としての物理的形態

297

例 K18＋Zamenhof ＊001a2 ザメンホフの手書き原稿
（に関する研究）

002 主題としての提示の仕方（資料の内・外形式）

例 AC＊002i'1933' 1933年発行のエスペラント百科事典
（の研究）

01 主題に対する弁護

02 主題に対する批判、反駁

03 批評、評価、鑑賞

04 目標、理想

06 当該事情に関する実行組織

1 教科書

21 規則集

22 協定、条約、契約（書）

23 統計、諸表

3 用語集、辞典

4 教授法、研究法

5 対象となる読者

6 将来の状態、予測、未来学

7 現在、現状

8 過去

81 歴史

82 伝記

83 自叙伝

83⊥d 日記

9 当該事業への外部的影響

共通サブ区分〔共通補助表③〕

　上記の共通区分の各項目に対して、さらに次の共通サブ区分

を付加することができる。

.1 当該事業に関する科学的研究調査

.7 ユーモラスな扱い方

e）提示の仕方〔共通補助表④〕

　この区分によって著者がどのような仕方、形式によって主題を提示したかを表すことができる。符号⊥が区分の前に置かれる。

a　事物に関する著作ではなく事物そのもの

b　逐次刊行物：雑誌、新聞等。次のように刊行頻度を示すことができる。例　ｂ365 日刊、ｂ052 週刊、ｂ012 月刊、ｂ004 季刊、ｂ002 半年刊、ｂ001 年刊、ｂ000.5 隔年刊、ｂ000 １回限りの臨時の号

c　公開状、回章

d　論文・講演・報告（集）

e　要約（集）

f　問答集、アンケート回答集

g　格言、ことわざ、引用文集

h　分類目録（図書以外の）

i　百科事典

j　年表、カレンダー、行事年鑑

k　絵による提示

l　ラジオテキスト

m　テレビテキスト

n　宣言、声明

p　請願

q　証明書、切符、領収書

r　一覧表

s　グラフ、図表

t　地図

u　アルファベット順リスト、名簿

v　地名一覧表

f）言語区分〔共通補助表⑤〕

　この区分によって著作が何語で書かれているかを表すことができる。イコール＝が区分の前に置かれる。言語区分の後に年代、地域によって細分することもできる。

　　例　B11　　12世紀の英語、

　　　　BEB1　ロンドンの英語、

　　　　EAEJC ベルギーのフランス語（以下一部抜粋）

A　　さまざまな言語

AB　　イード語

AC　　エスペラント

B　　英語

CA　　ドイツ語

EA　　フランス語

EB　　イタリア語

EC　　スペイン語

HA　　ロシア語

IE　　ポーランド語

MA　　ハンガリー語

NC　　アラビア語

P　　中国語

RA　　日本語

T　　アフリカ諸語

TJ　　スワヒリ語

Ⅲ　図書館を考える

g）物理的形態〔共通補助表⑥〕

　この区分によって資料の内容ではなく、物理的形態を表すことができる。ハイフン - が区分の前に置かれる。

a　　　手書き、タイプ打ち資料（印刷以外の）

a 1　　1枚もの

a 2　　生原稿、手写本

a 3　　複製物

b　　　印刷物

b 1　　図書（変形本、小型本はサイズを記す）

b 2　　1枚もの、折りたたみもの

b 3　　地図

b 4　　切抜資料

c 1　　マイクロフィルム

c 2　　マイクロフィッシュ

c 3　　コンピュータ可読データファイル

e　　　録音資料

e 1　　テープ

e 2　　音盤

e 2 a　　レコード

e 2 b　　レーザーディスク

f　　　映像資料

f 1　　写真

f 2　　スライド

f 3　　映画フィルム

f 4　　ビデオテープ

f 5　　ビデオディスク

301

共通区分

上記の区分の後に、必要に応じて次の共通区分を付加することができる。

A　白黒

B　セピア

C　着色（単色）

D　カラー

V　結び

主分類表、補助表の下位項目（標数）を大幅にカットしたにもかかわらず、前章で相当の紙幅を費やす結果となった。それほどこのBKEは、あらゆるタイプの図書館資料（主題内容・物理的形態の両面において）を想定して、多次元的・階層的分析に耐えうるよう考案された壮大な分類システムなのである。

いまの私にはただちにこれを評価する力はない。補助表の組み合わせ方など実際の適用に当たっては、戸惑うような箇所も散見される。担当者のためのマニュアルも必要であろう。私が誤解している部分もあるかも知れない。

何度かこの分類表を読み返して、一つ疑問を呈するとすれば次の点である。

エスペラント原作文学にKという大きな柱を立てているが、それ以上にはるかに文献量が多いと思われるエスペラント翻訳文学の柱が用意されていないのは理解に苦しむ。ザメンホフをはじめとしてすぐれた先人がシェイクスピア、トルストイ、万葉集等古今東西の数多くの名著をエスペラントに翻訳している。また、少数言語の文学作品をエスペラント訳で読むこともできる。原作文学と並んで翻訳文学の部門を立てるべきだと思う。

また、文学以外の分野でも聖書をはじめ、人文・社会・自然

Ⅲ　図書館を考える

科学等さまざまの分野の翻訳書がある。これらをひとまとめにして「Ｐ　実用のエスペラント」に分類するには無理があろう。とにかく、エスペラントに翻訳された著作の扱いは再考の余地があるのではないか。この問題に対して、BKEは次のような考え方に立っている。

エスペラントについての著作（何語で書かれているかは問わない）と、エスペラントで書かれてはいるが主題がエスペラントとは無関係の著作を厳密に区別し、前者に対してはＡ～Ｐのアルファベットを与え、後者に対してはUDC標数を与え最後に言語区分＝ＡＣ（エスペラント）を付加することが想定されている。

これも一つの考え方ではあるが、文字を冠する標数と数字を冠する標数が混在することには違和感を覚える。

ところで、BKEはエスペラント固有の問題を離れても、現物の配架位置を決めるための列挙型分類表ではなく、文献検索（図書１冊１冊の物理単位ではなく、１編ずつの論文単位）のための分析合成型分類表を意図しているので、主題分析法の研究材料としても興味深いものがある。

しかし実際にこのシステムを分類作業に導入するとなると、担当者の裁量に負う部分が多く、それだけに分類標数が不安定になりがちである。ファセット分類として有名なCC（Colon Classification　コロン分類法）が高い評価を受けながらも、図書館現場にあまり普及しないのは同様の理由からであろう。主題目録にかかわる今後の図書館界の課題と言える。

最後に、これからのエスペラント界の取り組むべき方向としては、BKEをたたき台に標準専門分類表をつくり上げ、最終的にはエスペラントに関する世界書誌の完成を目標にすべきであろう。

303

世界共通の目録規則と分類表を手もとにおき、コンピュータ
を駆使しながら、現物を丹念に分析し、インプットしていけば、
国境を超えたデータベースの構築も決して夢物語ではないので
ある。(1990.8.17)

【注及び参照文献】

1) *Esperanto-Katalogo 1988/99* Rotterdam Universala
   Esperanto-Asocio 1988.

2) *Jarlibro 1990* Rotterdam Universala Esperanto-Asocio
   1990. p.115

3) Montagu Christie Butler (1884—1970)。1905年エスペラ
   ント学習開始。1916年から1934年までイギリスエスペラン
   ト協会書記。1918年言語委員会のメンバー、後にアカデミ
   ー会員となる。イギリス全国の学校を訪問して精力的にエ
   スペラントを教授した。彼の学習書 Step by step in
   Esperanto は8版を数えた。イギリスエスペラント協会内
   に図書館を設立、自ら分類整理、運営管理に当たった。

   Kongresa libro：74a Universala Kongreso〔*en Brighton*〕
   〔Rotterdam：UEA, 1989〕p.48

4) *Biblioteka Klasifo de Esperanto* Geoffrey King London
   TEBA 1990.

5) 同上 p.1

6) 同上 p.2

7) 同上 p.3, 4

8) 同上 p.32

(『學苑』616号 1991.2 昭和女子大学近代文化研究所)

Ⅲ　図書館を考える

ソビエト“図書館・書誌分類表（ＢＢＫ）”の構成

Introduction to the new Soviet library classification "BBK".
Tomohiko UEDA

In the USSR, an entirely unique classification based on Marxism-Leninism "BBK" was completed during 1960—1968.

This huge library-bibliographical classification in 30 volumes is an enumerative classification skillfully combining letters, figures and symbols. It seems that many large Soviet libraries are adopting the BBK as a new standard classification of the state.

This paper aimes to explain the structure of the BBK : — the main table and auxiliary tables, describes the process of its establishment and the present stage of its diffusion, and states the perspective of this diffusion.

はじめに

　ソビエトでは、1960年から1968年にかけて全25巻30分冊から成るマルクス・レーニン主義に基づく全く独自の図書分類表（ＢＢＫ）が完成した。

　これはアメリカのLC分類表、わが国の国立国会図書館分類表と同じく、十進式ではなく、文字と数字を組み合わせた列挙式分類表である。

そしてソビエトでは、このБＢＫを今後国家の統一分類表と
して採用していこうという姿勢がうかがわれ[1]、それのもつ意
義はきわめて大きいと思われる。しかもБＢＫはソビエト一国
のみならず、社会主義諸国にも十分適用可能な標準分類表であ
ることがうたわれている[2]。

　しかるにわが国においてはБＢＫを本格的にとり上げた論文
は皆無に等しい[3]。

　БＢＫの単なる紹介に終わることなく、さらに比較分類法の
研究、書誌分類と書架分類の問題[4]等へと論を展開させない
と意味はないが、いまの私にはそれは手に余る仕事なので、今
回は中間報告の形で、БＢＫの一応の輪郭を素描するにとどめ
る。

1. БＢＫの成立[5]

　マルクス・レーニン主義的方法論に基づいた統一的な図書館
分類法を作るという問題はソビエト図書館学の誕生以来、すで
に久しく提起されてきた課題であるが、種々の事情で今日まで
それが実現されないでいた。

　印刷物の急激な増加、図書館網の拡充、社会における図書館
の役割の高まりといった事態の中で、ソビエト独自の分類表が
存在しないことは、大衆図書館から学術・専門図書館に至るま
で、必然的にUDCの使用をよぎなくさせてきた。UDCを部分
的に手直しすることによって、ソビエトの図書館の要求はある
程度解決されていたが、これを国の統一分類表として採用する
にはあまりにも矛盾がありすぎた。UDCの欠陥はこれまでに
も多くの論文の中で指摘されてきたところである[6]。したがっ
て革命後、統一的なソビエト式図書館・書誌分類表を編纂する
ことが、ソビエト図書館学の最重要課題の一つであった。

Ⅲ　図書館を考える

"図書館・書誌分類法　学術図書館のための分類表"（Библио
течно-Библиографическая Классификация; та
блицы для научных библиотек 以下ББКと略す）
の完成は、50年にわたるソビエト図書館学の発展の最も重要な
成果の一つである。多くの図書館員や学者たちの協力によって、
世界の科学、技術、文化の最も新しい水準、大十月社会主義革
命後の世界の諸民族の社会政治的、経済的、文化的生活に生じ
た根本的変化等を忠実に反映した分類体系が完成したわけであ
る 7)。

　長年の間、ソビエトの大図書館はそれぞれ自館の内的必要性
から、個々バラバラに独自の分類表の作成に従事してきた。こ
の不合理をなくすため、1959年、ソビエト最大の図書館である
レーニン記念ソ連邦国立図書館（Государственная биб
лиотека СССР имени В.И.Ленина）、サルトィコフ・
シチェドリン記念国立公衆図書館（Государственная п
убличная библиотека имени М.Е.Салтыкова-Щ
едрина）、ソ連邦科学アカデミー図書館（Библиотека
Академии наук СССР）の３館は計画に基づき、協同し
て統一的な図書館・書誌分類の研究、編纂、発行に当たること
になった。後に全ソ連邦図書局（Всесоюзная книжная
палата）もこの作業に加わった。

　協同作業の前提条件は、まず図書館間に存在する不一致を取
り除くことであった。討議の結果、新分類表の原則的な諸問題
──主類表の配列、補助分類表のシステム、標数のシステムに
ついて合意に達した。その他の理論的方法論上の問題も、個々
の分冊が編纂、発行される過程で検討され調整されることにな
った。

　この協同作業において指導的な役割を果したのはレーニン図

307

書館であった。1945年Е.И.シャムーリン教授の下に研究が開始され、50年の半ばに完成されたレーニン図書館の準備した分類表は、現在のББКの基礎となった。

ББКは1960年から分冊の形で発行が開始された。各巻は何らかの知識の部門、あるいは同系統の学問グループに割り当てられ、それぞれ前置き、序論、分類表、アルファベット順索引から成っている。第1巻は全体としてのББКの体系の解説である。即ちББКの基本的意義、その科学的・哲学的・思想的・図書館学的根拠、ББКの全体的構造、標数のシステム、アルファベット順索引の構造について述べられている。第2巻はマルクス・レーニン主義の部門、第3から第6巻は理論的自然科学、第7から第13巻は応用科学（技術、農業、医学）、第14から第18巻は社会科学（歴史、経済学、政治学、法学、軍事学）、第19から第23巻は社会の精神生活の表れとしての文化、文学、芸術、宗教、哲学、第24巻は総合的内容の文献、最後の第25巻は助記表となっている。第7、第9、第14、第16巻はそれぞれさらに何冊かに分割して発行されている。

ББКの発行は1967年に大筋において終了した。総頁数8,000頁、分類項目10万、全25巻30分冊から成る大部な分類表である。

ただし、社会学及び社会政治的主題に関する部門の編纂は意見がまだまとまらず、遅滞している。これらは第14巻と第16巻の補遺として追加発行されることになっている。

分類表全般及び個々の分冊の編纂には、主として、レーニン図書館、サルトィコフ・シチェドリン図書館、ソ連邦科学アカデミー図書館、全ソ図書局の委員たちが当たったが、800人以上のソ連の学者たちが学問上の顧問として協力し、個々の分冊の批評と討議には次のようなモスクワとレニングラードの学術

308

Ⅲ　図書館を考える

機関が大きな援助を与えた。ソ連邦科学アカデミー学術研究所、ソ連邦共産党中央委員会付属マルクス・レーニン主義研究所、ロモノーソフ記念モスクワ国立大学、ジダーノフ記念レニングラード国立大学、ソ連邦共産党中央委員会付属社会科学アカデミー、ソ連邦共産党中央委員会付属高等共産党学校、チミリャーゼフ記念モスクワ農業アカデミー、ロシア共和国教育学アカデミーその他。

　1959年10月、ББКの発行を確実なものにするためにロシア共和国文化省次官В.М.ストリガノフを長とする編纂協議会が創設され、分類表の構成について種々意見がかわされた。

　全般的な学問上方法論上の指導には編集長のО.П.チエスレンコが当たり、構成上、内容上の原則的な諸問題は、レーニン図書館分類課によって研究され、必要な場合には編纂協議会の審議にもかけられた。

　自然科学部門の学問的方法論的指導には編集次長В.Г.ゼムリヤンスキー、技術科学部門にはГ.Ф.ナウメンコ、社会科学部門にはН.П.ジュルジャリナ、人文科学部門にはО.В.ダニロヴァが当たった。ББКの各巻の作成者、編纂者、顧問等は、それぞれの分冊の中に示されている。

２．ББКの構成[8]

　ББКはいくつかの表、即ち主分類表（Осиовные таблицы）配列計画（План расположения）、共通区分表（Таблицы общих типовых делений）、固有区分表（Таблицы специальных типовых деленнй）等から成っている。つまりББКは主標数と補助標数が組み合わされて展開されてゆくわけである。われわれはまず一つ一つの表に当たり、次にそれらの表の結合関係をみてゆくことにする。

309

2.1 主分類表

ここでは主類の配列、展開を中心に主分類表を概観してみよう。

まず人間の全知識は次の3つのグループに大別される。即ち——：

全般的知識 { 自然及び自然についての学問。
社会及び社会についての学問。
思考及び思考についての学問。

これらのグループが直ちに3つの類を構成するのではなく、このような順序で主類表は展開されてゆく。学問を上述の3グループに割り切ることは不可能で、それぞれのグループの接点に大量の学問領域が存在することも事実である。このうちとくに数学、サイバネティックス、心理学、工学、農学、医学の扱いが問題となる。ソビエトの哲学者はこれらの境界領域の学問に独自の位置づけを与え、学問の基礎的グループ間の弁証法的移行としての意義を認めている。

ББКの編纂者たちは実用的分類という点も考慮しながら、上述の理論的諸問題と実際上の要請——学問の境界領域を扱う文献の量、学者の専門、読者の要求等々の調整を計る必要があった。

知識の体系の中に学問をどのように位置づけるか種々論議がかわされたが、ББКにおいては次の方針を採用することになった。

1）主類の配列の中に応用科学のグループを置き、それを技術、農学、医学に分け、第1と第2のグループの中間

に配置すること。

　2）　その他の境界領域の学問も類概念以下で展開すること。

　ББКの主類の配列をきめるに当たって、その他の重要な事項も決定された。

　即ち、科学的イデオロギーとしてのマルクス・レーニン主義はあらゆる分類の基礎として、思想的・教育的・政治的・実用的観点から独立の位置に配置すること。総合的内容の文献に対しても独立の類をもうけること。

　以上の方針によりББКの配列は前述の3グループから、次の6グループに展開される。

　　　　　　　　　{ マルクス・レーニン主義

　　　　　自然及び自然に　{ 自然及び自然についての学問
　　　　　ついての学問　　{ 技術、農業、医学

全
般
的　{　社会及び社会に　{ 社会及び社会についての学問
知　　　　ついての学問
識

　　　　　思考及び思考に　{ 思考及び思考についての学問
　　　　　ついての学問

　　　　　　　　　{ 総合的内容の文献

　これらのグループが6つの柱を形成するのではなく、上の図はББКの主類表の成り立ち、ББКの構成上の論理を説明するために掲げたものである。

　自然、社会、人間の思考の一般的規則に関する科学としての、また科学的認識と現実の革命的変革の方法としてのマルクス・

レーニン主義がトップにきている。以下、研究対象の連続性によって、即ち最初に自然を研究する学問、次に社会を研究する学問、最後に人間を研究する学問へと続いている。

応用科学——自然に対する人間社会の働きかけの法則や手段を研究する技術、農学、医学は、自然科学と社会科学の中間に置かれ、総記（あらゆる内容を含む文献）は最後に位置している。

主類表の展開に当たり、自然科学、応用科学、社会科学のグループは、文献の量、学問の特殊性、分類法の内的必要性（標数の短縮）が考慮されている。

主類表は21の部門から成り、記号はロシア語のアルファベットの28文字が使用されている。8文字が割り当てられている《技術。技術科学》部門を除いて、全部門は1つの頭文字によって記号化されている。

この配列は何百万という蔵書を有する大学術図書館のみならず、中小図書館向きの分類表としても十分使用に耐えうるよう、理解しやすく記憶に便利なように考慮されている。各類における学問のグルーピング、複数の割り振りは、最近十数年間に発生した新しい学問領域の相互関係をも十分配慮して作成されている。

物質の運動形態を反映するマルクスの学問分類、社会生活の個々の側面を科学的に説明することのできる社会についてのマルクス学説が、この分類表の根底となっている。

ББКの編纂者たちは印刷物を分類するための実用的分類という特性を考慮して、主類表の配列について次のような方針をきめた。

1）《マルクス・レーニン主義》の部門を置くこと。

Ⅲ　図書館を考える

2） 物質の運動形態に関する学問（化学、生物学）と並んで、それよりも内容の広い学問グループ（物理、数学、地学）が存在すること。
3） 社会科学のグループを10の類（C—Э）に分割すること。
4） 学問についての文献と、この学問によって研究されている実際的活動の範囲についての文献を、1つにまとめること。
5） 応用科学の3大領域（技術、農業、医学）を独立の部門として立てること。
6） 若干の学問のグループ及び全学問を概括するような類を導入すること（自然科学一般、社会科学一般、総合的内容の文献）。

以上の結果、主類表は最終的に次のように展開される。

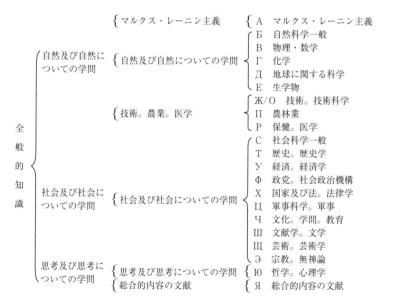

313

この作業の結果できあがったБ Б Ｋの主類表は、条件つきながらマルクス・レーニン主義による学問分類の基本原則を反映し、分類目線の思想的・教育的課題及びさまざまなタイプの図書館の実践的要求に応えている。

　以下、いま少し詳しく主類表の構成、思想をみてゆくことにする。

マルクス・レーニン主義

　マルクス・レーニン主義の部門は大図書館用の分類のために、初めて全く新しく詳細に作成された。この部門はマルクス・レーニン主義についての一般的文献及びその構成部分──哲学、経済学、科学的共産主義の理論についての文献を一つの総体の中に集めることを可能にしている。

　それと同時に、Ｙ経済学、Ф政党、Ю哲学の部門におけるマルクス主義に相当する部分のために、二者択一の標数があらかじめ用意されている。二者択一の標数によってマルクス・レーニン主義を構成する哲学、経済学などの文献は《Ａマルクス・レーニン主義》の部門あるいは他の適当な部門に入れることができる。

自然科学

　自然科学は一般的部門を先頭にして４つの大きな部門──物理・数学、化、地球についての科学、生物学に分かれている。厳密に言うならば、数学は主類表において独立した位置を占めねばならないが、物理・数学の総体の中において数学をみようとする大量の文献が存在することを考慮して、同じ部門に割り当てられた。

Ⅲ　図書館を考える

数学の後に物質の運動の個々の形態を研究する学問、最初に無機的なもの——力学、物理学、化学、地質学、次に有機的なもの——生物学が続く。これらの学問は物質及びその運動の形態の単純なものから複雑なものへの移行の原理によって配置されている。

応用科学

自然科学の後には応用的性格の学問——技術、農業及び林業、保健及び医学がきている。これらの学問の研究課題は物質的富を生産し、人間に奉仕するべく、自然の法則や自然の力を利用することにある。応用科学は自然及び社会に関する学問の中間的性格を持つがゆえに、それらの間に位置を占めた。この応用科学部門の順序は単純なものから複雑なものへ、無機世界の法則の応用から植物、動物などの有機体の発達の法則の応用へ、そして最後には人体の研究への移行の原理によっている。

農業と林業を1つの部門に結合したことは、それらの緊密な歴史的開発及び研究対象が接近していることによっている。《農業》部門には農芸学と畜産学、狩猟、漁業、植物の保護、獣医学が含まれている。《保健、医学》部門は人体に対する外的影響、病気の予防、病気の組織の研究と治療方法を研究する学問の総体を示している。

医療の組織と衛生学がこの部門の初めに配置されているのは、予防医学を重視する傾向を示している。

社会科学

社会科学は物質の運動の社会的形態を研究する学問であるが、それは社会に関するマルクス・レーニン主義の教義の定める一貫性によって分類され、配置されている。

315

先頭には社会科学の方法論としての科学的原理がきて、その後に《歴史、歴史学》部門が続いている。歴史学は全体としての社会の発展過程及び個々の国々に於ける個々の時代の社会の発展過程を研究する学問であり、生産手段、政治的上部構造、文化、生活慣習、社会思想の変化等の相互関係、流れを社会生活のあらゆる側面から研究する学問であるがゆえに、《歴史》部門は他の社会科学グループの前に置かれている。

　その次に、社会生活の個々の側面を研究する学問グループが配置されている。《経済、経済学》が最初に置かれ、次に社会的・政治的・精神的生活を扱う学問へと続くこの配列順序は、土台と上部構造についてのマルクス学説に依拠している。

　経済の後には生産の経済的関係の直接の現象である社会関係を扱う部門がくるべきであるが、ББКの編纂者たちの間に原則的な意見の不一致が存在するため、この領域のために完全な独立した一部門を立てるべきかどうかいまだ検討中で、細目の展開はされていない。そのために社会問題は個々の側面から、即ち歴史部門においては歴史的観点から、経済部門においては経済的内容の観点から、法律部門においては法的規制の観点から扱われているにすぎない。

　同様の理由によって、政治的諸問題に関する分類も、《政党。社会政治機構》部門のみが詳細に展開されたが、国際関係、外交、国内政治、対外政策、国家政策、政治生活などの標数は保留され、追加発行されることになっている。

《国家及び法。法学》は、国家の法的諸制度と法学の問題についての文献を分類するために用意されている。

《軍事科学。軍事》は政治的・社会的関係に関する学問グループに連なっているが、この部門では武力闘争の合法性及びこの闘争の手段、方法、形態についての文献が含まれる。《国家及

び法》の後にこの部門を配置したことは、軍事力が国家機関の最も重要な構成要素となっていることによっている。この部門には社会的・政治的性格の理論的諸問題のほかに、技術的・応用的分野も含まれる。

人文科学[9]

　ББКの次の大きなグループは、社会の精神生活の表れとしての文化、学問、教育、言語、文学、芸術、宗教、無神論、哲学、及びこれらを研究する一群の学問である。

　このグループの最初に《文化。学問。教育》部門があり、ここには文化と学問の一般的諸問題、教育、出版、ラジオ、テレビの諸問題、文化教育機関、図書館、文書館、博物館等の活動、及びこれらの現象を研究する学問が含まれる。
《文献学。文学》《芸術。芸術学》部門は、精神文化の表れの一つとしての芸術的創作、即ち文学、芸術、及びそれらを研究する学問に割り当てられている。

　最後の《哲学。心理学》部門は単に論理学、弁証法、哲学史だけではなく、唯物論及び観念論の諸流派によって代表される形而上学、存在論、認識論、倫理学、美学その他の分野を含んでいる。マルクス・レーニン主義哲学は主類表の先頭に配列されているが、Ю1において、二者択一の標数が用意されている。

　ББКの最後の《Я》は、総合的内容の文献のためにもうけられている。

2.2　補助分類表

　ББКは現代の最新の知識の体系を複合的に合成的にとらえることができると同時に、表自体が首尾一貫性の原理によって貫かれていなければならない。

ББКにおいても他の分類表と同様、助記表のシステムが幅広くとり入れられている。

　助記表の意義は次の諸点に要約できる。

　1）　主標数と補助標数を組み合わせることにより、分類に多面性を付加すること。
　2）　分類表の構成上の統一を保障し、理解しやすく、記憶に便利で、実用的価値に富むこと。
　3）　無限に詳細に展開できること。
　4）　類型的概念は助記表で補えるので、それだけ主分類表の標数が豊富になること。
　5）　いちいち細目を展開する必要がなくなり、分類表を不当に膨大なものにすることから救うこと。
　6）　さまざまな角度からアプローチすることが可能となり、目録の検索機能を高めること。

　助記表はその適用の仕方によって、共通区分表と固有区分表とに大別される。即ちББКの補助分類表のシステムは、共通区分表（《主題区分表》と《形式区分表》）、地理区分表（Таблицы территориальных типовых делений）、及び主として特定の部門に適用される配列計画と特殊区分表（122の配列計画と153の特殊区分表）から成る。

　それぞれの助記表はББКの根底にある科学的・論理的・思想的・政治的要請を考慮して作られているが、その精粗はまちまちで、1ケタのものから9ケタに及ぶものまである。

Ⅲ　図書館を考える

共通区分表

　共通区分表には図書の主題によって区分けする《主題区分表》と図書の編集・出版形式によって区分けする《形式区分表》がある。

　まず主題区分表をみてみよう。

《主題区分表》

　a　学問についてのマルクス・レーニン主義の古典

　б　ソ連邦の主要資料、法律資料

　в　学問の哲学的諸問題。学問の方法論

　г／д　学問の歴史。学者の伝記

　е／н　学術研究及び実際的活動の組織

　п／р　職員とその養成

　с／т　学術研究及び実際的活動の方法と技術

　у　発明とその応用

　ф／х　学術情報とドキュメンテーション。学術宣伝

　ц　標準化。規格。技術的条件の法規

　ББКの主分類表が個々の学問の特殊な内容を反映するものとするならば、共通区分表は、あらゆる学問に共通する側面を反映するものと言える。主分類表において、学問は知識の体系の中に位置づけられ、主題区分表においては研究対象の立場、方法、見方によって区分されている。

　即ち学問は世界観的、方法論的（学問の哲学、方法論）、歴史的（学問の発生、発展、現状、将来）、組織的（学問の指導、管理、組織）、経済的（学問の経済性）、技術的（学問研究の方法、技術、設備）観点から取り扱われている。これらの問題は、現在では個々の学問の原論の一部とみなす方が妥当であろう。

319

主題区分表の配列は、観念の系統的移行の原理に基づいている。先頭には個々の学問についてのマルクス・レーニン主義の古典、ソ連邦の主要資料、法規類、学問の方法論的諸問題が割り当てられ、これらのグループの次には学問の歴史的側面、それから学問領域あるいは実際的活動の組織制度へと続いている。組織上の問題の後に研究者とその養成の問題が接している。さらに、学術研究活動の方法と技術上の問題が取り上げられ、これと不可分の関係にある発明とその応用へと続いている。最後に学術情報、ドキュメンテーション、科学知識の普及の問題で終わっている。

　ここに示したのは主題区分表の第1次区分だけであり、さらに詳しく、例えば61ソ連邦共産党綱領、631ソ連邦共産党中央委員会及びソ連邦閣僚会議の共同決議とメッセージなどと1ないし数ケタにわたって展開される。

　この例でわかるように、主題区分表はロシア文字の小文字とアラビア数字から成っている。

　次に共通区分表のうちの形式区分表をみてみよう。

《形式区分表》

　я1　書誌

　я2　参考図書

　я3　統計資料

　я4　叢書。選集。著作集

　я5　逐次刊行物

　я6　図解出版物及び図解資料

　я7　教科書及び入門書

　я8　指導書

　я9　通俗書

Ⅲ　図書館を考える

　形式区分表は印刷物の編集、出版形式の特徴によって、区分されている。配列は主分類表の《Я　総合的内容の文献》の配列順序とおおむね一致している。この区分けはNDCの共通区分表とも比較的よく似ている。

　ただし上の表は第1次区分だけで、さらに詳しく、例えばя172雑誌新聞記事索引、я53年鑑などと数ケタにわたって細区分される。この例でわかるように、形式区分表はロシア文字のアルファベットの小文字яとアラビア数字から成っている。

　地理区分表

　地理区分表は、総合図書館及び専門図書館における分類目録の地方区分を統一した形にするために用意されている。

　地理区分表には大陸、世界の各部分、政治的・行政的領土（国家、連邦共和国及びその行政的地方区分）の各名称、さまざまな非行政的地域（歴史的地域、自然地理的領域、経済地域）、水域（大洋、海洋）等々の名称が含まれている。山脈、平野、地形、河川、湖沼、運河、特殊地域（動物地誌的等）等の自然地理的概念及び河、湖の名称等は省かれている。これらの概念はББКのそれぞれの適当な部門の中で展開されている。

　地理区分表には表Ⅰ、表Ⅱ、簡略表の3種がある。これは学問の特殊性を考慮したものである。

　表Ⅰは研究対象をもっぱら、自然地理的、自然地域的に観察しようとする自然科学のためのものであり、表Ⅱは対象や現象をもっぱら国家的範疇の中で、政治的・行政的に研究しようとする社会科学のために用意された表である。簡略表は文献の少ない項目の中で地理的資料を区分するためにもうけられたものである。

321

第1次区分においては、表Ⅰ、表Ⅱの間にほとんど差異は認められない。なお地理区分には、UDCの場所を示す記号（　）と同じ丸括弧にアラビア数字を入れることになっている。

表Ⅰ
（0）地球、全世界
（2）ソ連邦
（3）外国一般
（4）ヨーロッパ
（5）アジア
（6）アフリカ
（7）アメリカ
（8）オーストラリア及びオセアニア、
　　　世界の大洋諸島
（9）大洋と海洋、世界の大洋

表Ⅱ
（0）全世界
（2）ソ連邦
（3）外国一般
（4）ヨーロッパ
（5）アジア
（6）アフリカ
（7）アメリカ
（8）オーストラリア及びオセアニア、
　　　北極及び南極

Ⅲ　図書館を考える

簡略表

（0）地球、全世界

（2）ソ連邦

（2 А/Э）ソビエト社会主義共和国

　　ロシア共和国を先頭に置き、他はアルファベット順

（28）大十月社会主義革命以前のソ連邦

（3）外国一般

　個々の国々は世界の各地域の項目のところに名称のアルファベット順に並べられる。

　世界の一地域の諸国についての文献は、それに相当する項目の下に集められる。例えば、スカンジナビア諸国についての文献は（4）ヨーロッパの下に集められる。

（4）ヨーロッパ

　　（4 А/Ю）ヨーロッパの個々の国々

（5）アジア

　　（5 А/Ю）アジアの個々の国々

（6）アフリカ

　　（6 А/Ю）アフリカの個々の国々

（7）アメリカ

　　（7 А/Ю）アメリカの個々の国々

（8）オーストラリア及びオセアニア。北極及び南極

（82）オーストラリア。大洋州

（83）オセアニア

（88）北極及び南極

（9）大洋と海洋

　その他の共通区分表

　主題区分表、形式区分表、地理区分表は共通区分表のシステ

323

ムの一部であるが、この他に社会経済的形態、年代、人種・言語による区分がある。

ただしこれらのシステムはまだ、標数、形式、連続性の観点からみて、完成されたものとは言いがたい。

［社会・経済的形態による区分］

歴史部門における社会経済形態を表す記号として、次のような意味をもつ2から7までのアラビア数字が用いられる。

社会の発展段階

2　原始共産制

3　奴隷制

4　封建制

5/6　資本主義制

7　共産主義制

この標数は封建社会とか資本主義的生産様式等という表現が使われた場合に適用される。

各国の発展段階の特殊性により、社会経済形態の時代的範囲はさまざまであるが、その標数は変わらない。

例　T3（4A）4

　　　オーストリアの封建時代（5世紀から1840年代まで）

　　T3（4Фн）4

　　　フィンランドの封建時代（9世紀から1860年代まで）

　　T3（4Фp）4

　　　フランスの封建時代（5世紀から1789年まで）

Ⅲ　図書館を考える

［時代区分］

　年代的概念は具体的データを、アラビア数字を用いて、引用符《　》に入れることによって示される。

　１年間にいろいろな事件が起こって、それらを区別する必要のあるときは、ローマ数字で月を表わすことができる。

　例　Ｔ３（０）629―612.13《1943―Ⅸ》

　　　ソ米英３国外相によるモスクワ会議（1943年９月）

　　　Ｔ３（０）629―612.13《1943―Ⅺ―Ⅻ》

　　　ソ米英３国首脳によるテヘラン会談（1943年11、12月）

［人種・言語区分］

　人種及び言語的概念の共通区分表は、いまのところБＢＫには存在しない。

　この概念を表すには、条件つきで次のように処理される。統合記号＝を用いて、その後に民族あるいは言語を表すアルファベット記号が付加される。

　人種的概念を表す標数は、地理的概念の標数と密接な関連がある。原則として、人種的概念の標数は地理的概念の標数の後に丸括弧に入れて付加する。

　例　Щ５（０）　　ソビエト文学

　　　（２＝Ｐ）　ロシア文学

　　　（２＝Ａ６）　アブハジア文学

　配列計画と特殊区分表

　配列計画と特殊区分表は、主分類表のある特定の部門をさらに細区分するときに用いられる。これによって主題の範囲をより狭く限定することができる。UDCでいうところの固有補助標数に当たる。配列計画と特殊区分表はБＢＫの中で幅広くと

325

り入れられている。ＢＢＫ全30冊中、122の配列計画と153の特殊区分表がある。即ち配列計画は4,408項目、特殊区分表は8,348項目の概念を含んでいる。配列計画は主分類表のある特定の類似の部門において、独自の表の形で、項目と標数の一致が図られる。

　配列計画には年代区分の引用符《　》、地理区分の丸括弧（　）のような記号は使われないので、配列計画を基礎にして作られた各部門の標数は主分類表の標数と区別することができない。

　次に配列計画の例（第１次区分のみ）を示す。

Ａ１　マルクス・レーニン主義の古典
標数Ａ11—Ａ15及びＡ19に相当する文献の配列計画
　０　全集
　１　予備的資料及び文書
　２　定期刊行物の創刊号
　３　叢書
　４　著作集及び書簡集
　５　選集
　６　個々の著作
　７　マルクス・レーニン主義の古典の翻訳。マルクス、エンゲルス、レーニンの監修または序文付きで出版された書物

　配列計画は共通区分表や特殊区分表と比べて、より基本的で安定した標数であるので、直接主分類表を細分することができ、主標数の性格次第でさまざまな内容、機能、意味を付け加えることができる。

　配列計画はその役割によって次の３つのグループに分けるこ

Ⅲ　図書館を考える

とができる。

1.　ある対象をさまざまな組織法で表し、比較的狭い範囲の
適用の仕方をする。

2.　理論、歴史、組織、種類、問題、領土といった共通の概
念でくくり、一連の同類の部門の中で、これらの概念の配
列順序を定めることにより、同類の学問分野や実際的活動
の中で共通の意味を与える。

3.　地理的、時間的、人種的概念を含めることにより、ББ
Кに欠けた、あるいは不十分な共通概念の表を補い、ББ
Кのある部門に共通の意味を与える。

知識のある部門に共通の基本的概念は、ББКにおいては特
殊区分表の形でも示される。多くの場合、特殊区分表は同類の
対象の研究のさまざまな局面を表している。

特殊区分表は主分類表、配列計画、共通区分表との関連にお
いて考察する必要がある。

特殊区分表と主分類表との関係は、通常、研究の局面と対象
の関係である。ここでいう対象とは、言葉の最も広い意味で理
解すべきである。特殊区分表は理論的ないし実際的見地から研
究される無生物界と生物界の物質的対象についての文献の分類、
社会現象（国家、時代、社会的活動の諸部門の）についての文
献の分類のために意図されている。特殊区分表によって細分さ
れる対象がきわめて多種多様である以上、対象の研究の局面が
さまざまなのは当然のことである。

特殊区分表は主分類表の細分のみならず、配列計画の細分に
も役立つ。特殊区分表と配列計画との関係は、配列計画の性質
によってきまる。もし配列計画が個々の対象のシステムを表し

327

ているとするならば、特殊区分表はこれらの対象をさまざまな局面によって細区分するために適用される。

その例はΓ12の特殊区分表である。それは主分類表の中に提示された個々の化学元素の細区分のために、また、配列の中に提示された化学的化合物の細区分のために用意されている。

Γ12　化学元素とその化合物（第1次区分のみ）
個々の化学元素の化合物の配列計画
　　3　酸化物
　　4　水素化合物
　　5　その他の元素との化合物、塩類
　　6　錯化合物
　　8　同位元素化合物

特殊区分表（第1次区分のみ）
　-0　産出状態
　-1　構造
　-2　物性
　-4　抽出法。合成法
　-5　分析。分析のための試薬。分析反応
　-7　応用

配列計画は原則として、特殊区分表の前に置かれる。なぜなら、特殊区分は配列計画に比べて従属的概念であるからである。

上の例でわかるように、特殊区分には各項目を表すアラビア数字の前にハイフンを伴うのが特色である。

Ⅲ　図書館を考える

3．ＢＢＫ普及の現状と今後の課題

　では、一体ソビエト分類史上において、画期的な意義を有するといわれるＢＢＫの完成は、ソビエトの図書館界にどのような影響を与え、またＢＢＫはどの程度普及しているであろうか。その問題点と今後の見通しはいかなるものであろうか。

　以下、1968年「ソ連邦の図書館」誌40号に掲載されたチエスレンコ論文によって探ってみよう[10]。

　ＢＢＫの普及状況

　ＢＢＫ導入の可能な範囲は非常に広い。ＢＢＫを実際にあるいは潜在的に使用している図書館の数とその蔵書数は、UDC使用館の８倍から10倍に達する。しかし現在ＢＢＫを採用しているのは比較的少数の図書館にすぎない。これらの図書館はみな膨大な資料を所蔵し、きわめて多数の閲覧者に奉仕している。この中には自己の図書館網の範囲だけでなく、ソビエト図書館界において、枢要な地位を占めている大図書館もあり、その多くは総合図書館である。

　例えば、レーニン図書館、サルトィコフ・シチェドリン図書館、ソ連邦科学アカデミー図書館、国立ウクライナ図書館、ウクライナ共和国科学アカデミー図書館、コロレンコ記念ハリコフ学術図書館、ゴーリキー記念オデッサ学術図書館、モスクワ、レニングラード、キエフ、オデッサの各大学図書館、フルンゼ記念軍事アカデミー図書館等々がある。

　総合学術図書館におけるＢＢＫ利用の多様性はレーニン図書館の例にみることができる。ここではＢＢＫは図書館資料の収集、冊子目録やカード目録の作成、開架図書の配列、調査報告書、カレントな目録類、学術情報書誌の編纂、図書の展示、その他一連の図書館業務（企画、予算、仕事の分担、調整）のた

329

めに有効に利用されている。

1962年以来、ББКは図書・論文の分類や新しい中央分類目録の編成のために採用されたが、そのカード枚数はほぼ100万枚に達し、レーニン図書館が所蔵する内外の全蔵書を収録する古い中央分類目録（1919年以来継続）の1/10に当たっている。

1957年からББКの予備版が自然科学、工学、社会科学の特別閲覧室の蔵書の配架と所在目録の作成のために使われている。これらの閲覧室の全蔵書は約20万冊である。その他、ББКは軍事、製図室、部分的には図書館学、書誌学資料室においても使用されている。

また、書誌類もББКを基礎にしたものが、次第にふえている。例えば《レーニン図書館新収外国図書目録》《新刊ソビエト芸術文献目録》《外国地図、地図帳目録》《ソビエト図書館書誌所在目録索引》等がある。

多数の州立図書館、大衆図書館は、ББКの簡略版が発行され、中央集中分類方式が実施された後に、ББКの導入に踏み切ろうとしているが、いまのところこれらの図書館は主として冊子目録の編纂にББКを使用している。

ソ連邦科学アカデミーの図書館網は以前から広範囲にББКをとり入れている。50年代からアカデミーの専門図書館網では最初は予備版、後には現在の版を利用している。

ソビエトの大学・学術図書館においては、ますますこの新分類表を採用する館が増大している。これはББКが学界において、現代の学問水準を最も忠実に反映した体系として高い評価を得ているからである。

ББКの導入は地域の中心となる図書館から始まり、次第に当該のネットワーク全体に広がりつつある。このことはそれぞれの図書館網において、中小図書館に対する中央館の援助・指

導を容易にし、職員の再教育や一連の図書館業務の集中化を可能にするものである。

国立中央納本センターとしての全ソ連邦図書局は、自己の書誌出版物——図書、雑誌、新聞、批評、逐次刊行物、地図、楽譜、印刷美術等の各種目録、《ソ連邦書籍年鑑》《ソビエト書誌の書誌》《ソ連邦の諸民族及び諸外国の文学・芸術目録》における資料の配列にББКを使用することを予定している。今後さらに徹底して、全ソ図書局が印刷カードにББКの標数を与えることによって、ソビエトの図書館界にББКを定着させるところまで進むべきであるが、いまのところ図書局は組織上、方法論上の困難に直面して、ББК導入の予備的作業を一時ストップしている。

ББКの標数を付した印刷カードをソビエトの各図書館へ配布することができれば、ББКの普及と定着化に決定的な役割を演ずるであろう。そしてこの全ソ図書局による中央集中分類は、すべての図書館に労力、予算、時間の節約をもたらすであろう。

ББКは図書館活動や書誌の分野だけでなく、出版所や書店における分類法として、また統計のための分類法としても使用することができる。全ソ図書局は出版統計のために、ББКを適用する可能性を検討している。

図書館、書誌、出版所、書店、出版統計に統一分類を定着させるためには、ナショナルプランと全国的規模でこのプランの実行を指導する統一機関が必要である。

この計画にはББКの一層の研究、ББКに関する専門家の養成と再教育、学術顧問の参加等が前提となる。

全国総合計画はレーニン図書館、その他の巨大図書館、官庁、大学の各部局図書館、全ソ図書局、各共和国の納本機関、出版

所、書店、統計機関の、それぞれ独自のББКの採用計画をも包含するものでなければならない。

今後の問題点

ББКをいろいろなタイプの図書館で採用するには、現在の版を基礎としたいくつかの修正版が必要となろう。

それらは次の4種類に分けることができる。

1．学術図書館のための詳しさにおいてさまざまな段階のある表。
2．大衆図書館（市町村立図書館）のための簡略表。構成と用語をより簡単にした表。
3．地図、楽譜、印刷グラフ、特殊な技術文献等の出版形態の特徴を考慮した表。
4．分類標数の結合順序を変えた表。

その他の場合は、分類表の若干の手直しと分類コードを作ることによって、十分処理することができよう。

現在、学術図書館のための簡略版が準備され、ББКの適用の過程において、大学・専門学校の特殊な要求が検討されている。アジア・アフリカ諸国の言語で書かれた文献の分類のための版が作られつつある。

このようにみてくると、ББКは今後ますますソビエトの図書館の統一分類表としての性格をもつであろうことが予想される。

すでに1966年10月、ソ連邦文化省、レーニン図書館の共催で、ББКの研究と普及のための第1回全国セミナーが全国各

地から分類担当者を集めて、約10日間モスクワで開かれた[11]。

しかもББКは単にソビエト国内のみならず、その他の社会主義諸国家においても、適用の可能性がうたわれている。

しかし、ББКが文字通り統一分類表となるためには、まだまだ解決しなければならない課題は多い。

例えば、社会学と社会政治的諸問題に関する部門は、意見の不一致からまだ完成をみていない。分類の一般規程、及びそれぞれの学問に固有な特殊規程、全30冊のための総合的アルファベット順相関索引の編纂等々の必要性が叫ばれながら、今日までそれらの作業は軌道に乗っていない。ББКの導入に踏み切った図書館の経過が比較・検討されず、貴重な経験が十分に生かされていない。

全ソ科学技術情報研究所（ВИНИТИ）をはじめとして、科学技術系の図書館では依然として、あるいはより積極的にUDCを採用している[12]。ソビエトの図書館界は今後、ББКとUDCをどのように調整してゆこうとしているのであろうか。

また、利用の観点から他の分類法（表）と対比した研究がもっともっとなされてしかるべきであるし、情報の機械検索の有効性などについても、今後の研究課題として残されている。

しかしともあれ、いろいろな問題を含みながらも、ББКは基本的方向としては、ソビエトの標準分類表としての歩みを始めたようである。

あとがき

読んでおわかりのように、これはオリジナルな論文ではない。貧弱な語学力と資料の不足から、すべての点で不徹底、不十分である。ББКの構成、標数の与え方などについての手頃な教科書・入門書といったものがなかったので、あるいは誤解して

いる箇所もあるかも知れない。到底公表できる代物ではないが、ただ私は十進式に比し、非十進式分類法が、また社会主義諸国の分類法が、もっともっと比較研究されてしかるべきだと考えていたので、多少なりともそれの刺激となり、今後の私の研究のone stepともなると考え、あえて投稿した次第である。

【注及び参照文献】

1）О внедрении первого издания советской библиотечно-библиографической классификации. Советская библиография, 97：77—78, 1966

2）Власов, В.В. Очерки по теории библиотечно библиографиуеской классификации. Советская библиография, 89：15, 1985

3）邦文でＢＢＫを紹介した資料として次のものがある。
『戦後におけるレーニン図書館の活動』図書館研究シリーズ９　アブリコーソバ編　神沢厈夫訳　p. 226—228　1965
『図書分類法概説』服部金太郎　東京 明治書院　1966 p.115—117
「ソ連図書館・書誌学用分類の概要とO.P.Teslenkoらの UDC批判」高橋正美　『ドクメンテーション研究』16（2）p. 41—48　1996
　なお、昭和44年度日本図書館学会にて、近野チウ氏が「ソ連"ＢＢＫ"分類法の構造について」と題してすぐれた発表をされたが、その要旨は45年８月現在、まだ活字にはなっていない。

4）1961年アメリカの図書館代表によるソビエトの図書館視察報告によれば、ソビエトの大図書館では、図書の配架には

固定式配架法がとられ、図書の請求番号はその図書が保管
されている書庫の室、書架の番号を示すにすぎないとのこ
とである。図書館における分類とは、図書を書架に並べる
ためのものではなく、カード目録を編成するためのシステ
ムと考えられている。ただし、参考図書や貸出図書を置い
た開架室は当然、相関式配架法が採用されている。

 Soviet libraries and librarianship Ruggles, Melville J.
and Swank, Raynard C. Chicago, ALA, 1962, p.72

5）この章はとくに出典を掲げたもの以外は主として次の図書
によった。

 Библиотечно-библиографическая классиф
икация；таблицы для научных библиотек,
Выпуск Ⅰ：Введение. Москва, Книга, 1968 p.3
—7

6）例えば、ソビエト随一の分類学者シャムーリン教授は次の
ように述べている。「UDCの重大な欠陥及びイデオロギー
上の悪は広く知られている。——類の配列順序が古くさい
こと、この際最初の類の一つに宗教が当てられている。共
産党がブルジョア政党の中にある。社会主義が協同組合と
財政の間に置かれている。言語学が文学から、歴史が社会
科学から離されている」

 Универсалъная десятичная классификация.
Москва, Иэд-во Всес. Книжной палаты, 1962 p.3
 ББКの編纂責任者チエスレンコのUDC批判について
は以下の論文参照。

 Тесленко, О.П. Советская схема библиотеч
но-библиографической классификцни. Со
ветская библиография, 78：3—15, 1963

7) *Library science and some problems of library education in the USSR*. Serov, *V. V.* Libri, 19（3）: p.184, 1969

8) 第2章は前掲書 Библиотечно-библиографическ ая класс фикация; таблицы для научных б иблиотек, Выпуск I: Введение. 及び Выпуск XXV: Таблицы типовых делений をもとにして まとめた。

9) 表では文化、教育、文学、芸術、宗教までを社会について の学問の中に含めている。

10) Тесленко, О.П. Советская библиотечно—биб лиографическая классификация. библиоте ки СССР, 40: 34—48　1968

11) Семинар по изучению новой советской сх емы классификации. Советская библиогра фия, 100: 99—101, 1966

12) 最近のソビエトのUDCの編纂、刊行状況、科学技術系図 書館のUDCに対する態度については以下の論文参照。

　　Fomin, A.A. The progress of the Universal Decimal Classification in the USSR. Rev. Int. Doc.,32（2）: 54—55、1965

　　「ソ連邦におけるUDCの発展」Fomin, A.A. 著　上松敏明 訳 『ドクメンテーション研究』18（2）　p. 33—36　1968

【付録 I】 ББКの主類表（第1次区分表）

A　マルクス・レーニン主義

Б　自然科学一般

B　物理・数学

Г　化学

Ⅲ　図書館を考える

Д　地球に関する科学（測地学、地球物理学、地質学、地理学）

Е　生物学

Ж/О　技術。技術科学

П　農林業。農林科学

Р　保健。医学

С　社会科学一般

Т　歴史。歴史学

У　経済。経済学

Ф　政党。社会政治機構

Х　国家及び法。法律学

Ц　軍事科学。軍事

Ч　文化。学問、教育

Ш　文献学。文学

Щ　芸術。芸術学

З　宗教。無神論

Ю　哲学。心理学

Я　総合的内容の文献

【付録Ⅱ】ББКの主綱表（第2次区分表）

［А　マルクス・レーニン主義］

А1　マルクス・レーニン主義古典的著作

А3　К.マルクス、Ф.エンゲルス、В.И.レーニンの生涯と活動

А5　マルクス・レーニン主義哲学

А6　マルクス・レーニン主義経済学

А7/8　科学的共産主義

337

［Б　自然科学一般］

Б1　自然の保護

［В　物理・数学］

В1　数学

В2　力学

В3　物理学

В6　天文学

［Г　化学］

Г1　一般化学及び無機化学

Г2　有機化学

Г4　分析化学

Г5　物理化学。化学物理学

Г6　コロイド化学

Г7　高分子化合物化学

［Д　地球に関する科学（測地学、地球物理学、地質学、地理
学）］

Д1　測地学。製図法

Д2　地球物理学

Д3/5　地質学

Д8　地理学

Д9　地球に関する科学の地方区分

［Е　生物学］

Е0　一般生物学

Е1　古生物学

Ⅲ　図書館を考える

Е4　微生物学

Е5　植物学

Е6　動物学

Е7　人類学

Е8　人間発生学、人体解剖学、人体組織学

Е9　動物及び人間の生理学、生物物理学、生化学

［Ж/О　技術。技術科学］

Ж　技術及び技術科学一般

Э　動力工学。無線電子工学

И　採鉱

К　金属工学。機械製造。機器製造

Л　化学工学。化学工業及び食料品工業

М　木質繊維工学。軽工業。印刷工業。写真映写技術

Н　建築

О　交通

［П　農林業。農林科学］

П0　農業の自然科学的技術的基礎

П1/2　農芸学

П3　林業。林業科学

П4　植物の保護

П5/6　畜産学

П7　狩猟。漁業

П8　獣医学

П9　地域別農林学

［P　保健。医学］

P 11　保健機構

P 12　衛生学

P 19　伝染病学

P 25　一般病理学

P 26　医学微生物学、医学寄生虫学

P 28　薬物学。薬学。毒物学

P 34　一般診断学

P 35　一般内科学

P 36　放射線医学。レントゲン線医学

P 41　内科疾患

P 45　外科医術

P 51　伝染病及び寄生虫病

P 54　腫瘍学

P 58/60　性病学。皮膚病学

P 61/64　神経病理学。神経系統外科学。精神病学

P 66　口腔医学

P 67　眼科学

P 68　耳鼻咽喉科学

P 69　泌尿器科学

P 71　婦人科学

P 73　小児科学

P 81　法医学

P 86　航空医学

P 87　宇宙医学

P 89　軍事医学

Ⅲ　図書館を考える

［C　社会科学一般］

C 6　統計学

C 7　人口学

［T　歴史。歴史学］

T 0　歴史学の理論的基礎と方法論

T 1　史学史

T 2　史科学。歴史補助学

T 3　歴史

T 4　考古学

T 5　人種誌学

［У　経済。経済学］

У01　経済学

У02　経済思想史

У03　経済史

У04　経済地理

У05　経済統計。経済数学。経済分析。

У2/4　特殊経済及び個別経済

У5　世界経済

У6　社会主義体制の経済

У7　発展途上国の経済

У8　資本主義体制の経済

У9　各国の経済

［Φ　政党。社会政治機構］

Φ6/7　政党。社会政治機構

［Х　国家及び法。法律学］

Х0　国家及び法の一般理論

Х1　政治学説史

Х2　国家及び法の歴史

Х6　社会主義諸国の国家及び法

Х7　植民地的従属関係から解放された諸国の国家及び法

Х8　資本主義諸国の国家及び法

Х91　国際法（国際公法）

Х93　国際私法

Х99　諸法

［Ц　軍事科学。軍事］

Ц0　戦争及び軍隊についての学説

Ц1　軍事科学の一般理論及び軍事思想史

Ц2　兵学

Ц3　軍事史学

Ц4/7　軍備

Ц8　戦争地理学

Ц9　軍事技術。軍事技術学

［Ч　文化。学問。教育］

Ч11　文化。文化興隆

Ч21　学問。学術研究活動

Ч23　学術情報

Ч30/49　民衆教育。教育学

Ч51　体育及びスポーツ

Ч61　出版

Ч63　ラジオ放送。テレビ放送

342

Ⅲ　図書館を考える

Ч71　文化啓蒙活動

Ч72　クラブ事業

Ч73　図書館事業。図書館学

Ч75　書誌学

Ч77　博物館事業。博物館学

Ч81　古文書事業。古文書学

［Ш　文献学。文学］

Ш 0　特殊文献学。原文学

Ш 1　言語学

Ш2/3　口碑文学（民衆の詩的作品）。民俗学

Ш4/6　文学。文芸学

Ш 7　演説法

Ш8/9　児童文学

［Щ　芸術。芸術学］

Щ03　芸術史

Щ10　造型芸術

Щ11　建築

Щ12　装飾応用芸術

Щ13　彫刻

Щ14　絵画

Щ15　線画

Щ16　芸術写真

Щ30　音楽及び観覧芸術

Щ31　音楽

Щ32　舞踊（舞踊術）

Щ33　演劇

343

Щ34　大衆演劇。演劇祭

Щ35　サーカス

Щ36　軽演劇

Щ37　映画

Щ38　芸術的ラジオ放送及び芸術的テレビ放送

Щ7　アマチュア芸術

Щ8　造型材料（版画）

Щ9　音楽作品（楽譜）

［Э　宗教。無神論］

Э0　宗教と無神論についてのマルクス・レーニン主義

Э1　自由思想及び無神論

Э2/9　宗教

［Ю　哲学。心理学］

Ю00/8　哲学

Ю9　心理学

［Я　総合的内容の文献］

Я1　書誌索引

Я2　参考図書

Я4　叢書。選集。著作集

Я5　定期刊行物及び逐次刊行物

Я6　図解出版物及び図解資料

Я9　通俗書

（受付・昭和45年9月1日、『図書館短期大学紀要』 No.4　1970）

Invito al Japana Ŝako（将棋への招待）
UEDA Tomohiko（全文エスペラント）
Tokio EKJŜ　1996　（4刷 1998）70p. 頒価 1,000 円

Japana Ŝako：ekzercaro por progresantoj：problemoj por
matigo（cume ŝogi）kaj la sekvonta movo（cugi no itte）
（将棋―中級者のための練習問題集；詰将棋と次の一手問題）
UEDA Tomohiko（全文エスペラント）
Tokio EKJŜ　2001　82p.　頒価 800 円

内容については「わたしの出した 1 冊の本」をご参照ください。
入手ご希望の方は下記でお求めになれます。
・日本エスペラント協会
〒 162-0042　東京都新宿区早稲田町 12-3　Tel 03-3203-4581
E-mail　esperanto@jei.or.jp
ホームページ　http://www.jei.or.jp/
・関西エスペラント連盟
〒 561-0802　大阪府豊中市曾根東町 1-11-46-204
Tel 06-6841-1928　E-mail　esperanto@kleg.jp
ホームページ　http://kleg.jp

この本を妻・久子に捧ぐ

　転職、引っ越しなど、家族にとって重大な問題を相談することなく、いつも独断で決めてきました。あなたの温かなサポートがなければ、この本は誕生していなかったし、私の人生はきわめて過酷な道を辿ったことでしょう。ここに心からの感謝の意を表します。

著者プロフィール

上田 友彦 （うえだ ともひこ）

1936	奈良県生まれ
1960	大阪大学文学部卒
1960	大阪府立図書館司書
1969	国立図書館短期大学（現筑波大学に吸収合併）助手
1972	兵庫県立図書館司書（武庫川女子大学非常勤講師兼務3年）
1984	昭和女子大学図書館学課程（図書館司書資格取得コース）助教授、教授
2003	同大学退職　名誉教授

1984	エスペラント独習開始　日本エスペラント学会（現日本エスペラント協会）会員
1995	エスペラント将棋クラブ設立　会長
2013	日本エスペラント協会終身会員

2003	公益社団法人日本将棋連盟公認将棋指導員5段
2006〜	やまとこおりやま子ども将棋教室主宰　出生地の奈良県に戻る

あるエスペランチストの夢　エスペラントで発信する「将棋」「図書館」の世界

2017年11月15日　初版第1刷発行

著　者　上田 友彦
発行者　瓜谷 綱延
発行所　株式会社文芸社
　　　　〒160-0022　東京都新宿区新宿1 - 10 - 1
　　　　　　　電話　03-5369-3060（代表）
　　　　　　　　　　03-5369-2299（販売）

印刷所　株式会社フクイン

ⓒTomohiko Ueda 2017 Printed in Japan
乱丁本・落丁本はお手数ですが小社販売部宛にお送りください。
送料小社負担にてお取り替えいたします。
本書の一部、あるいは全部を無断で複写・複製・転載・放映、データ配信することは、法律で認められた場合を除き、著作権の侵害となります。
ISBN978-4-286-18729-7